René Schickele

Symphonie für Jazz

Roman

René Schickele: Symphonie für Jazz. Roman

Erstdruck: Berlin, S. Fischer, 1929 mit der Widmung »Für Lannatsch!«.

Neuausgabe
Herausgegeben von Karl-Maria Guth
Berlin 2017

Umschlaggestaltung von Thomas Schultz-Overhage unter Verwendung
des Bildes: Henri de Toulouse-Lautrec, Loie Fuller, 1892

Gesetzt aus der Minion Pro, 11 pt

Verlag: Henricus - Edition Deutsche Klassik GmbH
Mörchinger Str. 33, 14169 Berlin, info@henricus-verlag.de
Druck: Libri Plureos GmbH, Friedensallee 273, 22763 Hamburg

ISBN 978-3-7437-0592-0

Bibliografische Information der Deutschen Nationalbibliothek

Die Deutsche Nationalbibliothek verzeichnet diese Publikation in der
Deutschen Nationalbibliografie; detaillierte bibliografische Daten sind
im Internet über www.dnb.de abrufbar.

1.

Bäbä, tu. Bäbä, tut. Tut! bäbä.

Ein Hurra – Bäbätu.

Auf das Känguruh!

Miau.

Die ganze Nacht hat es geregnet. Wie eine Mühle ging der Regen in der Finsternis, die Traufe machte dazu den rauhen, kurzpulsigen Lärm eines Motors: raduwalu, raduwalu.

Manchmal schwoll das Rauschen des Regens an, dann vernahm man das hellere Rascheln von Laub, ja sogar den Flug der Wassertropfen von Bäumen unterschied man. Einen Augenblick lag die Regennacht in einer andern Tonart.

Nur die Traufe arbeitete unverändert weiter. Raduwalu, raduwalu.

Brrrr – um! plotzt die Brandung. Brum! Krach der Kräche. Donnernder Applaus. Ein Zischen, Sausen:

Brr – rr – rr – rum!

Tagsommer.

Nachtsommer.

Wüste Zeit.

Fliegender Holländer auf einem Alkoholschiff.

Der geschminkte Mann im Pyjama am Flügel spielt Bach.

Vor ihm das Mädchen tanzt den Kreuzestod.

Kasse! Kasse! Schwarze Kasse!

Mi! au.

> Bis aus dem Topasrauche deiner Augen
> Auf einmal blaues Feuer schlug –

Die Motorräder belfern. Gestank von Asphalt und Benzin. Die Elektrische krächzt mit einer Kehlkopfstimme in der Kurve, ihre gesprungene Glocke schimpft die Straße zusammen. Aber den neuen Limousinen weht ein Rauschen von Wohlhabenheit voran! Um sie herum knurren und spucken die Autos, die geschäftlichen Zwecken dienen. Schreie im Gewühl, metallene Schreie, Schreie, als kämpften Maschinen ums Leben.

In einer Pause, vom blauen Himmel gefallen, hört man eine Mönchsgrasmücke. Taktaktaktak-fiieh-je! lockt das Tierchen, bevor es singt.

Der Asver – wenn er je so weit käme – würde seine eigene Regierung stürzen. In ihm haben wir das letzte Exemplar des romantischen Revolutionärs. Niemand fürchtet ihn mehr, nicht einmal der demokratische Reichstagsabgeordnete Kommer. Kurt Kommer nennt Asver den indanthrenroten Stänkerer.

Und dennoch ist ein Kalikönig unglücklich. Man denke!

Wer hat es denn heute noch gut?

Ei, der Josephus Samtaug, der nur ›piepsi, piepsi‹ zu lächeln, braucht, damit die goldbraun gebrutzelten Tauben ihm in den Mund fliegen.

Sonst niemand?

Doch. Vielleicht. Der Musikant.

> O schöne Fahrt, so leicht der Wind,
> Vor dem Fernen sich entfalten –

Hip-hip-hurra! für John van Maray und seine Frau Johanna.
Bäbä, tu. Bäbä, tut! Mi! au.

Zuerst die Vorgeschichte.

Ein Maray kam gegen Ende des siebzehnten Jahrhunderts (vermutlich aus Ungarn) in die Schweiz und heiratete die Tochter eines Züricher Handwerkers. Sie bekamen viele Kinder. Von deren Schicksal kennt man nur das Glück des ältesten Sohnes. (Wahrscheinlich hat es daran bei den andern gefehlt.) Der Bursche trat, gemeinsam mit seinem Freund, einem nichtsnutzigen Patriziersproß, in holländische Dienste. Er begann als Gemeiner, gleich als Offizier der Freund. Beide gewannen das Spiel, der Gemeine gleichzeitig mit dem Offizier, sie kehrten nicht in die Schweiz zurück, sondern heirateten Holländerinnen und starben als goldbetreßte Obersten im Land ihres Glücks und ihrer Frauen.

Augen, Mund, Hände, Glück und Leid, Trotz, Zorn, Liebe, Erbarmen, Röte und Blässe – es sind dieselben wenigen Wörter, die immer wiederkehren, und die Musik davon ist so tief!

›Spinnweb, Spinnweb an der Wand –‹

Ein Sohn des einen Obersten ehelichte die Tochter des andern, und der ehemalige Schreinergeselle und Gemeine im holländischen Kolonialdienst Maray sah und genoß es einen endlos verzauberten Lebensabend lang, wie ein Amsterdamer Geschlecht unter seinem Namen wie einem halbbarbarischen Feldzeichen die Stufen des Reichtums und der öffentlichen Würden emporstieg. Von dieser Zeit an hieß die Familie: van Maray.

Das Geld saß locker bei dem Geschlecht, und zwar merkwürdigerweise gerade bei solchen, die den Namen van Maray führten. Die Töchter entschlüpften in standhafte Familien und kamen oft genug in die Lage, Bruder und Bruderskinder verleugnen zu müssen. Nur eines blieb der Sippe durch die Zeiten als Privileg erhalten: der höhere Kolonialdienst. Von Geschlecht zu Geschlecht floh immer wieder einer in das rettende Eden von Sumatra, Borneo, Java. Sie kamen in ziemlich unordentlichem Zustande an, staffierten sich aber bald heraus. Hätte Holland keine Kolonien gehabt, so wäre das Geschlecht der Maray längst von der Oberfläche der Gesellschaft verschwunden.

Auch der Vater John van Marays diente seine Zeit in Holländisch-Indien. Er kam in späteren Jahren hin als die andern, denn er war etwas weniger leichtsinnig. Dafür ging er auch früher wieder fort und kaufte sich ein Haus in Zabern, Europa, Deutschland, Bezirk Unterelsaß.

Die Wahl des Vogesenstädtchens an der Grenze Lothringens bedeutete einen Ausgleich zwischen den Wünschen der Frau, einer französischen Lothringerin, die das Heimweh plagte, und dem Abscheu des Mannes vor dem Königreich der Frösche jenseits der Zaberner Steige.

John van Maray wuchs in Zabern auf, und da er Holländer war, fühlte er sich als Elsässer. Bald nach Kriegsausbruch erkrankte die Mutter. Um sie zu zerstreuen, wollte ihr John vorlesen. Er wählte, was er über alles liebte, das Hohe Lied. (Ein überheller Tag, in dem es nächtig rauscht.) Sie unterbrach ihn:

»Mein armer Junge, du hast den holländischen Knödel im Hals. Spiele lieber Klavier, da hört man es weniger.«

Auch als John am Klavier saß, verließ ihn nicht der forschende Blick der Mutter, er demütigte ihn, weil daraus soviel Überlegenheit nach ihm stach, außerdem gab dieser Blick ihm ein unlösbares Rätsel auf. Musterte sie ihn nicht, als ob er gleich in irgendeinem Wettkampf auftreten sollte und sie von ihrem Bett seine Aussichten abschätzte? Soviel schien ihm gewiß. Was er aber nicht begriff, das war der Zweifel an seiner Kraft und Geschicklichkeit.

Er war ein schlechter Schüler, doch der Anführer der Klasse. Er konnte Klavier klimpern, kaum daß er es noch recht gelernt hatte, und vor den Stunden drückte er sich nur, weil der Lehrer verschämterweise taub war und keinen Ton unterscheiden konnte, wenn er nicht auf die Tasten sah.

In dieser Zeit trug John sich mit dem Plan, ein Epos zur Verherrlichung eines aussterbenden Volkes, der Siouxindianer, zu dichten: *Das Schwanenlied des roten Mannes*. Der Titel stand fest.

Da er katholisch war, wie seine Mutter, trat er gleichzeitig als Meßdiener in der Pfarrkirche auf, und alle Welt, sogar der protestantische Vater, erklärte ihn für den glänzendsten unter den ›Pagen des lieben Gottes‹ (eine Lieblingswendung der Mutter, die freilich die überragende Stellung des Sohnes im Pagenkorps verkannte). Er schwenkte das Weihrauchfaß wie keiner, und wenn er das große Meßbuch von der Evangelien- zur andern Seite des Altars hinübertrug, so – nun so geschah etwas. Die Mädchen horchten auf, wenn er die Klingel rührte. Sie spürten seine Hand.

Er besaß auch eine Geliebte. Zwar hatte er noch kein Wort mit ihr gesprochen, aber er tauschte Briefe mit ihr. Der Briefkasten war ein dicker Stein unter einem Holunderbaum.

Allen diesen Zeichen des Genies verschloß sich die Mutter. Deshalb glaubte John, der weiche und gewalttätige Vater liebe ihn, mache ihn kühn für das Leben, die Mutter dagegen verdächtige und kränke ihn bewußt auf den Tod. Dabei war gerade die Mutter die leidenschaftliche Natur, die nur nicht wollte, daß er es sich allzu leicht mache. Während der Vater, wenn ihn niemand sah, als ein versonnener Enterich stundenlang in einer Ecke die Wundereier seines Ehrgeizes ausbrütete. Sein Ehrgeiz bezog sich ausschließlich auf den Sohn. Was wünschte er ihm? Seine eigene falsche Würde, maßlos erhöht.

Der Alte lebte in Wirklichkeit nur noch von seiner Pension. Er ging aber herum und ließ sich anstaunen, weil er, der die Welt gesehn hatte und reich schien, sich freundlich mit der Niedrigkeit seiner Umgebung begnügte. Blond und breit, wie er daherkam, teilte er schwungvolle Grüße aus, erwiderte welche, so höflich und herablassend wie möglich, etwas ironisch und dennoch überzeugt, alle Huldigungen zu verdienen, da er in seinem Sohn einen Schatz besaß, der jedes in Zabern sichtbare und unsichtbare Vermögen übertraf. Dieses Ansehn also wünschte er dem Sohn, in einem Zabern, das sich über die Erdteile erstreckte.

Mitten in der heroischen Landschaft stand dann ein Klavier, in das, statt der vermufften Zaberner Luft, aus grüßenden Hüten ein Goldregen strömte.

John hatte die Mutter niemals klagen, niemals weinen gesehn. Wenn der Vater tobte, hob sie das Gesicht und schaute reglos in das Unwetter, so, als ob der Aufruhr nicht im Zimmer herrschte, sondern draußen, hinter dem Vater, jenseits des Fensters. Sie war groß, schwarz und hager, mit einer breiten Stirn und kurzen, starken Klavierhänden. In ihren Augen war ein Durcheinander von trocken leuchtenden Dunkelheiten. Sie spielte Klavier wie ein Mann, dabei war ihr tönendes Sinnen, ihr Lächeln das eines Mädchens – eines verlassenen Mädchens, wie ihre Schwester einmal sagte, als sie auf Besuch nach Zabern gekommen war. Diese Schwester wollte einige Wochen bleiben, John gefiel sie gut, sie war in Paris verheiratet und lernte ihn gleich als Kavalier an.

Nach vier Tagen warf der Vater sie hinaus. Er behauptete, sie sei nur gekommen, um seine Frau zu verderben.

Dies nun war einer der seltenen Fälle, wo John es mit der Mutter hielt. Lange Zeit beobachtete er dem Vater gegenüber eine Zurückhaltung, die einer Verurteilung gleichkam. Der Vater litt sichtlich darunter. Indes wurde die Mutter immer schwächer.

»Wenn Deutschland siegt, werdet ihr Augen machen, was dann kommt«, sagte sie eines Tages. »Die Holländer zu allererst.«

Johns Vater, der Deutschland alles Gute wünschte (nur nicht gerade die holländischen Kolonien), drehte seine großen, gläsernen Augen nach ihr, erkannte, was aus ihren Worten sprach: Schadenfreude, Hilflosigkeit, drohende Rache, und nickte. Er hätte gerade so genickt, wenn sie auf den Gedanken verfallen wäre zu sagen: »Hättest du Vernunft gehabt und uns in Lothringen angekauft, es wäre kein Krieg gekommen.« Alles nahm er von ihr hin. Der bevorstehende Verlust seiner Frau, somit seines lebenswichtigsten Widerstandes, erschreckte ihn furchtbar, gewissermaßen fühlte er sich kopfüber ins Leere stürzen, wo es keinen Halt mehr gab.

Die Mutter starb. Der alte Maray zog fluchtartig über den Rhein und erwarb ein Haus am größten süddeutschen See.

Seit dem Tode der Frau blieben seine Augen, die vorher hartblau gewesen waren, stumpf und verschwommen, mit gelblichen Klecksen in den Winkeln. Er schrie nicht mehr, er schlug nicht mehr das tropische Rad, der Jähzorn, der seine ganze Kraft gewesen, blieb mit der Frau in der Erde versunken.

John wurde auf das Konservatorium in Stuttgart geschickt, wo er fleißig arbeitete und sein erstes sinnliches Abenteuer bestand, freilich gedieh es nicht über zwei, drei etwas hastige Umarmungen hinaus, denn die Dame befand sich gerade im Umzug nach Berlin, und auch das erste geistige Abenteuer begegnete ihm hier in der Gestalt des Staatsanwaltssohnes Asver.

Die Revolution brach aus, da warf sich sein Freund Asver für vier Tage zum Diktator Württembergs auf. Wenn sich in Johns Bewunderung für den Mann einige Zweifel mischten, so lag dies an Asver, der ihm einmal erzählt hatte, als Junge sei er darauf aus gewesen, Katzen in den heißen Backofen zu sperren, ›um zu sehn, was die gequälte Kreatur alles aushalte und anstelle‹. In dieser ›intellektuellen Neugier‹ wollte Asver den frühen Beweis für sein revolutionäres Temperament erkannt haben. John sagte nicht nein, aber er zitterte, als Asver wirklich ein Maschinengewehr in die Hand bekam. Die Schwaben sind ruhige Leute, das Maschinengewehr kam nicht zum Schuß, und Asver übersiedelte nach Berlin.

Inzwischen guckte der alte Maray nicht über den Zaun seines Gartens, nur noch auf den See und das ferne Gebirge. Er beantwortete keinen Brief. Jedoch wenn John seine baldige Ankunft meldete, dann riet er ihm in ein paar herzlichen Zeilen, gescheit zu sein und seine Ferien anderswo zu verbringen: »Außerdem bin ich ein altes Weib geworden und kann keinen Mann mehr um mich vertragen. Es grüßt und küßt Dich Dein liebender Vater.«

Bei seinem Tod hinterließ er John nichts als das Haus am See und die Musikbibliothek aus mütterlichem Besitz.

John ließ die Bibliothek in Holland versteigern und trat eine Reise an. Er war ein ausgewachsener Junge, dunkel, mittelgroß, breitschultrig, starkknochig, und schaute, aus einem noch zu schmalen, zu blassen Gesicht, gleichsam mit einem holländischen Knödel im Blick, gierig in die Welt.

2.

Wer kurz nach dem Krieg ausländischen Boden betrat, traf hinter der Grenze auf ein Fest, dessen er sich bis an sein Lebensende erinnern wird.

Die ›herrliche Welt‹, daheim bis auf den Grund zerstört, hier stand sie noch und war nur hold durcheinandergeraten. Die Menschen bewegten sich mit gelösten Gliedern, körperlich geadelt, freiere, stolzere Wesen als früher. Ein Segen von Verschwendung hing vom Himmel. Durch den Tag wogte das Nachtfest weiter, von einem paradiesischen Dammbruch in Sonne getaucht. Es schien keine alten Frauen und keine Knaben mehr zu geben, geflügelt durchschritten die Geschlechter die Lebensalter. Ein endloser Tanz um den Freiheitsbaum, der ein Phallus war.

Nebenan ging der Reigen derer, die des andern Geschlechts nicht bedurften zur Liebe, und manche tanzten auf beiden Böden, hier im Freien und in der Laube dort. Die gleiche Musik galt für den ganzen Tanzboden, selbst für die aufgeriebene Garde der Tugend.

Wie überall war in Deutschland die erotische Kameradschaft zwischen den Geschlechtern, schon vor dem Kriege im Anstieg, während des vieljährigen Glücksspiels um Börse und Leben mächtig ins Kraut geschossen. Aber draußen zeigte die Entsündigung der Lust ihre große, fleischfarbene Blüte im Festlicht, und der Tanz galt dem Anbruch der versprochenen goldenen Zeit, der Gewißheit eines Sieges, wie ihn größer keine Menschheit je erringen könnte: das von der Angst entgiftete Leben frohlockte. Und noch eins. Neuen Reichtum gab es auch in Deutschland genug, doch wagte er sich noch nicht so offen hervor, weil inzwischen das alte Bürgertum vor aller Augen verarmte. Der Goldhelm der neuen Herren wartete im Schrank.

John van Maray hatte noch kein Volksfest gesehn. Er kannte nur Menschenmengen, die sich schier auffraßen vor hungriger Begeisterung oder denen, wenn sie sich als die schwächeren fühlten, drohende Muskelschauer über den Leib liefen wie einem wilden Tier.

Zwei Schritte hinter der Grenze geriet er in die unwahrscheinlichste Fülle, in etwas, wovon er in der Kindheit viel gehört hatte, ohne es sich recht vorstellen zu können: in die sagenhafte holländische Kirmes. Holland strotzte von frisch erworbenem Gut, und es gab kein altes

Vermögen, das nicht der Krieg der andern gemehrt hätte. John wurde von Verwandten aufgenommen wie der verlorene Sohn. Er hatte sie bisher nicht gekannt. Nun aber gab er sich liebenswürdig, gleich einem Engel in Gottes Gunst, er leuchtete, ohne es zu wissen, er war ein Spiegel, der jedes Lächeln mit verzehnfachtem Strahlen zurückgibt, und da er Musiker war, dankte er, flehend um immer mehr, stürmte, klagte, erobernd, und siegte er in seiner Musik.

Gut spielte er, gut, wie ein glückliches Kind gut ist.

Er spielte in den Häusern, wo er eingeladen war, und nachher in den Hallen des Hotels und in Cafés und wo er sonst mit seinem Anhang herumzog. Und wenn er müde wurde, trank er. Er trank weiter, wenn er nicht mehr spielte. Dann kam die Jazzband.

Jede Nacht konnte man an diesem oder jenem öffentlichen Ort John van Maray sich unter die Mitglieder einer Jazzband niederlassen und die zwei, drei letzten Stücke unter einem Hagel von Einfällen dirigieren sehn. Scharen von Nachtbummlern fuhren durch die Stadt, bis sie den ›verrückten Maray‹ bei seinem privaten Schlußkonzert ausfindig gemacht hatten. Erst trieb er nur Spaß mit der Jazzmusik, behandelte sie als Gegenstand seines musikalischen Ingrimms, wobei er sich mühte, die Niggerei ins Maßlose zu übertreiben. Er hoffte, schließlich werde dem Publikum der Skandal klar werden, den er meinte. Das Publikum merkte nichts dergleichen, und John begann sich mit dem tönenden Unsinn aus Radau und Singsang zu befreunden. Denn der Jazz ist so verwandt mit dem Alkohol, daß er ihn fast ersetzen kann.

In England, wo er so weiterjuckte, kam er darauf, den Negerstimmen einen eigenen, ernsthaften Text unterzulegen. Es gelang. Tut! bäbä. Als sein Erfolg wuchs und er im frisch lackierten London des Nachkriegs zu seinem Erstaunen auf gebildete, feinfühlige Menschen traf, beschwor er aus dem pöbelhaften Taumel der Instrumente eine Strophe von Baudelaire oder Swinburne wie eine Erscheinung. Es gelang. Ein Hurra für John! Wieder wanderte er von Haus zu Haus und landete in den Sälen der Hotels, wo er Auszeichnungen erfuhr, wie sie in jenen Jahren sonst nur den berühmtesten Kriegsfliegern zuteil wurden.

Da kam ein Mann zu John und fragte, was er koste.

John sah gleich, daß er nicht spaßte.

Nach einer kurzen Unterredung wurde beschlossen, John solle eine Jazzband zusammenstellen und mit ihr durch Skandinavien reisen. Das Honorar betrug mehr, als John je besessen hatte. »Auf die Weise kommt

Ordnung in Ihre Reise – und vielleicht auch in Ihr Leben«, sagte der Manager. Und: »Hier ist die Route mit den genauen Abfahrtszeiten«, sagte er. »Ich reise immer voraus und besorge alles. Verstehn Sie? Und hier ist ein Scheck.«

Darauf schüttelte der Mann ihm kräftig die Hand, und John sah ihn erst in Kopenhagen wieder, von wo der Manager mit den andern Musikern gesättigt nach England zurückkreiste.

Für John ging die Tournee weiter. Er wanderte musizierend durch Belgien, Italien, Frankreich, bis nach Spanien hinein, manchmal allein, manchmal in Begleitung einer Frau. Manchmal mußte er ein Retourbillett für sie lösen, manchmal verschwand sie ohne Benachrichtigung. So ging es drei Jahre.

Ein viertes Jahr verbrachte er als Kapellmeister an einer Berliner Oper. Es war das anstrengendste von allen. Er rettete sich an das Stadttheater in Zürich. Hier erwartete ihn eine hochdramatische Sängerin, die in seinen Armen schwor, einen großen Mann aus ihm zu machen.

Zu spät. Mi-auh …

John erkrankte.

Als er schließlich ohne allen Grund seinen Direktor ohrfeigte, empfahl ihm dieser brüllend das Sanatorium eines Schweizer Arztes. So nahmen vier wüste Jahre ein Ende.

Aus jener Zeit muß noch ein scheinbar geringfügiges Ereignis erwähnt werden, nämlich ein Trink- und Lügengelage zu Beginn der skandinavischen Tournee. Die Vorgeschichte, bei der wir stehn, wird jetzt etwas unordentlich. Dafür hat sie einen moralischen Schluß.

Auf seiner skandinavischen Tournee lernte John in Göteborg einen Arzt kennen, einen Menschen, der mit den pfiffigsten Augen der Welt nur für eines Sinn und Blick hatte: die Dämmerzustände der menschlichen Seele.

Von seinem Frohsinn bunt gescheckt und gewappnet, unter einem Helmbusch, dessen Farben im senkrechten Strahl einer höheren Erleuchtung flatterten, ein fahrender Ritter der Unterwelt, so tummelte sich der Schwede an den dunkeln, den gefährlichen Wassern, die unsre verschwiegensten Regungen und Gebärden widerspiegeln und die für ihn nicht die geringste Gefahr darstellten – nicht die geringste. Bäbä, tu. Bäbä, tut.

Er rieb sich listig die Hände und kugelte sich vor Vergnügen, als John ihm am Morgen nach einem Zechgelage im Hotel einen Traum erzählte. John erinnerte sich später nicht mehr, was das für ein Traum war. Er wußte nur, daß sie viel getrunken hatten und der Arzt ihm an Hand des Traumes die urhafte Grausamkeit seines Wesens klarmachte, so daß er sich eine Weile als ein Borgia vorkam. Es schmeichelte ihm nicht wenig. In solcher Stimmung ließ er sich überreden, statt, wie die andern Musikanten, mit der Bahn, auf dem Götakanal nach Stockholm zu fahren, gewissermaßen quer durch Schweden, von einem Meer zum andern.

Tut! bäbä, eine unbeschreibliche Fahrt! Mit Ausnahme der Trollhättafälle, die sie auf einer Eisenbahnfahrt von wenigen Stunden bequem hätten besichtigen können, war zwei Tage lang nichts zu sehn als flaches, waldumsäumtes Land, worin alle paar Stunden ein buntes Fachwerkhaus auftauchte. Nachts rasselten die Ketten in den Schleusen. Solcher mit einem infernalischen Weckwerk versehenen Krücken benötigt der Götakanal nicht weniger als achtundfünfzig, um endlich in den Mälarsee und nach Stockholm zu gelangen.

Natürlich schliefen sie nur bei Tag, obwohl sie kräftig tranken. Aber auch tags rasselten die Wecker der Schleusen, kaum daß sie eingeduselt waren. Einfach auf Deck nebeneinander zu sitzen und in sich hineinzutrinken, wie ein Trupp von Amerikanern es ihnen vormachte, erschien ihnen menschenunwürdig. Um ihrer Scham willen unterhielten sie sich. Sie taten, als ob sie nicht söffen, sondern austrocknende Gespräche führten. Und da der schwedische Doktor auf nichts so versessen war wie auf Träume, so erzählte John ihm Träume.

Serienweise lieferte er sie, im Dutzend und im Schock.

Während er sprach, erfand er sie, er brauchte sich nicht anzustrengen, die Begeisterung des Doktors und der eisgekühlte Rheinwein berauschten ihn in gleichem Maße.

Die meisten Träume spielten in seiner Kindheit. Denn wir finden es immer merkwürdig, wenn schon ein Kind von Empfindungen angewandelt wird, die das Vorrecht der Erwachsenen bilden sollten. John erzählte allerhand von junger Liebe. Dann schlug die Liebe in Haß um. Er bekam es mit einem Mitschüler zu tun, einem käsebleichen Gesellen, der ihn einmal schrecklich blamiert hatte und der, nach langem Verschollensein, plötzlich wieder in seiner Erinnerung auftauchte. Er führte geradezu Krieg gegen ihn, obwohl der Kerl ihn bei nüchternem Verstand nichts anging.

Sobald John mit einem Traum zu Ende war, begann der Schwede: »Also, hören Sie zu!« – es klang wie ein Manöversignal, und alsbald stieg er in John hinunter, jetzt war er dran, und er tat sich um. Was John da über sich zu hören bekam, war atemberaubend. Er konnte sich nicht satt hören an all den Gewalttaten und verzwickten Abenteuern, die in den Abgründen seiner Seele geschahen. Manchmal fragte er sich, wer von ihnen beiden als der phantasievollere Märchenerzähler zu gelten habe, der Schwede oder er. Es war eine Art Sängerkrieg auf dem Götakanal, quer durch Schweden, von einem Meer zum andern.

Er träumte auf dem Platz, mit offenen Augen. Nicht anders hielt es der schwedische Doktor. Die Farbe der Träume wechselte mit der Tageszeit, und gegen Abend, zur Stunde, da bei den Kranken das Fieber steigt, gerieten sie in Ekstase. Immer wieder schloß der Schwede John in die Arme und schwor ihm ›die weißglühende Freundschaft der Weisen‹. Material für Jahre wissenschaftlicher Arbeit habe er ihm geliefert, sagte er, Material … für Jah-re … John rief, daß er ihm ewige Dankbarkeit schulde – endlich habe er sich kennengelernt! Tränen standen ihnen in den Augen. Geistig und körperlich gebrochen, sanken sie auf das Sofa der Kabine, wo ihre Betten zurechtgemacht waren, und verbrachten eine spukhafte Nacht. Am Morgen schöpften sie neue Kräfte aus der getürmten Fülle von Broten, Fischen und Schnäpsen, ›die ein schwedisches Büfett‹ heißt.

Beim Abschied in Stockholm legte John dem kränklichen Lüstling und Arzt ein Geständnis ab. Alles sei gelogen, rief er, alles – bis auf den Traum im Göteborger Hotel, und den habe der Teufel ihm eingegeben. Der sei schuld an den folgenden Ausgeburten trunkener Langeweile quer durch Schweden, von einem Meer zum andern, schuld an allem. Man solle nie einen Traum erzählen!

John fand keinen Glauben. Der Schwede lachte, daß die Leute sich nach ihm umdrehten, wieherte ein vom Leuchten seiner Goldplomben entzündetes Lachen in den blauen Tag zwischen Himmel und See, umarmte John, schüttelte ihm kräftig die Schultern: »Erfunden haben Sie die ganze Menagerie, erfunden? Das erzählen Sie einem andern!« und stieß ihn aus dem Wagen, der sie vom Landungsplatz vor das Hotel geführt hatte. Lachend fuhr er weiter in seine Wohnung.

Als John van Maray nun das empfohlene Schweizer Sanatorium aufsuchte und es sich zeigte, daß dessen Leiter mit der psychoanalytischen Methode allerhand anzufangen wußte, hätte er sich gern analysieren lassen. Er sagte sich nämlich, dies sei das einzige, wozu er unter Umständen noch tauge. Jedoch der vorsichtige Schweizer Arzt, Dr. L., verschob es von Woche zu Woche, und schließlich sprach er überhaupt nicht mehr davon. Freilich waren Johns Erzählungen von den Traumorgien auf dem Götakanal nicht danach angetan, sein Vertrauen zu gewinnen.

Man hatte ihn eben kennengelernt!

Mit seinem seelischen Gleichgewicht stand es nicht zum besten, deshalb war er ja auch in einem Sanatorium, und da, auf der hohen See seines Spleens, lauerte er auf die Analyse wie ein Freibeuter auf das Postschiff. Enterhaken und Leitern lagen bereit, er trug ein Messer zwischen den Zähnen und Pistolen in jeder Hand.

Einem Querulanten weicht man am besten aus. Dr. L. hatte es aufgegeben, sich seinem Patienten zum Kampf zu stellen. So weit waren sie, als John ihm eines Morgens mit einem tollen Traum aufwarten konnte. Wahrhaftig, er hatte geträumt wie ein Buch.

Zuvor sei aber von einem Kindheitserlebnis John van Marays berichtet, das am besten hier seinen Platz findet.

(Bald hat die Unordnung ein Ende!)

3.

Zwölfjährig debütierte John in der Literatur. Es war ein falscher Start, denn ihn erwartete die Musik, nicht die Dichtung, und außerdem beging er ein krasses Plagiat.

Er hatte in der Zeitschrift *Der gute Kamerad* ein langes Gedicht in Hexametern gelesen, betitelt: *Unsre Klasse.*

Unsre Klasse gefiel ihm gleich so gut, daß er ein Kunststück fertigbrachte, wie es ihm vorher und nachher kein einziges Mal gelingen wollte: er lernte das Gedicht auswendig.

»Hört mal«, sagte er im Schulhof, »da habe ich ein famoses Gedicht gelesen ...«

Die Zuhörer zeigten sich nicht weniger begeistert als er, und in seiner Freude behauptete sein bester Freund, der im Ernstfall Old Shatterhand hieß: »Das hat er gar nicht gelesen! das paßt ja genau auf unsere Klasse! Das hat er selbst gemacht.«

John hatte nicht daran gedacht, aber jetzt stand er geblendet.

Sein Leugnen wurde schwächer, und als ein käsebleicher Mitschüler namens Depsich, dessen Eltern aus dem Pommerschen oder von sonstwo dort oben eingewandert waren, in der nächsten Stunde aufstand und dem Lehrer meldete: »John van Maray hat ein Gedicht auf unsre Klasse gemacht und kann es auswendig hersagen«, und gleichzeitig Old Shatterhand, der hinter John saß, ihm einen kräftigen Puff in den Rücken versetzte, da stand er auf und gab *sein* Gedicht auf *ihre* Klasse zum besten.

Sein Ruhm war groß und schnell vergessen, am gründlichsten von ihm selbst. So daß er vierzehn Tage später dem aus dem Pommerschen hergelaufenen Depsich ohne Arg das Heft des *Guten Kameraden* lieh, in dem sein Gedicht stand.

Das Gedicht war keineswegs anonym, sondern voll gezeichnet. »Fritz Meyer« stand unter dem letzten Vers: »Fritz Meyer, Quartaner (Apolda)«.

Und nun war es wiederum der Depsich, der in der Stunde aufstand und meldete: »John van Maray hat sein Gedicht aus dem *Guten Kameraden* gestohlen. Der Verfasser heißt Fritz Meyer und wohnt in Apolda.« Dabei hielt er dem Lehrer die Zeitschrift unter die Nase.

Kaum zu sagen, wie hämisch sein Grinsen war, das Grinsen des käsebleichen, hergelaufenen Depsich, als John sich umwandte, um das Loch im Himmel zu suchen, aus dem jählings der Donner der Vernichtung herabgefallen war! Die Köpfe der Mitschüler verschwammen zu einem feurigen Nebel. Nur das Gesicht des Depsich, das strebte teigig grimassierend zur Decke, als ob der Kopf lauter Luft enthielte. Nun, so war es wohl auch. Jahre lang sah John das Grinsen des pommerschen Luftballons deutlich vor sich. Es wurde ihm geradezu schlecht, wenn er daran dachte.

Die ungeheure Demütigung ging nicht so schnell vorüber wie der Ruhm, aber auch sie ging vorüber – wenigstens scheinbar. Als John abends in einer menschenleeren Gasse auf den Depsich gestoßen war und ihn windelweich gehauen hatte, war die Sache für sie beide abgetan. Er gehörte nicht zu Johns hervorragenden Feinden. John stand zu hoch, John war Winnetou. Als solcher machte er an der Spitze seiner Indianerbande die Zaberner Steige unsicher. Und was war der andre? Der Gefreite Depsich im Korps des ebenfalls hergelaufenen Colonel Smith.

Im folgenden haben wir es auch nur mit diesem zu tun, dem Colonel Smith, Erb- und Todfeind des Indianerstammes, Colonel Smith, der bald darauf den Besuch eines Verwandten aus Amerika erhielt.

Der Erb- und Todfeind war Befehlshaber des englischen Forts an der Zaberner Steige und galt für fast ebenso stark wie John, und wenn auch die Söhne der Steuereinnehmer, Kaserneninspektoren, Post- und Bahnassistenten, aus denen die Regierungstruppen bestanden, zum größten Teil waschechte Bleichgesichter waren, so legte Colonel Smith den Ureinwohnern der Jagdgründe doch beträchtliche Schwierigkeiten in den Weg.

Zumal als er die Feuerwaffe einführte, gewann er ein Übergewicht, das die andern in brennender Weise zu spüren bekamen. Sie brauchten eine gewisse Zeit, bis sie genug Taschengeld gesammelt, genug erhandelt und aus der mütterlichen Haushaltungskasse gestohlen hatten und endlich alle miteinander zum Kauf von Taschenteschings schreiten konnten. Sie planten nämlich einen vernichtenden Feuerüberfall auf den weißen Mann, der nicht durch vereinzelte, voreilige Schüsse aufmerksam gemacht werden sollte, daß die Rothäute sich heimlich die Donnerbüchsen der Zivilisation zulegten.

Um den Vorsprung wettzumachen, wählten die Indianer ein stärkeres Kaliber. Man konnte gröbere Salzstücke in die Schrothülse hineintun, auch knallte es doppelt so laut.

Der Entscheidungskampf war auf den nächsten schulfreien Tag, einen Donnerstag, festgesetzt, das Unternehmen sorgfältig vorbereitet. Unter anderm hatten John und seine Freunde den letzten Sonntag benutzt, um im Steinwall des englischen Forts eine Dynamitpatrone anzubringen. Die zwanzig Meter lange Zündschnur endete in einem Haselnußstrauch. Der Sohn eines Steinbruchbesitzers, ein ganz hervorragender Indianer, hatte sie zu Hause gefunden.

Drunten im Städtchen war Colonel Smith, der Quartaner Karl Friedrich Buttermann, und drunten im Städtchen waren John und er keine schlechten Freunde. John rief ihn Fitzi, wie seine Mutter ihn rief. Der Vater besaß eine kleine Bank bei der Pfarrkirche.

Von dem Besuch des amerikanischen Verwandten hörte man am Mittwoch. Da kam Fitzi mit einem goldenen Dollarstück auf den Schulhof, zeigte es her und sagte, der amerikanische Verwandte habe es ihm geschenkt. Er sah aus wie ein Pfennig aus dünnem gelben Gold. Alle durften es befühlen und auf die flache Hand legen, und dann gingen sie in die Eingangshalle, wo Fitzi sich niederkauerte und das goldene Dollarstück auf den Steinplatten klingen ließ. Es war echt. Gold, echtes Gold.

Auf dem Heimweg nahm John den Fitzi zur Seite und fragte ihn, was er für das Dollarstück haben wollte. Er bot an: zwei Bände Karl May, fünf Jahrgänge des *Guten Kameraden*, fünfzig leere Kakaobüchsen, einen Globus mit Sonne und Mond. Das waren Sachen, die ihm gehörten, aber Fitzi fand keinen Gefallen daran.

Da erzählte John ihm von dem Armeerevolver seines Vaters, den er im indischen Urwald getragen, und von einem echten malaiischen Menschenskelett, auch das konnte er haben. Der Vater hatte es in der Ecke seines Arbeitszimmers stehn. Der Revolver lag in einer Kiste im Speicher.

Fitzi begleitete John noch vor dem Essen nach Hause, um den Revolver und das Skelett zu besichtigen.

Er wählte aber das Briefmarkenalbum. Das lag bei John auf dem Tisch und war ein schönes, dickes Album, vollgeklebt mit Marken, für das schon Vater und Mutter gesammelt hatten und das er nur ›auf Probe‹ besaß, wobei es sich erweisen sollte, ob er schon groß genug sei, einen derartigen Schatz zu mehren. Das wählte er. Und »Topp« sagten sie.

John versteckte das Dollarstück in der hintersten Ecke der Schreibtischschublade.

Am nächsten Tag überfielen die Rothäute das englische Fort an der Zaberner Steige, verschossen ein Kilo Viehsalz, die gesamte Besatzung geriet in Gefangenschaft. Die Zündschnur der Dynamitpatrone hatte freilich versagt.

Die Regierungstruppen mußten bei Manitou schwören, nie mehr Dienst gegen die legitimen Herren der Jagdgründe zu tun, dann durften sie heimgehn und Kaffee trinken.

Colonel Smith aber wurde an den Marterpfahl gebunden. Und vor dem Marterpfahl wurde ein Reisigfeuer entzündet, wie es sich gehörte, und die Sieger tanzten heulend um den Pfahl, Tomahawks schwangen sie und Skalpiermesser und knallten die Teschings in die Luft.

Als sie Colonel Smith losbanden und aus der Rauchwolke ans Licht zogen, war er blau im Gesicht und keineswegs in der Lage, die Abbitte zu leisten, die sie ihm zumuteten. Sie schüttelten ihn tüchtig, trugen ihn auch noch, und dies dauerte eine schwere Stunde, durch Wälder und Wiesen hinunter bis an den Bach, wo er kräftig gewaschen wurde. Dann kam der Indianer mit der Kognakflasche, den John zu seiner Mutter entsandt hatte. Die Rothäute öffneten dem Obersten gewaltsam den Mund und flößten ihm Kognak ein, bis er sich verschluckte und ganz entsetzlich husten mußte. Davon erwachte er zum Leben.

Als Fitzi heimging, war er über die Maßen munter, keiner hatte ihn je so vergnügt gesehn.

Am Sonntag machte der Bankier Buttermann Besuch bei Herrn van Maray. Er trug das Briefmarkenalbum unter dem Arm. Gleich wurde John in den Salon gerufen.

»Wo hast du das goldene Dollarstück?« fragte der Vater. Die steile Falte über der Nasenwurzel war dreigezackt, und das bedeutete Orkan. John kannte seinen Vater.

Oh! das Dollarstück war schnell zur Stelle, mit einer stummen Verbeugung überreichte der Junge es Herrn Bankier Buttermann, stammelnd suchte er sich zu entschuldigen. »Du bleibst heute zu Hause«, schnitt ihm der Vater das Wort ab, und Herr Buttermann warf ihm einen schadenfrohen Blick zu.

John kannte seinen Vater. Als der nach Tisch geruht hatte und die Mutter zur Vesper gegangen war, brach der Sturm los. Der Sturm öffnete ruhig die Zimmertür, stand einen Augenblick da, als überblickte er sein Feld – dann brach er los. Es war ein Orkan, John hatte sich nicht getäuscht. Als Wrack ging er aus dem Naturereignis hervor.

Bereits am nächsten Tage wurden die Regierungstruppen sowohl wie der Indianerstamm von Amts wegen aufgelöst. Fitzi und John jedoch blieben fortan unzertrennlich, obwohl die beiden Väter sich in List und Gewalt überboten, um die Söhne auseinanderzuhalten – vielleicht auch deshalb. »Verstehst du«, hatte Fitzi gesagt, »nie im Leben wäre mir ein verräterisches Wort über die Lippen gekommen, aber ich war ja betrunken, völlig betrunken. Da habe ich gequatscht. Weißt du, es soll auch bei den Großen vorkommen.«

Im übrigen bereute er nichts.

Gemeinsam wandten die beiden sich dem Fußballsport zu.

Nun, mehr als zwanzig Jahre später, hatte John im Sanatorium, wo, wie gesagt, fleißig analysiert wurde, und als er gerade so auf der Lauer lag, um dem Arzt einen flagranten Fehlspruch über das Funktionen der Wolfsgruben und Selbstschüsse in seinem Seelenleben zu entreißen, zwanzig Jahre später hatte er einen schlimmen Traum.

Sein Freund Fitzi war verschwunden. Bald hieß es, er sei getötet und die Leiche im Wald an der Zaberner Steige versteckt worden. Von wem? Niemand konnte es sagen. Als die Leiche ausgegraben wurde, stand John unter seinen Mitschülern und blickte voll ängstlicher Neugier in das arme, blau angelaufene Gesicht.

Unterwegs nach Zabern zurück begann man von Handelsleuten aus dem Lothringischen zu munkeln, wie sie an den Donnerstagen, dem Markttag, über den Paß in die Stadt kamen – die sollten Fitzi verprügelt und, als er plötzlich tot umfiel, im Wald verscharrt haben. Man erzählte in der Stadt davon, ohne genaueres zu wissen, und alles war klar. Dann wechselte die Szene.

John sah sich nur noch auf dem Schulhof und im Klassenzimmer. Wie in einem Gefängnis bewegte er sich darin, konnte nicht mehr heraus, obwohl er, zitternd vor unbegreiflicher Angst, immer wieder versuchte, aus dem Schulgebäude zu entkommen. Wenn er auf seine Kameraden zutrat, kehrten sie ihm den Rücken oder lösten sich in Dunst auf. Er suchte Old Shatterhand und entdeckte ihn endlich weit weg in einer Ecke des Schulhofes. Und Old Shatterhand schaute ihn an! Reglos schaute er ihn an und weinte vor sich hin. Da wußte John, daß auch sein bester Freund an seine Schuld glaubte. Er lief zu ihm hin und schrie: »Ich war es nicht, ich habe Fitzi nicht getötet – glaubst du, ich hätte ihn getötet?« Old Shatterhand rührte sich nicht, nur seine Augen, die strahlten vor Mitleid, und ein Tränenpaar nach dem andern trat gleichzeitig aus der Iris und rollte schnurgerade rechts und links über die Backen. Gleich darauf stand John vor Gericht.

Ein Haufen Geschworener füllte die ansteigenden Bänke. Unter ihnen saß sein Vater. Auch er schien traurig in seinem großen Zorn, der sein Gesicht rötete – die Adern auf den Schläfen waren geschwollen, und John sah deutlich die blauen Knötchen darin. Er schenkte dem Sohn keinen Blick.

Obwohl John wußte, daß er die Tat nicht begangen hatte und es beschwören wollte, fühlte er erschauernd, wie das Schuldbewußtsein gleich einer unaufhaltsamen Flut in ihm stieg, das Flüssige, Kalte, Gefährliche trat aus ihm heraus, es überschwemmte den Saal. Auf einmal wandten alle Geschworenen den Kopf und richteten drohend den Blick auf ihn. Am weitesten vorn, leuchtend vor wehmütigem Zorn, hing ganz groß das Gesicht seines Vaters.

Hatte er ein Geständnis abgelegt? Er hob die Arme, wollte widerrufen, entschlossen zu lügen, zu lügen, bis zum Ende zu lügen.

Es war ein schlimmer Traum. Denn jetzt wurde auch noch Freund Fitzi hereingetragen mit seinem blau angelaufenen Gesicht und als Zeuge gegen John auf einen Tisch gelegt. Das Ärgste aber: John gelang es nicht, aufzuwachen!

Er machte Licht, erkannte das blanke, kahle Sanatoriumszimmer, stand auf und zog den Schlafrock über. Er rückte den Stuhl an den Tisch und begann einen Abschiedsbrief an die Hochdramatische des Züricher Stadttheaters zu schreiben. Er schrieb ihr und hatte dabei das deutliche Gefühl, zu lügen: ob er der Hauptschuldige am Tode seines Feindes Fitzi sei, wisse er nicht, alles in ihm sträube sich gegen die Annahme des Gerichts, nie hätte er sich, nie ihn irgend jemand für geldgierig gehalten. Wenn er jemand hätte ermorden wollen, so wäre es der Depsich und nicht der gute Fitzi gewesen. Doch da das Todesurteil in seinem Prozeß nun einmal feststehe, ziehe er es vor, sich selbst das Leben zu nehmen.

Hier hielt er in seinem Brief, als er endlich *erwachte*.

Bei der Morgenvisite erzählte er Dr. L. seinen Traum. Noch ganz demütig war er von der maßlosen Angst, die er ausgestanden. Unmöglich konnte der Schweizer Doktor glauben, daß er sich da eine Geschichte für ihn zurechtgemacht habe. Mit allen Spuren einer schweren Niederlage saß er vor dem morgenfrischen Doktor im Stuhl, seine Stimme bebte, noch viel mehr bebte sein Herz. Wortlos, ohne eine Miene zu verziehen, stand Dr. L. und hörte zu.

Als er mit den hundert entsetzlichen Einzelheiten des Traumes zu Ende war, klopfte Dr. L. ihm auf die Schulter:

»Gut«, sagte er. »Sehr gut!«

Seine Zähne blinkten in einem sauberen Lächeln, so verließ er das Zimmer. Er war von gewöhnlicher Größe, hielt sich gerade und trug einen unauffälligen Anzug.

Erstaunt erst, dann beleidigt, starrte John durch die geschlossene Tür hinter dem Riesen an Unglauben her. Auf einmal sah er den andern Doktor vor sich, den Schweden vom Götakanal. Ganz ungeniert reckte er sich in der Sonne und lachte John an aus weitgeöffnetem Mund, in dem es von Gold und weißen Zähnen schäumte. Wie ein Blitz wirkte das Lachen, quer durch Schweden, von Meer zu Meer.

»Das erzählen Sie einem andern!« rief er schallend, und seine Worte waren der Donner, der auf den Blitz zu folgen pflegt …

John sprang auf: »Nein, nein! Nie mehr.«

Mit weichen Knien trat er ans Fenster und blickte in den Park des Sanatoriums hinaus. Es war ein Schweizer Park, ordentlich angelegt, sauber gehalten. Die Allee von Rotdornbäumen stand in Blüte. Als er das Fenster öffnete, sprangen hundert Vogellaute in das Zimmer.

Still schwor er sich, keine Träume mehr zu erzählen, weder echte noch erfundene. Sie sind eine einzige Zigeunerbande, sagte er sich, die echten wie die erfundenen, und tauschen ständig die Masken.

Schließlich weiß man nicht mehr, welche echt und welche erlogen sind. Nicht einmal die Wissenschaft kennt sich aus. Heimlich und im Zwielicht kann ich ja gelegentlich auch so was aufsuchen, mit Vorsicht – immerhin mit Vorsicht. Handelt es sich doch um Usurpatoren und tiefsinnige Verderber des hellen Tages! Man sollte sie in Ketten legen, bevor man sich mit ihnen einläßt …

Was ich zum Leben brauche, das sind Bäume, die deutlich im Licht stehn, ebensolche Menschen darunter, und Gott vergelt's, wenn die Menschen lächeln und die Bäume gar noch blühn. Was ich brauche, sind Schneeballsträucher, wie sie dort den Bäumen das Geleit geben, Gestalten aus einer Kinderprozession, und einen gelben Weg, der männlich zum Ziele führt … Lieber Eckensteher im besenreinen Zürich als der fliegende Holländer auf einem Alkoholschiff!

Von dem Tag an war er gesund.

Sein erster Gang führte ihn auf das Postamt. Um den Frieden, den er mit seiner Seele geschlossen, auch vor der Welt zu bekräftigen, telegraphierte er an den Schweden, frei nach dem Bayernkönig und Dichter:

> »Rechts stehn Träume, links stehn Träume
> Und dazwischen Zwischenräume.
> In der Mitte läuft ein Mann,
> Der nicht sehn noch hören kann« –

was aber freundschaftlich gemeint war.

Die Hochdramatische in Zürich erhielt ein Blumenarrangement, ein wahres Denkmal, und einen Abschiedsbrief, der von bürgerlicher Lebensweisheit strotzte.

»Jetzt ist er ganz verrückt«, meldete sie dem Direktor. »Von John van Maray hören wir nichts mehr.«

Irrtum!

Bald las sie in einer Zeitung, daß John an der Charlottenburger Oper dirigiere. Eine günstige Kritik. Sie erschrak bis ins Mark.

Die berühmte Sängerin Ursel Bruhn kam nach Zürich. Was sang die Person? Lieder von John van Maray. Ja, der Dirigent der Züricher Tonhallenkonzerte schämte sich nicht, ein mißtönendes und liebloses Orchesterstück Marays aufzuführen. Als aber die Hochdramatische von Gastspielreisen des kleinen Spießers Maray hörte, begann sie von ihm zu träumen.

Eines Tages war er mit seinem Orchester in Zürich.

Kaum hatte er den Taktstock niedergelegt, da erhob sich in der ersten Reihe eine junge Dame mit braunrotem Haar und begab sich an der Spitze nachdrängender Musikfreunde in das Künstlerzimmer.

Kannte jemand die Person?

Im allgemeinen Lärm ging die Frage unter.

Und die Hochdramatische machte sich unter den Augen des applaudierenden Saales ebenfalls auf den Weg zum Künstlerzimmer. Sie lächelte. Sie lächelte wie ein aufziehendes Gewitter. Gleichzeitig suchte und fand sie ein stummes Schluchzen in der Kehle. Sie hielt es fest.

Vor der offenen Tür blieb sie stehn. Die junge Dame mit der braunroten Mähne rief den Musikfreunden zu: »Halt, erst ich!«, sie umarmte John und küßte ihn schamlos ab.

»Wer ist das aufdringliche junge Ding?« wandte sich die Hochdramatische an den Nächstbesten.

»Frau van Maray.«

Erst auf der Straße fielen die Tränen.

»Ich weine um mein verlorenes Glück«, sprach sie laut vor sich hin.

Sie hatte sich früher nicht viel aus John gemacht.

Aber sie gehörte noch zu der Generation, die den Ruhm über alles liebte.

Ende der Vorgeschichte.

4.

Mitte Mai betrat die Sonne um sieben Uhr das Frühstückszimmer im Hause Rauchstraße 4. Erst um halb acht wurde gefrühstückt.

Die Sonne wußte, sie habe noch eine halbe Stunde frei, und unbekümmert um den dunkelblauen Diener und das Mädchen in weißer Haube, die ihr fortwährend in den Weg traten, ergab sie sich ihrem gewaltigen Spiel.

Sie schlug Feuerräder aus den Wänden und ließ goldene Kringel über die Decke flitzen. Die Kringel sprangen wie die flachen Kiesel, mit denen Buben das Wasser schneiden, nur daß es hier ein goldener Fluß war und jeder Kiesel aus eitel Sonne.

Manchmal trieb sie es toller und tat einen Ruck und Stoß, daß der ganze Raum in Goldklötze und grünliche Splitter sprang. Der Diener und das Mädchen deckten den Tisch.

Außer dem, was sich auch auf englischen Frühstückstischen findet, gab es da eine Unmenge von Früchten, aus dem Füllhorn einer ländlichen Gottheit auf den Berliner Tisch geschüttet und prächtig anzuschauen, wie sie in den alten böhmischen Granatschalen protzten und den Glaskörben aus Murano zur Last fielen. Die Glaskörbe waren neu und hatten viel Zoll gekostet.

Außerdem aber gab es zwei jüdische Spezialgerichte, Pastete und kalten Fisch.

An die Pastete, an den kalten Fisch dachte inbrünstig eine Dame im zweiten Stockwerk des Hauses, wo die Gastzimmer lagen, alle Kräfte ihrer Phantasie rief sie auf, um sie zu sehn, zu riechen, zu schmecken: die Pastete, den kalten Fisch. Hungrig war sie überall, über die Maßen hungrig, wo sie auf der Welt erwachte. Nirgends in der Welt bekam sie die Pastete, den kalten Fisch zu essen. Nur hier, in Berlin.

Die zehrende Askese dieser Stunde verlieh dem Geschäft des Bades, der Toilette, der Besinnung auf sich einen Klang von Pathos, einen leicht schmerzlichen Schwung. Sie hungerte als ein Held, der sich erst zu essen erlaubt, wenn die vorgesetzte Tat vollbracht ist.

›Was jetzt wohl John macht!‹ dachte sie, als sie in das Bad stieg, John war ihr Mann und weit weg – an der belgischen Küste.

Sie dachte: ›Lieber John! Geliebter John!‹

Nein. Sie fühlte, sie habe es nicht stark genug gedacht, und wiederholte es mit den Lippen.

So war es recht!

Doch das Bild Johns wollte sich bei weitem nicht so prall vor ihrem inneren Auge formen wie der Frühstückstisch, mit der Pastete, dem kalten Fisch. Das Bild Johns schwankte hinter ihrem Hungergefühl, noch undeutlicher als ihr Leib im grünlichen Badewasser. Vielleicht um John zu suchen, hob sie den Kopf, rückte links ein wenig, rechts ein wenig und musterte sich, Stück um Stück. Vorsichtig hob sie das eine Bein, dann das andre. Das Wasser schäumte und trieb Blasen. Sie fand sich erstaunlich und geheimnisvoll wie ein fremdes Tier in der Weiße ihres Körpers. Ja, es war ihr eigener Körper, der ihr unter dem schwankenden Wasser entglitt und plötzlich wieder in seltsamen Krümmungen auf sie zusprang.

Von John war nichts zu sehn. Geliebter John!

Sie verfehlte nie, ihrem Badewasser Kohlensäure beizumengen, um unter hell surrender Musik als wahrhaft Schaumgeborene dem Meer der Dunkelheit zu entsteigen. Es war ihre Art Sieg über die Nacht, über den Tod.

In Wahrheit ein leichter Sieg. Die Nacht war ihr eine liebe Schwester, der Tod ein mißratener und verschollener Bruder, den sie nur wiedersähe, um ihn für immer aus den Augen zu verlieren. Seitdem sie ihre Eltern hatte sterben sehn, wußte sie: das Sterben geschieht außerhalb des Lebens, es hat nichts mehr mit ihm zu tun.

Dann stand sie, mit flüssigen Perlen übersät, vor dem Spiegel und schüttelte die Schultern, den Leib, die Oberschenkel und sah zu, wie die Wassertropfen in nichts zergingen oder aber, kurz entschlossen, kleine, eilige Wanderungen über Johanna van Maray antraten. Sie folgte ihnen mit den Augen, die der Hunger spitzte, und wägenden Gedanken. Jetzt war der Hunger kein Schleier mehr, kein Wunsch- und Spielverderber, sondern ein verbündeter Gott, der seinen Sitz im Spiegel hatte.

Sie war groß und von allseits gerundeter Schlankheit. Ihr Leib stand schmal, fast unmerklich gewölbt, die Schenkel gingen lang und fest, das Knie blieb rund, schmal standen die Füße. Den geraden Schultern entschlüpfte der Hals mit zwei heftigen Bewegungen, einer an den Schultern, einer unter dem Kinn, was ihr einen Ausdruck von Eigenwilligkeit und Kraft verlieh. Die rotblonde Mähne im beschlagenen

Spiegel rauchte um eine Stirn, die hell und ebenmäßig hervortrat wie die Schultern. Die Augen starrten in einem aufmerksamen Halbschlaf. Sie waren blau, aber von einem gelblichen Schein überzogen, von dem man nicht wußte, ob er von den Goldspritzern in der Iris oder von der Weizenfarbe der Wimpern und Brauen herrührte.

Johanna konnte über den ganzen Körper erröten, so weiß war sie im Winter. Die ersten Sonnenbäder aber färbten sie rot, und dann glich sie einer Löwin.

Sie stellte fest, sie sei noch immer schön, und sie log nicht. Sie zählte fünfundzwanzig Jahre, und so wie sie gebaut war, versprach sie, es in weiteren fünfundzwanzig auf ihre Weise auch noch zu sein.

Der Ruck ihrer Hüfte, als sie vom Spiegel wegtrat, erinnerte sie an ihre Sommer- und Löwinnenzeit, wenn John zu ihr sagte: »Reisen wir in den Süden, wohin du gehörst, in den Dschungel!« Draußen ertönte schmetternd der erste Autoruf des Tages. Es war ein herrschaftliches Signal und verkündete die Abfahrt des Generaldirektors Deutermann.

Der Generaldirektor wohnte schräg gegenüber. Er liebte die Musik, er verehrte John. Bereits am Tag ihrer Ankunft in Berlin hatte er ihr einen riesigen Fliederstrauß geschickt. So feinhörig war der Musikfreund, daß sein Ohr im großen, lauten Berlin die Ankunft von Musikern und Musikerfrauen sofort vernahm. Deshalb hieß er auch, etwas umständlich, aber treffend: Die Berliner Musikbebenwarte.

Sicher dachte er an sie, da er jetzt am Hause vorbeifuhr … Leise knurrend dachte sie an ihn. Der Mann war zu reich, aber auch viel zu trocken für das Lusthaus der Töne, dessen Doppeltür sich allabendlich in den schmalen Nickelbeschlägen drehte, worauf man durch drei Salons in einen Musiksaal wandelte, der alle toten und lebenden Heroen der Musik hätte fassen können. Die Salons mitsamt den Möbeln erinnerten an die Räume einer chirurgischen Klinik, der Musiksaal an ein Krematorium für Monisten, die auf die neue Sachlichkeit schwören. Daneben lag das Speisezimmer mit lauter Stilleben von Cézanne und Renoir. Wie tropische Gewächse wirkten die Bilder in der weißen Starrheit des Raumes.

Doch die Frauen kamen da an wie Königinnen, auch die ärmsten. Der alte Junggeselle verbeugte sich tief. Das war nun wiederum schön. Von allen Instrumenten der neuen und alten Zeit besaß er angeblich die besten, die Zimmer voll bis unters Dach, alle in nickelbeschlagenen Glasschränken geordnet. Und er kam nie auf den Gedanken, selbst zu musizieren. Ein anständiger Mann. Aber zu reich, viel zu reich für einen Freund.

Hatte Josephus nicht versichert, der Generaldirektor sei zwanzigmal reicher als er? Johanna schüttelte den Kopf. Womit man Geld verdiente, darüber hatte Johanna nie nachgedacht. Jede andre Art, als daß man ein Gehalt bezog, erschien der Beamtentochter im höchsten Grade fragwürdig. Einmal hatte John Geld, einmal hatte er keins, und viel war es nie. Sie nahm es hin wie der Fisch Ebbe und Flut und die Laune des nährenden Meeres … Geheimnisvolles Berlin! Jetzt also fuhr Deutermann zu seinem Büro und verdiente das viele Geld. Er war der Frühaufsteher der Rauchstraße. Nun würde man lange keinen Autoruf mehr vernehmen. Bis halb neun bliebe es stiller, als es um die Zeit auf dem Land war. Alle Häuser standen mit großen Bäumen gewappnet, und in den Bäumen sangen die Vögel der Reichen.

Johanna gürtete die Lenden mit einem Band, an dessen herabhängenden Schnüren sie die langen Seidenstrümpfe befestigte, sie fuhr in eine Hemdhose, sie warf ein knappes, kurzärmeliges Kleid über und schritt zögernd, mit der fast tänzerischen Gemessenheit ihres bis zum Ende ertragenen Hungers, mit einer künstlich verlängerten, edlen Gier die Treppe hinunter.

Die Treppe schien für eine Ewigkeit von Geschlechtern aufgerichtet, Geschlechtern von Gästen der Familie Samtaug. Sie war aus schwarzpoliertem Mahagoniholz getürmt, ein cremefarbener Läufer besänftigte ihre düstere Feierlichkeit. Die Messingstängchen, die den Läufer auf den Stufen festhielten, hatten eine stumpfweiße Farbe. An der Decke des Treppenhauses hing ein schmiedeeiserner Kirchenleuchter, ein mächtiger Reifen, an dem das Muster der florentinischen Lilie mit dem des Andreaskreuzes abwechselte. Dazwischen saßen die Kerzen, die aus Glas und für Elektrizität eingerichtet waren. Der Leuchter stammte beglaubigterweise aus dem Dom von Siena.

In der offenen Tür des Frühstückszimmers am Ende des Ganges erblickte Johanna glühende Sträuße von Darwintulpen. Eine weiße Empirevase in der Ecke hielt die Blüten eines ganzen Fliederstrauches versammelt. Die Blumen kamen aus der Gärtnerei von Samtaugs Landgut Buskow, wo in allen Teilen der Landwirtschaft und Gärtnerei vorbildlich, wenn auch mit Verlust gearbeitet wurde.

»Großer Erfolg John van Marays in London«, rief Ruth Samtaug ihr entgegen. »Gesang: Ursel Bruhn, am Flügel Kollreuth – bitte, Kollreuth in Person! Hier, mein Kind, lies!«

Johanna nahm die hingehaltene Zeitung und schob sie zwischen die Fliederzweige in der Ecke.

»Ich finde, die Berliner Druckerschwärze riecht so schlecht dieses Jahr. Es könnte mir den Appetit verderben. Dort vergesse ich die Zeitung auch nicht. Ich schaue immer hin. Ich bin vernarrt in den Flieder dieses Jahr.«

»Dort vergißt du sie bestimmt«, behauptete Frau Samtaug, freundschaftlich gedämpfte Entrüstung in der Stimme.

Darauf erwiderte Johanna nur mit einem Ruck des Löwinnenhauptes, der eine Verneinung bedeutete.

Sie aß.

Beschwörend murmelte Ruth Samtaug:

»Spinnweb, Spinnweb an der Wand ...«

5.

Dummes Meer!

Dich habe ich aufgesucht, weil ich müde war des Wohlbehagens am Klingklang und besinnlichen Spiel, ich wollte die Härte, die Bedrohung durch die Fremde, die unerbittliche Fremde, die nicht paktiert, und ob man sie auf Knien bäte um das leiseste Mitgefühl oder anraste, todbereit, um ihr Geschlecht zu erfahren.

Lange genug war ich überall daheim und hatte nur den Fiedelbogen zu heben, damit die Schöpfung mir billigerweise zu Willen und ein Tanz war auf der flachen Hand. Am Abend brauchte ich nur eine Frau in den Arm zu nehmen, und ich fand in Fleisch und Blut meine Herrschaft über die aufziehenden Sterne bestätigt. Lange genug habe ich als Dorfzauberer gelebt an einem See, der nicht zu groß war und nicht zu klein, nach dem Maß des Menschen gemacht, mit Stürmen, zu denen es sich kunstvoll singen ließ, wo man mitbrüllen konnte, wenn man selbst erregt genug war, eine halbe Nacht, ohne außer Atem zu kommen, und selbst die Alpen, an hellen Abenden, erglühten nur wie die Geliebte, wenn sie plötzlich deine Stärke fühlt und sie ruft. So fern waren die Eisgipfel, daß ich mit ihnen menschlich spielen konnte, ohne eine tiefere Gefährlichkeit zu verspüren als bei meinesgleichen.

Was ich aber suchte, das war die Feindschaft gegen den Menschen, völlige, unbegreifliche Fremde, jene Kälte, die tiefste Feindschaft ist.

Ich bin hinaufgestiegen zu den Alpen, als es Frühling am See ward und die Bergriesen dastanden gleich freundlichen Himmelstöchtern und Ehrenjungfrauen bei der Hochzeit, die unter einem Rausch von blühenden Wiesen, unter einer Milchstraße von Blütenbäumen für die Kreatur begann, vom Wurm bis zum Menschen.

Die Berge rückten weiter, je näher ich ihnen kam, ich lebte dicht unter ihnen, auf ihren Höhen, an ihren Flanken und spürte nicht einen Hauch ihres erhofften bösen Geistes. Gerade so gut hätten sie aus Pappe sein können, mit Sodaschnee darauf. Einmal auf einer Bergtour begann ich ohne Grund zu schreien. Ich schrie, um mich schreien zu hören! Betrunken von Langeweile schrie ich in die Luft und ging, wie Betrunkene, allmählich zu artikulierten Lauten über, da wurde das Schreien allmählich von selbst zum Gesang. Der Gedanke, eine Symphonie für Jazzband zu schreiben, begrüßte mich wie ein freundlicher Wanderer. Bald war er wieder hinter einem Felsen verschwunden.

Ich hatte aber begriffen, warum das hochzeitliche Seeland, wie es brodelte und jählings in sich versank am Mittag und gegen Morgen, warum es dann saugend nach mir griff, sich öffnete unter der Gewalt meines Blickes, immerhin bis zum leichten Schwindel und Grauen, die vom Angstschweiß der Natur genäßt waren im Mittag und gegen Morgen – während ich im Hochgebirge offenbar nicht mehr empfand als eine Wanze, die an der Zimmerdecke klebt und wartet, daß es dunkel wird, um sich auf das Bett fallen zu lassen. Das Hochgebirge hatte keine Stimme! Nicht einmal die der Lautlosigkeit, wie sie um die einsamste kleine Quelle lagert, selbst wenn man nichts von ihr vernimmt. Vielleicht hatte es doch eine Stimme, aber in diesem Fall war die Stimme heiser, abgründig heiser, ungeboren, verworren. Keine Stimme für das menschliche Ohr.

Ich fuhr zurück und sang allerhand in mich hinein in der Art: »Mische dich in die allgemeine Hochzeit am See ... Tanze, krakeele, schlage Kobolz. Tanze auf dem Notenpapier und auf dem Parkett. Und überall sonst, wo es geht.«

Johanna erwartete mich in der Kreisstadt.

»Erschrecke nicht«, rief ich vom einfahrenden Zug und beugte mich zu ihr hinunter: »Los geht's! Ich schreibe eine Symphonie für Jazz, Streicherkorps und Orgel. Die ganze Geschichte von uns Zweifüßern. Vom Ausmarsch aus dem Urwald bis zu den vernickelten Instrumentenschränken Deutermanns, des trockenen Mäzens. Du wirst nichts zu lachen haben.«

Wir wohnten einige Tage im Seehotel. Auch die Hotelgäste schienen alle hochzeitlich gelaunt und irgendwelchen Alpen aus Pappe entflohen, jedenfalls erschienen sie abends festlich gekleidet, und die Frauen trugen lockeres Geschmeide. Wir fielen nicht auf, und niemand störte uns.

Viele Stunden verbrachten wir mit den Möwen am See.

Munter waren sie, mit den Lichtstrahlen aus dem Himmel, aus dem Wasser spielten sie und lobten den Herrn.

Manchmal schienen sie zu viert oder zehnt an einem Stück Seeglanz zu weben.

In tollem zackigen Durcheinander, doch zweifellos überlegt, arbeiteten sie emsig an der gleichen Stelle, zogen bronzefarbene, gelbe und tiefgrüne Lichtfäden aus dem See und verknüpften sie mit blauen, karminroten, lichtweißen, orangefarbenen Fäden, die sie in einem Stoß, einem hochfliegenden Haken des beseelten Weberschiffleins aus der Luft herabholten.

Sie tummelten sich und wirkten, wie ihnen ums Herz war. Ja, und sie sprachen auch, sie sprachen, sagte ich, schön. Schade nur, daß uns das richtige Möwengehör abging, um jeden einzelnen, abweichenden, fliehend gewissen Wohllaut zu verstehn. Allemal ist das ›Es sagen können‹ ein Sieg über die Stummheit dessen, was für uns der Tod ist, sagte ich – vorläufig wenigstens, solange wir hier oben lauten und wirken. Allemal das Geständnis, die österliche Entkorkung der Liebe (ich glaube wirklich, so drückte ich mich aus).

Sicher setzten die Möwen mit ihrem Schrei, der der heisere Schrei eines war, der sprechen *kann*, den Punkt auf das kunstvoll wechselnde I der Tanzgebärde, und ich verstand es nur nicht ganz. Ich bewunderte ihren Sturz ins Wasser aus dem verzwickten und doch harmonischen Flug, den plötzlichen, mit dem Verstummen nach der Arie in ihrer Art.

So tief ließen sie sich fallen, daß die Flügelspitzen naß wurden, dann stürzten sie zurück, nach oben, und der nächste Kreis, den sie beschrieben, hing ein Stückchen höher als der, aus dem sie abgefallen waren.

Sie machten mir Mut, die Möwen! Sie paßten zu meiner Musik. Ich schrieb die ersten Seiten meiner Symphonie.

Noch beim Abendkonzert sah ich sie fliegen, nämlich im Spiel der Jazzband, sah sie bei der purzelnden, stoßenden, wider einander drängenden Arbeit an ihrem Stück Seeglanz.

Ohne rechten Anfang, ohne ein ordentliches Ende schwankte ihr Spiel im Wind der Erde. Und wir selbst? sagte ich. Haben wir einen Anfang? Haben wir ein Ende?

»John, ich bin in den Mann von der großen Trommel verliebt«, gestand mir Johanna.

Wenn wir sehr glücklich miteinander waren, verliebte sie sich immer in jemand – aus allzu großer Fülle der Empfindung, und dann hielt sie mich genau auf dem laufenden über die Entwicklung ihres parasitären Gefühls. Diesmal war es also der Mann von der großen Trommel. Der Kerl war nicht viel größer als sein Instrument, hager, mit eingefallenen Wangen.

Ich machte Johanna Vorwürfe, daß sie nicht Enrico, den Primgeiger und Anführer des Spektakels, erwählt habe, der oft für eine ganze Viertelstunde die Reize eines morgenländischen Prinzen umhing und ihr damit anzeigte, er lebe, in einen gemeinen Geiger verzaubert, einer höheren Bestimmung und spiele nur für sie. Dem Trommler dagegen war keinerlei Macht zu eigen als nur ein paar große, seehelle Augen.

Blaugrün waren sie, und von Zeit zu Zeit liefen Schatten darüber, die ihn unverdientermaßen zum ergriffenen Schwärmer machten. Als ob hinter Fensterscheiben mehr stände, wenn man sie anhaucht! Sicher kannte er nichts auf der Welt als nur sein elektrisch erleuchtetes Kalbsfell und das Schlagzeug darauf.

Das Bild des zähnefletschenden Negers, das den festen Teil des Blechs verzierte, mußte er allnächtlich nachmalen. Darüber waren ihm die Haare ausgegangen. Johanna gab ihm den homerischen Beinamen der Athene. ›Kuhäugiger Silen!‹ nannte sie ihn. (Das Mädchen hat ihr Abitur gemacht.) Es waren die ersten Worte eines endlosen Heldenliedes. Nicht zu sagen, was sie aus ihm herausholte, hundertmal soviel wie der Mann aus seiner Trommel. Manches davon setzte ich in Musik.

Im Schlaf noch hörten wir die Jazzband.

Eines Morgens erwachte ich von einem Aufheulen des Saxophons und metallenem Stieben. Im traumhaften Aufwallen des Herzens aus dem Schlaf sah ich gerade noch ein stilliegendes Segelboot und wie ein

Windstoß hineinfuhr und es umlegte, während Fische aus weitgeöffneten Mäulern uns triumphierend umquakten.

Es war Johanna, die neben mir im Bett saß und laut den Tag begrüßte, aber sie lachte mächtiger als der Tag.

Denn sie lachte wie ein Tag, der sich aus dem Urwald erhebt. Wie einer jener Tage, den die alten Maray zu münzen verstanden, drüben in Holländisch-Indien, und die mir deshalb nicht fremd sind.

Schon saß ich aufrecht neben ihr und lachte mit nach Noten, die Johanna aus ihrer rostbraunen Mähne schüttelte. Wir verstanden uns auf ein Dudeln, woraus einer von uns plötzlich aufsprach wie am Telephon, um sich gleich darauf einer einsetzenden Klage des andern anzuschließen, die eintönig daherkam, man wußte nicht, von wo. Wohin sie aber führte, das wußten wir.

Aus Johannas Mund, der weit geöffnet blieb, drang ein verschämtes Aufschluchzen, und wir stampften mit den Füßen auf das Bett, und wir ahmten, ohne den Rhythmus zu verlieren, bald die Möwen nach, die vor dem Fenster gaukelten, bald den Fahrstuhl, wie er mit einem Laut von Angst und Lust hinter der Zimmerwand anhielt, wir warfen unsere Beine übereinander, unsere vier schönen langen Beine, saßen Auge in Auge, hoben die Arme über die Luft und klatschten im Takt, ließen unsere Lippenpaare wie melodische Hornissen aufeinander losfliegen, klatschten wieder, schneller, immer schneller.

Was Urwald! Was Neger! Unsere vier Beine hielten ein unanzweifelbares Stück Wirklichkeit umfaßt. Und nun blieb Johannas Mund wiederum geöffnet, und das Aufschluchzen, leise rollend in der Kehle, war wieder da, der heimlich atmende Ruf, der sich selbst belauscht im Gebüsch. Dann wechselte er den Laut und wurde mächtiger als das Locken der Waldtauben, und die breite Brust Johannas erzitterte von ihm …

In die Kleider!

Nebenan stand ein altes Klavier. Das Zimmer war unbewohnt, und das Klavier hatte ich stimmen lassen. Dort arbeitete ich.

Johanna trieb sich auf dem See und im Garten herum und sammelte Stoff für unser Abendgespräch. Gegen Mittag sah ich sie zweimal vor dem Hotel vorbeisegeln. Die Sonne senkte sich über die Alpen, da trat ich ans Fenster, um der Verklärung des alpinen Stumpfsinns einen unfreundlichen Gedanken zu widmen. Unten auf der Terrasse stand Johanna und unterhielt sich mit dem Mann von der großen Trommel.

Sie schien sehr lebhaft.

Er kratzte sich bedächtig den kahlen Schädel.

Als er, einer Bewegung von ihr folgend, in den Sonnenuntergang guckte, behielt er schamhaft die Hand auf dem Kopf.

Es war das erste und das letzte Mal, daß sie mit ihm sprach.

Beim Abendkonzert holte der Mann mit der Selbstironie eines wichtigtuenden Auguren zu einem Schlag auf die Trommel aus (»kalt über den Rücken«, flüsterte Johanna und schob mir ängstlich unter dem Tisch ihr Knie zu) – wie vorgeschrieben, schwieg die Musik, um diesem einzigen Trommelschlag das Feld zu überlassen, da schnappte der Mann und riß den Mund auf, und Blut schoß heraus. Der Blutstrahl beschrieb einen Bogen und traf genau das Schlagblech der Trommel. Der aufgemalte Negerschädel fletschte die Zähne. Die Musiker polterten auf, die Instrumente plumpsten zu Boden.

Nur Enrico, der Primus, behielt Geige und Bogen in der Hand, und als er sich über die Trommel beugte, streckte er sie so weit wie möglich hinter den Rücken. Ich erblickte noch einen schweren, kahlen Schädel, der zuckend neben der großen Trommel lag, dann folgte ich Johanna, die in großen Sätzen floh.

Der Trommler starb. Johanna wollte nicht im Hotel bleiben. Wir fuhren in unser Haus am nördlichen Seeufer.

Hier in unserem Haus hätte ich vielleicht bleiben sollen. Es ging vorwärts mit der Arbeit.

Auf einmal grub Johanna den toten und längst vergessenen Komponisten Hugo Wolf aus und sang täglich ein paar Lieder von ihm. Ich protestierte. Sie sammelte Tränen in den Augen. Die Wahrheit kam an den Tag. Es war ein Vermächtnis des Mannes von der großen Trommel. Sie hatte an jenem Abend mit ihm über Hugo Wolf gesprochen und ein Lied von ihm in den Sonnenuntergang gesummt.

»Schau', Johanna«, sagte ich, »diese Lieder verdeutlichen mir zu sehr das Liedhafte unserer Landschaft, sie mummeln mich ein, ich denke an Klampfe und Wandervögel, die Erde wird mir zu billig, der ganze Himmel geht in deine klein wenig traurigen Augen ...«

Kurz, ich schonte ihren Schmerz nicht genug, ich beleidigte sie.

Doch nach jedem Lied von Hugo Wolf, das unten im Musikzimmer wie aus einer kunstgewerblich verzierten Spieldose sprang, zerrte und schlug ich grellere Widerhaken, schaufelte ich abgründigere Laute aus meiner Jazzband. Es ging vorwärts mit der Arbeit, trotz Hugo Wolf und gegen ihn.

Einmal brach Johanna mitten in einem Liede ab, gleichzeitig hörte ich das Rasseln des Telephons. Beides warf ich noch schnell auf das Notenblatt, einen Fetzen Hugo Wolf, das Säuglingsgebrüll des Telephons und auch noch die hungrigen Erkennungsrufe Johannas am Apparat. Ferngespräch. Berlin.

Plötzlich wußte ich alles.

Ich schmetterte die Füllfeder auf das Papier und trat wutschnaubend ans Fenster.

Wer sollte aus Berlin anrufen, wenn nicht Ruth Samtaug, und was konnte sie anders zu melden haben, als daß sie den jährlichen Frühlingsbesuch ihrer Freundin, nein, ihres ›Kindes‹ Johanna erwarte?

Mein Zorn war zu heiß für das Notenblatt. Das Papier hätte sich gekrümmt. Lieber riß ich es gleich in Stücke.

»Laß, bitte, meinen Koffer packen«, rief ich, als Johanna ins Zimmer trat.

Sie jubelte: »Fährst du mit nach Berlin?«

»Ich fahre ans Meer«, donnerte ich. »Her mit dem Meer! Hier ersaufe ich in einer Pfütze, ich meine: in Hugo Wolf. Der Mann vom Schlagzeug hat noch im Tod unsere Sache verraten.«

Es entstand eine Pause, während deren Johanna mich mit dem Ausdruck einer gekränkten Löwenmutter ansah. Ich fand sie sehr schön.

»Fahre nach Berlin, du rotblondes Lied«, sprach ich heimtückisch. »Ich fahre zu den Teufeln und Haifischen ans Meer.«

O du Unsinn!

Ich hätte ihre Reise verhindern oder allein im Hause bleiben sollen. Es ging vorwärts mit der Arbeit.

Jetzt vermisse ich sogar den Hugo Wolf. Ich verzehre mich nach Johanna. Eine Krankheit, eine Blutkrankheit, eine schwere Krankheit. Unmöglich zu operieren. Ich stehe in voller Pubertät – mit rund fünfunddreißig Jahren! Die Maraysche Krankheit. Um Elektrizität herzustellen, brauchen sie eine Frau.

Was renne ich jetzt vor dem Meer auf und ab wie vor einem Kettenhund, einem völlig verblödeten? Nicht einmal reizen kann ich ihn. Er liegt da und sieht mich nicht. Nachts heult er den Mond an. Den Mond. Nicht mich. Was sitze ich, ein verschlagener Seefrosch, vor dem metallenen Wasser und mache mit dem Saxophon: bäbä, tu? Unmöglich zu schlafen. Unmöglich zu arbeiten.

Und das Chalet ist für zwei Monate gemietet! Für sechzig Tage Trübsinn und sechzig Nächte Geheul, von dem ich nicht einmal weiß, woher es stammt. O dies Geheul draußen auf dem Meer! Es ist kein Mensch und ist kein Schiff. Was kann es sein? Die arme Seele eines Volkes in Not? ... Denn für einen einzelnen Bürger ist das Geheul zu stark ... Johanna schreibt nicht. Statt mir Brotstückchen zuzuwerfen, wie sie es bei den Möwen am See tat, läßt sie mich sitzen, hier, vor der Bleiwüste, von der selbst der Regen abläuft, so hart ist sie, beantwortet nicht einmal meine zwei Briefe. Halt, es waren drei. Drei Briefe, unbeantwortet. Zum Donnerwetter! Kein Wunder, wenn ich anfange, im Schlaf das furchtbare Gewinsel jener armen Seele in Not mit zu empfinden.

Ich muß gleich zum Hotel hinüber und den Portier fragen, was das für ein hysterisches Riesenmeerweib ist, draußen auf dem Wasser.

Da begegne ich auch dem Briefträger und erspare ihm den Gang bis hier hinaus. Ein Gauner, dieser Briefträger! »Nicht wahr, mein Herr – sie schreibt nicht?« hat er mir am dritten Tag gesagt, als ich ihm entgegengegangen war und er bedächtig die Postsachen für mich heraussuchte – wovon nicht ein Stück die Züge einer Frauenschrift aufwies ...

Dummes Meer.

6.

In keinem andern Hause Berlins stand um die Zeit die Sonne mit solcher Pracht – die Lichtfedern geplustert, klirrend und sausend mit einem Farbenspiel, das den Eintretenden lauter als Glocken begrüßte, um gleich darauf unter den Händen des zureichenden Dieners, unter dem beginnenden Gespräch zu verstummen.

Zumal Josephus Samtaug war ein so liebenswürdiger Hausherr, daß die Sonne selbst in diesem Raum, den er ausdrücklich ihr als Kapelle und nur nebenbei auch sich als Frühstückszimmer gebaut hatte, schon bei seinem Erscheinen magisch hinter den Stuhl zurücktrat, auf den er sich setzte, und nur noch ein verbindliches Leuchten zeigte, sobald der Bankier seine Augen und die Stimme erhob.

»Guten Morgen!« sagte er.

Damit begrüßte er den Tag, in den er durch die goldene Pforte getreten war, gebadet, rasiert und massiert, ein wenig eingeturnt auch auf den täglichen Feldzug, aus frischer Wäsche duftend, aus frischen Augen lächelnd, den Tag und sich selbst in ihm und das allgegenwärtige Glück.

Damit begrüßte er die Früchte und Speisen des Tisches, Kaffee, Tee und Grütze, zwischen denen er täglich von neuem wählen mußte.

Damit begrüßte er den Diener Karl, der nunmehr in feierlicher Eile zu zelebrieren begann, ja, ihn zuletzt, der immer zehn Sekunden vorher wußte, was Josephus heute vorzog: Grütze, Kaffee oder Tee.

Sie alle begrüßte und beschützte er mit seinem liturgischen »Guten Morgen!« und die ebenfalls frische, rundliche, aber in dieser frühen Stunde noch auffallend schlanke Gattin und den niemals fehlenden Gast. Auch der langhaarige Spaniel war in den Gruß einbeschlossen, er empfand es dankbar und turnte unter dem Tisch mit dem freundlich wippenden Bein seines Herrn, erst mit dem linken, dann mit dem rechten, schnell und präzis, als wäre er darauf dressiert.

»Guten Morgen!« antwortete mit bedachtem Lockenschütteln die Gattin.

Sie machte einen Knicks über den Teller hin: »Wir haben uns lange nicht gesehn ...«

Ein beißender Duft stieg aus ihren Haaren.

Da waren alle Blumen geschlagen.

Über dem Tisch duftete es nur noch nach dem neuesten französischen Parfüm, das, sehr passend, *Matin doré*, goldener Morgen, hieß.

Ruth Samtaug, so erwies es sich, war die kräftigste Blume am Tisch und die süßeste Frucht. Mit kindlichem Leuchten verweilten Samtaugs Augen auf ihrem Gesicht, aus dem ein ganz zarter Rauch zu steigen schien wie in der Sommerfrühe aus den Wiesen seines geliebten Buskow.

»Guten Morgen – Josephus«, stieß Johanna zwischen zwei Bissen hervor.

Decke und Wände des Zimmers bestanden aus goldenen Mosaikwürfeln. Ein zartgrüner Farbstreifen, tausendfältig verlaufend, bildete das Adernetz des goldenen Werkes. Auf das Mosaik waren kleine, absichtlich bunte Bilder gemalt, in denen ebenfalls Gold und Grün überwogen (ein Vogel Strauß, so strahlend, als wäre er von innen beleuchtet, ein Tiger, der tiefgebückten Hauptes aus dem Dschungel trat, ein turnender Affe, Kakadus und Papageien, ein Araber auf gebäumtem Roß, überhell und flüchtig, Bruchteil einer *Fata morgana*, und ähnliche Kurzweil mehr aus dem Morgenland). In verschiedener Höhe rings an den Wänden verteilt, wirkten sie als Lockpunkte für das Auge, als die dunklerfarbigen Laternen oder lebenden Inschriften des Strahlenraumes.

Während Johanna ihre Portion kalten Fisches beendete, suchte ihr Blick in den Schalen und Glaskörben nach der angemessenen Frucht dieses Morgens.

Die Augen hatten einen Ausdruck verträumter Gefräßigkeit.

Sie wählte einen kalifornischen Apfel und sagte mit plötzlich zusammengezogenen Brauen, wobei sie aussah wie ein Kind, das, ein wenig ängstlich, ein wenig trotzig, Schelte aus dem Jenseits entgegennimmt:

»Heute muß ich an John schreiben. Sonst vergißt er mich noch über seiner Symphonie.«

»Symphonie für Jazzband, Streicherkorps und Orgel«, deklamierte Ruth. »Ein Werk, ein *Œuvre*, ein *standard work*«. – »Scharfe Sache«, meinte Josephus. Johanna biß in den Apfel.

»Soviel, meine Lieben, daß ich vielleicht keinen Platz darin finde.«

Frau Samtaug tröstete:

»Wo John van Maray musiziert, da bist auch du, Johanna. Und wo du bist, da musiziert auch John.«

Dessen schien Josephus nicht so gewiß. Er hob den Blick und knipste ein ironisches Signallicht an, worin das Augendunkel zu schimmern begann.

»An deiner Stelle, Johanna, würde ich auf alle Fälle mal telegraphieren. Wenn du willst, lasse ich die Depesche im Büro aufgeben.«

»Nein, nein«, wehrte sie ab. Und während sie das Haupt mit der rostroten Mähne tiefer beugte:

»Nach so langer Trennung und seinen zwei Briefen kann ich nicht einfach telegraphieren. Einen Brief muß ich schreiben, eine unmenschlich lange Epistel. Übrigens hat er mir, glaube ich, drei Briefe geschickt, nicht zwei.«

Sehr bestimmt erklärte nun auch Ruth Samtaug:

»Ein Brief wäre allerdings das beste!« Sie entschied: »Wir bringen Josephus auf sein Büro. Von dort begleitest du mich zur Schneiderin.

Dann fahren wir nach Haus, und du schreibst deinen Brief. Und vergiß nicht: heute abend gebe ich eine kleine Gesellschaft für dich.«

Johanna, kleinmütig verdüstert:

»Für mich?«

»Jugendfreunde, Jugendfreundinnen – das war ich dir doch schuldig! Außerdem paar Leute, die dich kennenlernen wollen. Insgesamt zweiunddreißig Personen. Versetze uns also, bitte, nicht.«

»Ruth, ich werde doch nicht auf einen Schlag zweiunddreißig Personen versetzen! Nein, Ruth, gewiß nicht.«

Beim Aufbruch blieb die Zeitung im Fliederbusch. Josephus bemerkte es, strahlte auf, wollte etwas sagen, unterdrückte es aber auf ein Zeichen seiner Frau.

Zu dritt marschierten sie hygienisch durch den Tiergarten, über die Linden, die Wilhelmstraße hinauf. »John«, sprach Johanna in ihrem Herzen. »Geliebter John …«

Und, auf einmal, laut zu den andern:

»Ihr könnt sicher sein, er führt Krieg. Das ist folgendermaßen. Er setzt sich vor das Meer ans Klavier und fängt an, mit ihm zu handeln. Ohne Kragen, mit aufgekrempeltem Hemd. Tag und Nacht. Es muß schrecklich sein. Was soll ich ihm da mit einem liedhaften Brief!«

Ruth hob ein witterndes Näschen:

»Mit einem …?«

»Stell' dir vor, Ruth, Josephus wäre mit einer großen Transaktion beschäftigt, einer Millionensache, und plötzlich fielst du mit der Tür ins Zimmer und verlangtest drei Mark Haushaltungsgeld.«

»Da bekäme ich allerdings was Liedhaftes zu hören«, rief Ruth und ergriff den Arm ihres Mannes …

»Nicht wahr?«

Das Ehepaar lachte sich an, die prickelnde Süße und Kraft des Frühlings in den verschlungenen Armen, und sprach immer wieder von den drei Mark Haushaltungsgeld.

Johanna versank in Nachdenken.

Berlin glänzte feucht, von einer Flamme auf der Spitze der Siegessäule beseelt. Man sah die Göttin nicht deutlich. Wie eine ewige Ampel aus Gold glitzerte sie droben im Dunst, Erinnerung, Lockung, Versprechen, daneben brütete weich, gleich einer schief gestellten goldenen Tafel, die Kuppel des Reichstags.

Als stumpffarbene Tempeldiener standen die Schutzpolizisten vor den Toren der inneren Stadt. Zeremoniell hoben und senkten sie die Arme. (»Gestern die grimmigsten Feinde von uns Linksleuten«, sagte Josephus, »heute unsre Freunde.«) An den Polizisten vorbei stießen, sprangen, glitten die Fuhrwerke: Autos, Räder, Motorräder, mit und ohne Kasten, belfernde Renner, es schien, als gingen die Asphaltstraßen mit ihnen auf Wanderschaft, so schleiften besonders die Limousinen das matte Licht der Bahn hinter sich her. Aber alle, weich und blank gerieben, wie sie im Lärm daherkamen, waren deutlich die Geschöpfe der noch nicht ganz zum hellen Tag erwachten Straße. Ihre Hörner sangen eine Hetzjagd ein, die Metallteile schlitzten das Licht, es spritzte in kurzen, grellen Bündeln, und doch blieb jeder Baum am Weg ein frischer Gott, der sich anschickte, seine Macht zu üben.

»Wenn es uns Spaß macht, dürfen wir auch durch die Mitte«, sagte Ruth zu Johanna, als sie vor das Brandenburger Tor kamen.

Ja, die mittlere Durchfahrt, früher das Privileg des kaiserlichen Hofes, gehörte Samtaug und allen, wie der ganze gewaltige Triumphbogen mit dem sieghaft zum Ziele fahrenden Bronzegespann jetzt den namenlosen, geflügelten Wesen gehörte, den Nachfahren der Könige und Kaiser, und dies waren in Berlin alle, die Glück hatten.

Vor der Bank wartete Herr Brust mit dem Auto. Die Damen nahmen darin Platz.

Trotz aller Beschwörungen weigerte Johanna sich, mit ihrer Freundin zur Schneiderin hineinzugehen. Nein, nein, das war nichts für arme Leute, das weckte nur die Begehrlichkeit. Im Auto wollte sie warten.

Als Ruth wiederkam, war Johanna verschwunden.

Herr Brust gab Auskunft.

»Die gnädige Frau hat einen Taxameter genommen und ist davongefahren. Die gnädige Frau sah besorgt aus.«

Dabei machte er ein Gesicht, als erwarte er den Befehl, die Verfolgung des Taxameters aufzunehmen, worin das Kind saß.

Der feuchte Frühlingsmorgen umnebelte ihn wohlig. Er hatte die halbe Stunde, während deren Ruth anprobierte, einer Olympiade der Sperlinge zugesehn. Und sich für alle Fälle die Nummer des Taxameters gemerkt.

Am liebsten wäre er in die Mark hinaus und von einem See zum andern gefahren.

Seine Herrin schien nichts vom Frühling zu spüren.

Sie nickte vor sich hin.

Natürlich. Nur, um keine Gelegenheit zu haben, ihren Brief zu schreiben – tobt das Kind in der Stadt herum!

»Nach Hause, Herr Brust!«

Ich glaube, ich glaube – Berlin macht sie verrückt. Ich muß ihr helfen. Dafür bin ich ihre Freundin. »Bitte, Herr Brust, etwas langsamer! Wir sind hier nicht auf der Avus.«

In der Rauchstraße angelangt, verfaßte Ruth einen Brief an John van Maray. Sie erzählte ihm eingangs von Johanna, wie sie in prallem Entzücken durch ihr altes, so verändertes Berlin tanze, dann, drei Seiten lang, von sich, ihrem Gatten, Freunden und Bekannten, auch die letzten Konzerte vergaß sie nicht zu erwähnen. Zum Schluß kam sie auf Johanna zurück und sprach die Vermutung aus, die schöne tapfere, immer fröhliche Frau denke ›unermüdlich‹ an ihren großen Musiker, fände aber ›buchstäblich nicht die Zeit‹, ihm zu schreiben. Sie schloß französisch: »*Que voulez-vous? C'est Berlin! Et elle est Berlinoise!*« Sie hätte es auch englisch sagen können, aber englisch sprach sie besser, als sie schrieb. Mit dem Französischen verhielt es sich umgekehrt.

Den Brief schickte sie mit der Flugpost.

Ruth wartete einen langen Tag auf die Freundin.

Als es Abend wurde, setzte sie sich zum Telephon und begann Johanna zu suchen. Sie verfolgte ihre Spur durch Berlin und fand sie endlich bei einem alten Geheimrat und Kollegen von Johannas Vater, den die Inflation aus dem Tiergartenviertel langsam bis hinter Dahlem abgedrängt hatte und der merkwürdigerweise noch Telephonanschluß besaß.

»Und was macht der Brief? Die unmenschlich lange Epistel an John?« fragte Ruth.

Gerade hatte die Geheimrätin Johanna ihren Schreibtisch überlassen – noch schnell vor dem Abendessen.

»Vor welchem Abendessen?«

»Hier. Ich muß natürlich hier essen.«

»Um Himmels willen, Kind – *deine* Gäste!«

»Ach – du –«

Pause der Ergriffenheit. Ruth bildete sich schon ein, durch das Telephon Johannas Herz klopfen zu hören. Doch plötzlich:

»Du, Ruth«, fegte es her, »Ruth, meine Ruth, es ist herrlich hier, genau so wie damals, als ich auf die Welt kam – verblüffend! Die Geheimrätin redet aufs Tüpfelchen wie meine Großmutter – weißt du, die lebte doch noch zuletzt am Kurfürstendamm bei uns, Ecke Fasanenstraße. Übrigens, dort war ich heute auch. Nicht wiederzuerkennen, toll, ganz toll, der Kurfürstendamm! Der Portier hat mir erzählt, der ganze Damm wechsle alle Monate das Programm – es scheint, alles geht pleite, weil die Mieten zu hoch sind, und wo einer pleite geht, fragen zwanzig nach, die auch pleite gehn wollen, eine Art religiöser Wahnsinn, was meinst du? Oder spielen sie Hasard und sagen sich: einmal muß es treffen!? Aber schön ist es doch. Denk' nur, Ruth, der Portier, der alte Feldwebel, ist Sozialdemokrat. In der Loge hängt links vom Bett Hindenburg und rechts der Ebert – was sagst du?! Und der Sohn – hörst du, Ruth? – der Sohn, der schon Tertianer war, ist Kommunist geworden, in der Tertia, verstehst du? Da hat der Alte ihn aus der Schule genommen und Schlosser lernen lassen. Warum? Jetzt staune! Damit er ist und bleibt, was er bleiben und sein will, hat der Alte geantwortet. Da war der Ebert ein andrer Kerl, hat er gesagt. Ach – du – Ruth, es wird schon zum Abendessen gegangen! Verzeih, verzeih, verzeih! Gleich nach Tisch komme ich und schreibe den Brief bei dir. Weißt du was? Schicke mir um neun Uhr den Wagen. Da kann dann keiner was dagegen machen.«

Als um elf der Wagen mit Johanna noch immer nicht da war, telephonierte Ruth wiederum an den Geheimrat. Sie erfuhr nur, daß Johanna um neun Uhr abgefahren sei.

Ruth, die eine ruhige Ehe führte, liebte es, die geringsten Ereignisse zu dramatisieren. Da ihre und Johannas Gäste gerade aus dem Speisezimmer kamen, trat sie vor sie hin, schaute genußsüchtig lächelnd an ihrem Stilkleid hinunter und sprach:

»Kinder, ich habe bei der alten Geheimrätin Kortsch angerufen, wo man Johanna van Maray ... ich denke mir: unter körperlicher Nötigung ... zum Abendessen behalten hatte. Ihr wart alle so gütig, sie zu entschuldigen. Nun aber – seit zwei Stunden ist Johanna in unserm Wagen unterwegs nach der Rauchstraße! Ich muß hinzufügen, daß Kortschs nicht in Magdeburg wohnen, sondern irgendwo bei Dahlem. Wenn ich Johanna nicht kennte oder vielmehr den Chauffeur, Herrn Brust, so würde ich mich fürchten.«

Beschwörend hob sie das Zeigefingerchen:

»Spinnweb, Spinnweb an der Wand –«

Niemand fürchtete sich ...

Alle hatten im stillen das Reifkleid bewundert oder gehaßt. Zwei Herren, die zum erstenmal im Samtaugschen Hause weilten, bekamen das Spinnweb gezeigt, das als Glücksbringer in einer Ecke des Zimmers unterhalten wurde.

Nebenan stimmte die kleine Jazzband die Instrumente. Man trank eilig den Kaffee, und der Tanz begann.

7.

Habe ich nicht eben den Hals gereckt, genau wie eine Grasmücke auf einem Haselnußstrauch? (Taktaktaktak-fiieh-je! lockt das Tierchen, bevor es singt.)

Ein Hälschen: nicht dicker als mein Zeigefinger, gereckt: nicht höher als der Daumennagel – vor dem altgermanischen Ungeheuer der Nordsee?

Kein Haselnußstrauch zu sehn. Eine Holzterrasse, schwankend im Bumserwind. Ich kann nicht mehr singen. Das Chalet ein einziges Schlagwerk, Fenster, Türen, Gardinenstangen in Bewegung, keine Grasmücke, kein Haselnußstrauch, ich poltre melodisch.

Und warte doch, warte auf ein Wort von Johanna, auf daß die Geigen vom Himmel fallen im dröhnenden Wind und eine Kinderprozession anhebe unter blühenden Rotdornbäumen, auf einem Weg, der männlich zum Ziele führt. Sie sind fällig, die Geigen, schon vier Tage warten wir auf ihre Niederkunft – da flattert das Notenpapier aus dem Fenster und schaut nach ihnen aus!

Dornröschen in Berlin. Ein Betrunkener poltert melodisch vor der verzauberten Riesengarage.

Haltung. Arbeit. Arbeit. Bumfallera, das war die Kellertür. Scharfes Zeug, eine zuschmetternde Kellertür! Das ganze Chalet springt nach. Huiß-krackkrack-ooh-klik! Klik. Haaltung!

Nicht vergessen: bin ein Mensch, Geschöpf der festen Erde, gehißt über die Masse der übrigen Schöpfung.

Damit mir ja nicht einfalle, mit dem Meer anzubändeln in unwürdiger Vertraulichkeit, hat der Erdteil, zu dem ich gehöre, eine Barriere in Form einer abschreckend schwarzen Autostraße davorgelegt. Manchmal erscheint der Kontrolleur meines Festlandes. Ein Tourenwagen saust heran und nimmt die Parade des Meeres ab. Im Vorbeifahren wirft er auch einen Blick auf mein Chalet, um festzustellen, daß ich mich ordnungsgemäß vom Meer nicht habe fressen lassen. Ich habe mir neulich eine kleine Fahne angeschafft, die schwenke ich dann und grüße den Herrn Siegelbewahrer meiner Art.

Bums!

So kann ich in dem Glanz von gefrorener Schmiere der Autostraße meine Muskelstärke bewundern, die es dem Element zeigt, ihm, das allein nicht gekuscht, nicht nachgegeben, sich seit undenklicher Zeit nicht geändert hat unter der Zwangsarbeit meines Geschlechts. Sogar die arme Seele eines Volkes in Not, die nachts draußen heult, haben wir ihm aufgezwungen. Denn es handelt sich, wie ich erfahren habe, um eine Heulboje, als Wegzeichen für unsre Schiffe im Meere verankert.

Eine Heulboje. Wird fabrikmäßig hergestellt. Das Meer muß einen Betonklotz schlucken, daran hängt eine Kette, und an der Kette schaukelt die Boje und heult, genau, wie wir es von ihr erwarten. Wenn ich nachts erwache, lausche ich auf das wimmernde Triumphgeheul, das unser Herrentum verkündet, und schnurre vor Stolz in meinem Bett.

Ich knurre ganz anders, mit der Demut eines Hundes vor seinem Herrn knurre ich, wenn der Briefträger den Rand der Straße heranschleicht, dunkel und gering, mit einem gelegentlichen winzigen Lichtspritzer an den Füßen, als habe sich an der Morgensonne ein abenteuerlicher Tropfen Teer von der Straße gelöst und reiße, mit Hilfe der Briefträgerschuhe, mühsam aus. Wohin reißt man hier aus?

Dreihundert Meter sind es vom letzten Haus der Stadt, und der Briefträger unternimmt den Marsch nur einmal am Tag, Er klettert nicht gern. Von der Straße muß man noch die Düne hinauf bis zu mir.

Demütig betrachte ich das Schauspiel des herannahenden Briefträgers, drücke mich in den Garten und beuge mich über die armen geschlagenen Blumen. Mein Herz ruft sie an. Hörbar pulst es und ruft. Der Garten besteht aus hundert Quadratmetern Sand, in den zwei Säcke Komposterde geworfen wurden.

Es wird Sommer. An der Mauer blühen Hornveilchen, lila und weiß, und im mittleren Beet eine altmodische Alpenkresse, deren Blütenköpfchen im Wind zittern. Sie sind weiß von Natur, aber blau vor Kälte. Auch mir beben die Knie, da ich mich neben sie kauere und ihre schlotternde Armut in die Hände nehme. Dies also ist alles, was mir vom Frühling übrigblieb.

Zu Hause blühen Goldregen, Schneeball, Feuerdorn, Zierarten der Johannisbeere, blutrote, gelbe und rosa, die Kerria an der Südwand des Hauses und Flieder. Und soviel andre Fackeln noch lachen dort im Wind! Die Wunderblume der weißen Roßkastanie nicht zu vergessen, von der ein jeder der dicht aufgesteckten weißen Blütenkelche mit einem Spritzer kostbaren Blutes gezeichnet ist, während die andern, die roten Blüten, in ihrem Schoß ein weißes Mal der Unschuld bewahren – in Erinnerung an welche verschollenen Feste des Dionys? Kleine zitternde Arabis der Düne! Hornveilchen ohne Duft! Meilenweit um den See duftet bei uns der Wind. Stillgestanden! für den Empfang der Geigen …

Kannst stehn, bis du blau wirst!

Von den Strandhotels, die bei meiner Ankunft geschlossen waren, Türe und Fenster mit Brettern vernagelt, haben inzwischen zwei geöffnet. Ich sage ja: es wird Sommer. Wirklich sind auch einige Badegäste eingetroffen, in der Mitte der asphaltierten Straße stehn sie und stecken die Nase in den dröhnenden Wind. Gebadet hat noch keiner. Ebensowenig wie ich. Bin auch nicht da, um zu baden. Im dröhnenden Wind. Aber seitdem die Hotels geöffnet haben, ist das Meer in Bewegung.

Arme, über kristallene Steinbrocken zitternde Alpenkresse! So schrumpfe ich zusammen, wenn ich an Johanna denke. Lautlos an den Boden geduckt. Denn sie wird wiederum nicht geschrieben haben. Der Zuruf am Morgen, lachend wie eine Blütenfackel im Wind für den Tag und die Arbeit – bleibt wiederum aus. Leere, aus der Dröhnen des Meeres fällt. Ich verstehe es nicht, dies Gedröhn. Was man nicht versteht, macht einem Angst. Angst, Wut, Verachtung schauern in der Leere, sie sind es nicht, die im metallenen Wasserfall reden, im Blut habe ich sie, schauernd stumm, zehrend, und zwischen dem und jenem zieht die schwarze Straße einen Strich.

Verbannung. Zwangsarbeit.

Jetzt. Wie der Briefträger beim Heraufklettern die Füße setzt – merke ich, er trägt keinen Brief von Johanna. »Heutzutage schreiben sie nicht mehr, sind *ganz* dabei, hier wie dort«, wird er sprechen – und ein Grinsen krächzen, der Rachitiker. Im dröhnenden Wind.

So steht man am Pranger, einsam vor dem sinnlos wütenden Meer, und wird verhöhnt. Kleine, gerupfte, blaugefrorene Alpenkresse! Bis zehn Uhr werde ich herumgehn und der unverständlichen Drohung lauschen.

Da, zum erstenmal höre ich am Tag die Heulboje! Im dröhnenden Wind ...

Um zehn herum grüße ich mit der Fahne das Flugzeug, das mit Post und Passagieren vom Himmel schwebt, und bin wiederum stolz.

Stunden am Flügel, neben mir den Tisch mit dem Notenpapier. Angst, Haß, Verachtung prasseln gegen das Meer. Ohne Anfang, ohne Ende.

Vielleicht leiste ich mir ein flachstimmiges Schnadahüpfel, ein Stückchen Lied fast, ohne Anfang, ohne Ende, richte es mir an, serviere es mir, ach! und nehme es auf die Zunge (vielleicht hat sie heute, heute geschrieben), und wiederum Angst, Zorn und Erbarmen, im Dröhnen des Windes, prasselnd gegen das Meer, weithin über einen leeren Raum weg, so unbegreiflich fern ist das Meer hinter dem schwarzen Strich. Über Hohn, Zorn und Erbarmen stürzt sich Musik, die Musik geht in ihrem gelehrten Wellengang. Das Meer aber bleibt ein Angsttraum, in dem die fabrikmäßig hergestellte Boje winselt.

Abends im Hafen. Es riecht gut. Das Dröhnen des Windes bekommt weiche Locken, blüht farbig auf, spitzt den Mund.

Hundert Augen, zweihundert steigen über ein schmales Brett vom Dampfer, zischend schießen die Bogenlampen an, dreihundert Augen, vierhundert umströmen mich hüftlings, Beine, Schultern, Arme, Schenkel, Frauen, demütig schaue ich das Wunder.

Whisky und Soda vor dem Hafencafé, Abendessen in dem Speisesaal des Hotels, leerem Konzertsaal, wo ich einsam in der Ecke melodisch für mich poltere, von der Spargelsuppe zum Zitroneneis. Whisky und Soda in der Halle. Leer, halbdunkel, sie sparen Licht. Heim im schwarzen Wind, den Höllenhund von einer Boje, stoßend, am rechten Knie.

Der Wind hebt mich die ersten dreißig Erdstufen in der Düne hinauf, die nächsten dreißig aber will er auf einmal für sich behalten, da sitzt er vorgebeugt und führt in der Finsternis dicke Tritte gegen mein Kinn. Mit Kopf und Schulter fange ich sie auf; Leeres Haus. Das elektrische Licht zittert vor Angst. Musik.

Whisky und Soda. Träume, Heulboje, Träume. Als wir heirateten, war es abgemacht, daß ich keinen Unfug mehr umtriebe – aus Musik in Alkohol, von Alkohol in Träume, quer durch Schweden, von einem

Bett zum andern! Geigen fielen vom Himmel, damals, ein marschierendes, singendes Streicherkorps, das stellte sich vornedran, und wir folgten und setzten ordentlich die Füße.

Jetzt – wird der Briefträger den Kopf mit dem Käppi heben. Käppi, Lakaienmütze, Henkerlivree. Ich will nicht! Hinter das Haus.

Bedauernswerter Garten.

Alpenkresse.

Gartenhaus, Versteck ...

Warum steht die Tür auf? ...

Ich glaube, ich habe geschrien.

Mir scheint: ich höre es noch.

Ich habe geschrien.

Oder stockte der Herzschlag?

Ich sah gleich, daß sie tot waren. Schöne Menschen. Ein freudiger Schreck auf den Gesichtern. Beide tot, der Jüngling und das Mädchen. Schwarz angezogen – beide. Der Jüngling hält den Revolver in der Hand. Feine Hand. Hand eines Kellners, der es weit bringen kann. Er wollte nicht weiter. Als bis zu ihr. Ihre Haare sind gleich lang, fast vom selben dunkelfeurigen Blond. Ein rostbraunes Blond wie die Haare Johannas.

Etwas Blut an den beiden zugewandten Schläfen.

Sie müssen sich nebeneinander ausgestreckt haben, erst hat er *sie* in die linke Schläfe geschossen, dann sich selbst in die rechte Schläfe.

Daß ein gewaltsamer Tod so jede Spur von Gewaltsamkeit verlieren kann! Sie müssen sich heute nacht erschossen haben – im dröhnenden Wind. Ich fuhr auf einem Traumschiff im Sturm, vielleicht habe ich die Schüsse gehört, vielleicht nicht. Ich höre soviel auf den nächtlichen Fahrten, wenn ich im Schlagzeug des scheppernden Hauses mitspiele, und wir tanzen auf dem Meer. Was man nicht versteht, macht Angst, und ich versuche nicht zu begreifen.

In zwei schönen jungen Menschen lächelt wächsern die Angst – freudiger Schreck, mit gelblichen Glanzlichtern auf ihre Gesichter getupft, nackt hingelegt die Gesichter vor ihren Gott, in der Gewißheit des Urteils. Ach, wäre ich so schön wie du, Johanna – und so wunschlos wie du, mein Junge!

Wimmert nicht die Boje wie eine Totenglocke?

Beide haben blaue Augen. Kornblumenblau, mit einer Spur Gelb wie vom Weizen. Kristallen verwahren sie ihr Geheimnis. Wie Steine leuchten sie in der innern Nacht.

Ich will sie nicht schließen.

Die kleinen Hände des Mädchens sind geballt. Beiderseitig geballt an die Schenkel gedrückt. Die Beine gestreckt dicht aneinander. Wahrscheinlich hat sie sich zusammengenommen, als sie den kalten Lauf an ihrer Schläfe spürte. Er aber hat den einen Fuß über ihre geschlossenen Füße gelegt. Sie mußte vorgehn. Allein. Er folgte.

Tapfere Johanna.

»He! Briefträger! Hierher! Ja – ja –. Ja, bitte, melden Sie's. Ich kenne die Leute nicht.«

Der Briefträger kannte sie. Er wußte sogar, daß sie seit Wochen sich nachts hier trafen. Wenn man ihm Glauben schenken wollte, so wußte es die ganze Stadt. Würdig wie ein Arzt im Sterbehaus begann er eine Geschichte, gewissermaßen die Krankengeschichte. Er selbst, so häßlich er war, hüllte sich zärtlich in Leben, sein blaurasiertes Kinn glänzte, voll tierischer Wehmut schielte er über die Brillengläser. Bruder vom Festland, gepanzert im Leben, gepanzert gegen die Angst, unheimlicher Geselle! Er wußte alles. Für ihn gab es kein Geheimnis. Stolz hob er den Kopf mit dem Käppi, stolz hob er das Bein mit dem Trampelstiefel und schritt über den Tod hinweg …

Da kam John van Maray ins Laufen. In Sprüngen setzte er die Düne hinab. Ein Brüllen in der Brust, eingepackt in dröhnenden Wind, ein Stück Wind selber, das rollend zur Lawine anschwoll, so lief er über die schwarze Bahn bis vor das Hotel.

Hier machte er halt und sah sich nach dem Briefträger um. Als er ihn endlich erblickte, wie er gemächlich die Straße heraufkam (Haltung, Maray, Haltung! Panik – ist keine Musik), betrat er das Hotel und verlangte ein Gespräch mit Berlin, Rauchstraße 4, die Telephonnummer wußte er nicht.

Er wartete eine Stunde. Ob der Kerl, der Briefträger, der Unterkontrolleur – ihnen die Augen zugedrückt hat? fragte er sich. Zugedeckt die hellen Steine, den Unterpfand des Sieges? Einen Strich unter das Geschehnis gemacht?

Er wartete zwei Stunden. Ihm schien, das Dröhnen des Meeres sei in die Telephonzelle eingesperrt.

Er machte das Gespräch dringend, gleich war es da.

Van Maray ging zur Telephonzelle und blieb vor der geschlossenen Tür stehn. Er stand mit hängenden Armen, die Fäuste geballt, und ließ es drinnen klingeln. Er stand, um dem rasenden Schlagwerk zu lauschen, das alles übertönte: den Wind, die krächzende Stimme des Briefträgers, das Meer, das Klopfen, das Sausen der Leere im Blut, sogar Johannas überhelle Stimme, die er einen Augenblick lang deutlich im Kopf hatte, und er stand auch, um zu verhindern, daß jemand auf das Klingeln herbeieilte und in die Zelle eindränge.

Ich will nicht! wiederholte er paarmal, die Fäuste geballt, mit hängenden Armen … Es darf nicht sein … Panik ist keine Musik. Er stellte sich Johanna tot vor, in den Armen eines andern, tot, ein rundes Loch in der Schläfe. Deutlich sah er sie vor sich: schwarz gekleidet, die rostbraune Mähne seitlich herabhängend, die Hände geballt, um nicht zu erschrecken. Neben ihr ein Jüngling, braun, breitschultrig, mit schmalem, blassem Gesicht, so wie John van Maray in jenen Jahren gewesen war, in jenen Jahren, als er ins Leben hinausging – ein Jüngling, der vielleicht ein großer Musiker geworden wäre, wenn er es überstanden hätte.

Endlich hörte das Klingeln auf.

»Fertig«, warf er dem Portier im Vorbeigehn zu.

Barhäuptig marschierte er die Straße hinunter, die von schwarzer Sonne glänzte, warf einen gleichgültigen Blick auf das Chalet, der weißblaue Himmel darüber war zum Zerreißen gespannt, marschierte weiter, immer geradeaus.

Die Brandung stand und zerschlug sich im Takt.

Die Schaumhände der hohen Wände zerzupften einen Regenbogen.

8.

Kurz vor Mitternacht erschien Johanna in den Gesellschaftsräumen des Hauses Rauchstraße 4. Sie trug ein Abendkleid.

»In zwei Minuten habe ich mich umgezogen!« jubelte sie, während sie sich unter die tanzenden Paare stürzte und Umarmungen und Händedrücke austeilte. Sie rief es noch einmal, als sie die stürmische Begrüßung im zweiten Salon wiederholte. Auch in das Bibliothekzimmer eilte sie, gestreckten Halses, die Arme zum Umarmen bereit, aber da war niemand als die Jazzband.

Sie drehte sich um:

»Seltsam! Die einzigen Menschen hier, die ich nicht kenne, sind die Musiker.«

Niemand wollte es merkwürdig finden, man lachte Johanna zu, ohne nach dem Grund des plötzlichen Kummers zu fragen, in dessen Schatten sie schüchtern und erhaben um sich blickte.

Die im Lichte vor ihr standen, wurden trotzdem verlegen, denn sie schaute einen nach dem andern an: die ewig jungen Damen zwischen Zwanzig und Fünfzig, denen sie sich mit ihrem hübschen, billigen Kleid nur kümmerlich anglich, die Zeitungsbesitzer und Chefredakteure, Finanzmänner und Ministerialbeamten, die Schriftsteller und Abgeordneten … Während die Musik weiterspielte, zögerte man, ob man den unterbrochenen Tanz wieder aufnehmen oder ob man warten sollte, bis die Sphinx den Mund öffne.

»Nun, mein Kind«, erhob Ruth die Stimme, »sag' es uns gleich: wen von uns willst du zerschmettern?«

Johanna antwortete:

»Ach! jeder einzelne von euch ist stärker als ich.«

Die Freundinnen, die am zartesten gestaltet waren, lachten am lautesten.

Johanna schämte sich und konnte doch nicht von der Stelle weichen, denn sie wartete auf etwas.

In dieser Minute empfand sie einen wüsten, unlautern Haß, einen Haß, der sie um so mehr schmerzte, als er nicht von ihrem Fleische war, und sie dachte: »Ach, John! Du allein könntest sie niederschlagen – mit deiner Musik!«

Endlich war das Spiel zu Ende, und Johanna ging in das Bibliothekzimmer und schüttelte jedem der Musiker die Hand. Sie betrachtete sie aufmerksam, so wie sie am Morgen eine Frucht ausgesucht hatte.

Der Mann vor der großen Trommel verwirrte, enttäuschte sie. Es war ein Student, der abends mit dem Kalbfell seinem Lebensunterhalt nachging: eine aschblonde Schönheit, ein furchtsamer Straßenräuber. Seine rötlichen Augen schwankten zwischen Demut und Frechheit. Aber seine Stirn strahlte. Und er hatte lange, feine Hände …

»Ich bin Frau van Maray«, sagte sie errötend. »Ich wollte die Kollegen meines Mannes begrüßen.«

Darauf nahm sie Ruth auf die Seite und verlangte, daß den Herren von der Musik Champagner gereicht werde.

»Aber es gibt nur noch Erfrischungen. Weißt du, wie spät es ist?«

»Ruth, ich bitte dich dringend, den Herren von der Musik Champagner reichen zu lassen. Es ist ein Akt der Solidarität, für den ich gerade bei dir Verständnis vermutet hätte.«

Jetzt schrie Ruth, durchbohrt von Erleuchtung, und sie hob die Hände, als zeigte sie Wundmale: »Du warst bei Asver?«

Während die Nachricht, Johanna van Maray habe den Abend mit dem Linkskommunisten Asver verbracht, die Paare aus den entferntesten Winkeln, sogar aus dem Garten hereintrieb, bekamen die Herren von der Kapelle Champagner. Ein Diener reichte ihnen das Tablett mit den Gläsern unter persönlicher Anführung Ruths, die einige gutgesetzte Worte an sie richtete und sich dann mit einer Art Entschuldigung und Verbeugung aus dem Zimmer zurückzog.

Kaum hatte Ruth Samtaug die Schwelle überschritten, da geschah ein Schlag auf die große Trommel, ein Quietschen, Heulen, Pfeifen und Miauen – pöbelhafte Ironie und Tusch der Jazzband.

Josephus zeigte mit dem Kopf nach dem Bibliothekzimmer:

»Johanna! Früher waren sie unsre Freunde. Seitdem wir es sind, von denen sie leben, sind sie unsre Feinde.«

Johanna antwortete:

»Sie haben recht!«

Ein bunter, dichter Halbkreis hatte sich gebildet, daraus trat der schwarzbebrillte Redakteur.

»Na und? Heraus mit dem Asver! Geben S'n von sich! Zum Beispiel: was meint er von den Wahlen?«

Die Hornbrille mit dem bombensicheren Unterkiefer war Reichstagskandidat.

»Von den Wahlen?« sagte Johanna bestürzt. »Von den Wahlen –?«

»Erhabene Johanna!« Ruth lehnte sich an die Freundin, die kleine Ruth, die schon seit Mittag nicht mehr schlank war, sondern weich und rund, sogar im abstehenden Taftrock ihres Stilkleides. Sie legte den Arm um die Hüften der Freundin und sprach zu dem Politiker hinauf:

»Wie liedhaft sie das bringt: ›von den Wahlen‹... ›von den Wahlen?‹ –! Ein deutsches Mädchen, das von Kurt Kommer im Talmud geprüft wird.«

Die Hornbrille lachte schmetternd.

»Seit fünfzehn Jahren prüfe ich sie im Talmud – jawoll! – in allen Lebenslagen, und immer bin ich es, der durchfällt.«

Johanna war entrüstet. Sie nahm Ruths Arm von ihren Hüften, behielt aber die Hand und drückte sie, so fest sie konnte.

»Kurt Kommer, Sie sind die ganze Schnoddrigkeit Berlins in Person, Sie! Damit es das gibt, dafür sind Sie auf die Welt gekommen, und wenn Sie tot sind, wird man sie ausstopfen müssen und im Museum für Völkerkunde aufstellen, mit einem Grammophon im Bauch oder, wie Sie sagen, im ›Lümplein‹, das Ihre Geistesblitze ebenfalls bewahrt. Von den Wahlen hat Asver nichts erzählt, aber von Politik genug, so viel, daß mir noch ganz schlecht davon ist – und hauptsächlich von Ihnen, schwarzer Kakadu ...«

(Der Beiname Kakadu für Kurt Kommer war aus den Initialen K. K. entstanden, womit er seine Artikel zeichnete, daraus hatten seine Freunde Kakadu gemacht.)

Der Unterkiefer der Hornbrille rückte mahlend vor:

»Ich sage ja. Geben Sie Ihrem lieben Jugendfreund Kurt Kommer Saures im Namen des Asver – nur nicht geniert, los!«

Der Halbkreis jauchzte, und die Jazzband schrillte und gröhlte mit.

»Ein feiner Ton bei den Nachfolgern der Kaiser und Könige«, bemerkte Johanna.

Als winke er mit dem Zepter, schwenkte Kommer seine dicke Zigarre: »Kind, keine Majestätsbeleidigung!«

»Ach was« (Johanna nahm Kakadu auf die Seite) »zwei reizende Kinder hat er, der Asver, ein Mädel von zwei und einen Jungen von dreieinhalb, ich sage Ihnen, Kakadu: Milch und. Blut mit einem Honigschein darüber und sauber wie frisches Linnen und hart und klug wie ihr Vater. Eine Schande, wie schlecht es ihm geht, dem Asver! Er muß noch an seinem Essen abzahlen, das er im Gefängnis gekriegt hat, eine fabelhafte Extrakost, mit Soda drin, damit er nicht darauf verfiel, seinem Gefängnisdirektor Gewalt anzutun. Gerade heute ist er dafür gepfändet worden. Sie sollten sich schämen, Kakadu, schämen, daß Ihr Zeitungspapier bis in den Annoncenteil errötet. Jahrelang haben Sie mit Asver im Café am Potsdamer Platz gesessen. Und jetzt werde ich für ihn sammeln.«

»Richtig«, sagte Kommer. »Er hat sich mit Moskau verkracht. Johanna von Orleans – meinen Arm! Ich nehme an, Sie werden ihn nach Moskau zurückführen und ihn im Kreml salben lassen.«

Einen alabasternen Aschenbecher auf der flachen Hand, begann sie an Kommers Arm die Runde.

»Für unsern Jugendfreund Asver, der unter seinen messerscharfen Visionen arm geblieben ist«, verkündete Kurt Kommer bei jeder Station …

»Damit er den Angriff des Gerichtsvollziehers abschlagen kann, der selbst ein Prolet ist« … »Helft dem Propheten Asver, denn das aufgeklärte Moskau hat ihn verlassen … Helft dem blutrünstigen Kerl, Rom und Moskau wollen ihn nicht haben, aber Johanna van Maray, die er heute hinter der Warschauer Brücke getauft hat, bereitet seinen Weg …«

Zwar versuchte Johanna verschiedentlich, ihn zu unterbrechen und ein Wort anzubringen von den Kindlein wie Milch, Honig, Blut, mit denen sie während der Ausbrüche Asvers gespielt hatte, als weilte sie über den donnernden Wolken im Himmel, doch Kakadus Unterkiefer blieb unerschütterlich bei seiner Litanei.

Nach beendeter Sammlung floh Johanna in das leere Speisezimmer, und den Kopf neben der Alabasterschale auf der Tischplatte, brach sie in Schluchzen aus. Kakadu, der ihr nachlief, wurde angefaucht.

»Wiederum durch die Prüfung gefallen«, murmelte er und eilte davon.

Er benachrichtigte Josephus.

Josephus benachrichtigte Ruth.

Und Ruth erfuhr alles.

Wortlos setzte sie sich neben Johanna, legte ihr den einen Arm auf die bebende Schulter, den andern legte sie auf den Tisch, und auf diesen bettete sie ihr duftendes Haupt, bereit, ein Schläfchen zu tun, bis man sich ausgeweint habe. Sie dachte daran, daß sie keine Kinder besaß, und nur diese eine Johanna, genoß der Ruhe und ihres aufrichtigen Gefühls, das sich darin entfalten konnte, und verhielt sich still.

Als Johanna dann den Kopf hob, war Ruth gleich da, um sie zu küssen, mit ihren runden Augen, die so dunkel waren wie die Rampe im Treppenhaus, sich an den breitgeschweiften blauen der Freundin zu laben, ihr das Gesicht zu trocknen, ernsthaft lächelnd aus dem Zimmer zu eilen und, schon wieder bei ihr, mit der Puderquaste die Spuren der Überschwemmung in der Landschaft der herrlichen Augen zu verwischen.

»So, und jetzt gehst du und gibst Kakadu ein gutes Wort. Es scheint, du hast ihn gekränkt.«

»Ruth, beruhige dich, das hat noch keiner fertiggebracht.«

Es zeigte sich, daß Kakadu an allem schuld war, er und sonst niemand. Wie sollte Johanna es wagen, Asver eine solche Geldsumme (mehr als fünfhundert Mark) zu überbringen! Asver würde mit Recht glauben, sie wolle ihn bestechen. Asver lebte in der ständigen Furcht, bestochen zu werden. Vierundvierzig Mark brauchte er für den Gerichtsvollzieher und nicht fünfhundert. Vor allem aber hatte Kakadu aus dem Gang mit der Alabasterschale ein schamloses Theater gemacht. Wie ein Schmutzhaufen war das Geld da zusammengefegt worden. Was sagst du? Kleine Hilfsaktion für das Ehepaar Asver? Nein, Ruth, eine feierliche Verhöhnung der Armut mit Begleitung von Jazzmusik. Nein, Ruth, du hast alles vergessen, was vor deinem Reichtum lag. Du auch, ja, du auch.

Ruth bestritt es in aller Ruhe, und außerdem wußte sie sofort einen Ausweg. Sie würde zu Asver fahren und ihm das Geld überbringen, dazu einen Blumenstrauß für die Frau und Schokolade für die Kinder.

Vielleicht wäre ein Baukasten mit Stahlschienen besser, meinte Johanna. Asver sei für den Fortschritt.

»Ein Stahlbaukasten für Zwei- und Dreijährige?«

»Warum nicht?«

Der Baukasten wurde bewilligt.

Zur weiteren Beschwichtigung Johannas erinnerte Ruth daran, daß Asver oft zu ihnen gekommen sei, früher, als sie noch neben dem Steglitzer Rathaus in fünf Zimmern hausten. Sie freute sich, ihn wiederzusehen, und schwor, sie halte ihn für einen hochanständigen Menschen – nur die Frau erscheine ihr ein bißchen wild.

»Wild? Hungrig!« rief Johanna mit viel Überzeugung.

Hungrig?

Ruth erschrak.

Gut, gut, in diesem Fall werde Kempinski eine Ladung kaltes Essen schicken, natürlich erst *nach* dem Besuch Ruths und anonym.

»Vorsicht mit dem kalten Essen«, riet Johanna. »Wenn es zu fein ist, gibt er es seinen Hühnern.«

Hühner?

Asver besaß Hühner?

Vor Staunen konnte Ruth sich kaum fassen. Oder war es Entrüstung?

Es war Entrüstung. Ja, wenn er Hühner besaß, was fehlte ihm denn noch? Täglich frische Eier. Und wenn er Hühner hatte, so mußte er sie doch ernähren können. Hühner kosteten Geld – Ruth wußte es genau, nicht umsonst besaß Josephus ein Mustergut in der Mark.

Fast wäre es darüber zum Streit gekommen. Als Ruth gerade den Standpunkt verfocht, ein Klassenkämpfer könne zwar ohne Gefahr für sein Seelenheil ein Konto bei der Bank unterhalten, denn Geld sei immer unsicher, Landwirtschaft aber gehöre zum Luxus, wohingegen Johanna den Besitz von Hühnern zu den ›primitivsten Lebensformen‹ zählte und unnachgiebig dabei verharrte, erwies Ruth sich wieder einmal als die Überlegene und brach das Gespräch ab.

Nun wünschte sie noch schnell zu erfahren, wo Asver denn seinen Hühnerhof untergebracht habe. Im Hof und im Stall des Fuhrhalters, stellte sich heraus. Ja, im Osten gab es noch Fuhrhalter, ahnungslose Ruth! Richtige Fuhrhalter, mit Pferden, und die Pferde fraßen keine Hühner. Das letzte glaubte Ruth aufs Wort, aber sie fand die Verhältnisse im Osten auffallend weitläufig, geräumig: da draußen lebten sie anscheinend wie auf dem Land. Wie reime sich das mit der Wohnungsnot?

Jedoch, die Wohnungsnot streifte sie nur mit zwei Worten, obenhin und mehr scherzhaft und ohne den geringsten Wert auf ihren Einwand zu legen, der sicher töricht sei, so töricht wie alles, was von der kleinen Ruth komme. Ich werde mich hüten, dir zu widersprechen, Johanna – für nichts in der Welt! Und nur, weil es sich hier um etwas Allgemeines handelte, keineswegs um einen besonderen Fall, ließ sie beim Aufstehen das mutmaßliche Naturgesetz auf dem Tisch zurück, demzufolge ein Revolutionär, der sich um Hühner kümmere, es nie zu etwas bringen könne, wobei nicht etwa an den Ruhm eines Revolutionärs gedacht sein sollte, sondern nur an ein Reichstagsmandat.

»Ich finde einen Hühnerhof interessanter als ein Parlament«, warf Johanna ein, und sie fügte, ebenfalls nur vermutungsweise, hinzu, dies käme wohl daher, daß sie musikalisch sei.

»Fort, zu deinen Gästen, mein Liebling!« drängte Ruth.

»Ah!« Johanna reckte sich. Blitzschnell malte sie sich aus, wie ›ihre‹ Gäste jetzt in den Räumen herumstanden und über Asver sprachen, wie sie sich ereiferten, heuchelten und drohten angesichts des Feindes, dessen Geist dräuend durch die Salons schritt und jedem von ihnen bis auf den Grund der Räuberaugen blickte.

Ihr Gericht und ihr Untergang atmete aus seinen Zügen. Viele von ihnen hatten ihn gesehn, und alle kannten sein Bild, den geschorenen Rundkopf mit dem schneidend kalten Blick, dem schmalen Mund, um den Zorn und Entbehrung geisterten, dies glatte farblose Gesicht, Gesicht eines Clowns oder einer alten Frau, einer Amme, die viele Kinder von Reichen aufgezogen, die eigenen aber andern Armen in Verwahrung gegeben hatte …

Hinter der Tür wartete Kurt Kommer.

»Gerade habe ich mit Ihrem Freund telephoniert. Er läßt grüßen – jawoll! Ich hole ihn morgen zu einer kleinen Autotour ab. Ich muß mich mal wieder in die Wade beißen lassen, sonst werde ich hochmütig. Jawoll! Und jetzt einen Tanz, mein Kind, einen einzigen! Es ist sowieso der letzte.«

In beiden Räumen bewegten sich langsam die Paare beim Tanz und zeigten jenen komischen, fast feierlichen Ernst, den der heutige Gesellschaftstanz über die frechsten Zyniker breitet.

Die Jazzband aber schlug Kobolz aus niggerhafter Schwermut in Lustigkeit.

Kaum, daß einer der Tanzenden bei den Kraftstellen lächelte.

Und niemand schien an Asver zu denken! Fürchteten sie ihn denn nicht mehr? War die Revolution so tot?

Armer Asver! Brüllend und pfeifend trug die Jazzband jemand zu Grabe, der einst mächtig gewesen, und Johannas zornig betrübte Gedanken folgten im Leichenzug.

Josephus eilte herbei und zog seine Frau in den Strudel.

»Tanze, Frau Maray, tanze, mein Gutes!« rief er Johanna zu. Gleich darauf sah sie, wie auch er sich mit dem dunkeln Schmelz des Tanzes überzog.

»Hopse, Johanna!« murrte Kakadu. »Der letzte Tanz, heute und in Ewigkeit!« … Er sagte, indes er sie in seinem nervös zuckenden Arm entführte: »Und nachher bummeln wir weiter.«

Er war noch größer als sie. Vorsichtig ging er beim Tanzen fast nur gegen ihre Schulter an und verwahrte so den Schurken, sein Bäuchlein, auch Lümplein genannt – entweder um es vor frivolen Berührungen zu schützen oder nur einfach, damit das Vorhandensein der unerwünschten Wölbung nicht dauernd durch die Bewegungen der Tänzerin unterstrichen werde.

Johanna stöhnte in ihrem Herzen:

»John, mein John, was sie alles mit mir machen in Berlin!« ...

In dieser Nacht geschah es, daß Johannas Mund zum erstenmal seit ihrer Verheiratung von fremden Lippen berührt wurde.

Als sie das Nachtkabarett verlassen hatten und Kurt Kommer sich neben sie in das geschlossene Auto setzte, knipste er zuerst das Deckenlicht aus, dann sank er in das Polster zurück und stöhnte: »Au weh!«

Johanna öffnete den Mund, um ihr Mißfallen an der neuen Generation von ›Jazztrommlern‹ kundzugeben, die, massenhaft unbeschäftigt, das Kabarett füllten (und darauf bezog sie auch das ›Au weh‹ des Bummelgefährten), da fühlte sie eine schwere Last auf sich sinken, ein Ereignis, das der anfahrende Wagen vergeblich durch Stöße und Sprünge aufzuhalten suchte, die Last wurde davon nur dichter und drückender, und auf einmal roch es haarsträubend nach abgestandener Zigarre.

Es war nicht Kommers Schuld, daß die Natur ihn so groß und schwer gemacht hatte, er für sein Teil tat, was er konnte, um das Mißgeschick zu hindern, und küßte Johanna, als wäre es das Selbstverständlichste auf der Welt oder doch eine Gewohnheit, die niemand ihm ernstlich übelnehmen konnte. Seit Jahr und Tag schien er um diese Stunde nichts andres getan zu haben, als das Licht auszuknipsen, »Au weh« zu rufen und die Dame zu küssen, die neben ihm saß.

Der Unfall, der sie solchermaßen tiefer und tiefer in die Ecke des Wagens hineinmahlte, benahm Johanna für eine Weile die Sinne. Es kam ihr vor, als träume sie von einem Menschenpaar, das durch einen unterirdischen Tunnel einem Verbrechen entgegenrase. Der Mörder saß am Steuer, und die zwei Menschen im Dunkel des Wagens nahmen in tragischer Weise Abschied voneinander. Sie spürte, wie ihre Lippen den Kuß erwiderten, und da erst packte sie das lebendige Entsetzen.

Fäuste hob sie, einen gekrampften Leib, die Beine, und mit den Fäusten drückte sie gegen das Kinn des Mannes, und mit den Beinen stieß sie und stemmte, und mit dem Leib, den Beinen, den Händen, mit dem untergeschobenen Kopf schnellte sie die Last von sich und auf den Boden des Wagens. Die Tür sprang auf, ein Gebrüll erfüllte die Nacht, schlitternd bremste der Wagen. Und sie erkannte Kurt Kommer, wie er sich mit einer Hand am Türgriff, mit der andern an den Fesseln ihres Beines festhielt, während sie selbst den Griff der andern Tür umklammerte und, den freien Fuß gegen den Boden drückend, nach Leibeskräften anzog.

Kommer brüllte wie ein großes erbostes Tier. Johannas Bein gab immer mehr nach. Er hing bereits mit dem Oberkörper im Freien, da hielt der Wagen.

Der Chauffeur, Herr Brust, richtete Kommer auf, schob ihn ohne weiteres beiseite, lehnte sich in den Wagen. Wortlos drehte er das Deckenlicht an und warf einen unheimlich wissenden Blick auf Johanna.

»Nu werden wir wohl heimfahren, statt an die Havel«, meinte er streng.

Kommer fauchte:

»Was sagen Sie?! Nu erst recht! Nach dem Nervenschock muß ich an die frische Luft. Was Sie für Türen haben an ihrem Karren! Fahren Sie los!«

»Es dämmert schon«, bemerkte nachgiebigen Tones Herr Brust. Er forschte in Johannas Gesicht.

Kommer dachte an das Honorar, mit dem er Herrn Brust aus den Federn gelockt hatte, und bestand auf ungekürzter Arbeitsleistung. Er hätte gern Johannas Meinung eingeholt, wagte aber nicht, sie anzusehn, geschweige denn, das Wort an sie zu richten. Mit Mühe fand sie die Kraft, das leise Lächeln des Herrn Brust zu erwidern.

Der Wagen sauste schon durch die Frankfurter Allee, da fragte Johanna:

»Kakadu, haben Sie oft solche Anfälle?«

Und als der heftig mahlende Unterkiefer Kommers noch immer kein Wort über die Lippen ließ:

»Vielleicht sind solche Komplimente üblich in Berlin?«

Kurt Kommer sah: ihre Augen waren schon viel weiter als der Tag. Der volle Morgen lag in ihnen, und ein grünliches Blinzeln durchschauerte die Bläue, ein Irrlichtern, das ihn beschämte und erheiterte zugleich.

Er blickte hinaus. Da wisperte das Licht auch so in den Fenstern der flachen, einförmigen Häuser, es hüpfte, ein eiliger Vogel, zwischen dem Laub der Bäume, eben noch auf jenem Baume, jetzt schon auf diesem, der bei der raschen Fahrt des Wagens ebenso schnell zurückblieb.

Als er den Kopf wandte, sagte er barsch:

»Du siehst schlecht aus, mein Kind. Vielleicht etwas Puder?«

Sie strahlte ihn an:

»Danke. Ja. Sobald ich gebadet habe. Aber sie müssen mich aufklären, Kakadu. Wenn so was passiert in Berlin, ist man da toll oder nur ein bißchen begeistert?«

»Unbändig begeistert, Kleines«, sagte er boshaft.

»Es könnte auch Langeweile sein.«

»Könnte. Immerhin bin ich noch nie dabei aus dem Wagen geflogen«, schrie er sie an. »Mein Wort, man kann sich eine Abwehr denken, die um eine Farbe diskreter wäre – verstehst du?«

»Aber, Kakadu, das kam doch nur, weil Sie so entsetzlich schwer sind! Es tut mir schrecklich leid. Ich war nahe daran, in Ohnmacht zu fallen. Verstehn Sie? Mindestens dreißig Pfund müssen Sie ablegen, wenn Sie zum Weibe gehn.«

»Wenn das meine arme, kranke Frau hörte! Platzen würde sie vor Schadenfreude.«

»Ach, Sie haben ja eine Frau, jetzt erinnere ich mich! Ja also, Kakadu, ich bin eine zarte Geheimratstochter aus einem Berlin, das bankrott ist und vielleicht auch etwas gemütskrank. Die Kakadus dagegen sind stark geworden in den letzten Jahren, viel zu stark für uns ausgehungerte Mädchen.«

»Falsche Löwin«, murmelte Kommer.

»Nur im Sommer bin ich Löwin. Im Sommer, Kakadu, nur im Sommer, und auch nur im Tessin, wo die Lebensmittel billig sind und die Sonne umsonst scheint.«

»Sonne? Auch hier umsonst.«

»Nein, hier kostet sie mindestens ein Auto. Ich wenigstens täte es nicht darunter.«

Und:

»Das erstemal, daß ich hier durchkomme!« rief sie mit veränderter Stimme. »So weit war ich noch nie in Berlin.« Sie öffnete das Fenster und schaute aufmerksam hinaus.

Berlin verlor mit jeder Minute an Großartigkeit, die Stadt schrumpfte zusammen, sie wurde so, wie Johanna sich eine Stadt an der russischen Grenze vorstellte, bald blieb nur noch eine einzige Häuserkulisse zu beiden Seiten, und der Blick flog durch die Nebenstraßen in ödes Land. Dort aber ... Was war das?

Dort hoben sich Türme! Bruchstücke von Häusern und Straßen. Das lichte Gewirr einer neuen Stadt wuchs mit dem Morgen aus der Erde. Lautlos rührte es sich in seinen Gerüsten und glänzte, im Norden, im

Süden – und geradeaus, gegen Osten, wohin der Wagen eilte, tauchten plötzlich Überreste von Dörfern auf, die Berlin noch nicht niedergeworfen hatte und die ihm hartnäckig widerstanden. Wie kleine, veraltete Festungen, doch immer noch wehrhaft, standen sie da: ein ländliches Wirtshaus, dem die Fliederbäume bis über die oberen Fenster wuchsen, eine Kirche wie ein Kastell, ein weißes und grünes Tuskulum aus der Wende des vorigen Jahrhunderts. Ein unverfälschter Bach klang auf, ein Obstgarten, dessen Blätterdach schon ganz dicht war, darunter veranstalteten Schweine ein fröhliches Rennen. Äcker folgten, ein Stück Wald, gleich darauf ein Städtchen, sauber, still und unberührt bis auf die Postanstalt und eine Bank, die fremder und drohender die Hauptstraße hinaufblinkten als je in früheren Zeiten das Haus eines Vogtes.

Der Wagen bog von der Landstraße ab.

Hinter den Kiefern begann ein glühweißes Flimmern, ein Schauer rosigen Lichtes lief durch den Wald. Dann öffnete sich ein Abgrund, der vom Himmel bis tief in die Erde hing – mit einem Schwung, einem sausenden Fall öffnete sich der See.

Auflachend grüßte Kurt Kommer sein Blockhaus, am Rande des Wassers. Er fühlte sich leicht und mächtig, von allen Zweifeln befreit. Er schloß das Haus auf, holte ein Badetuch für Johanna, versprach ihr, daß er nicht versuchen werde, sie vor dem Ertrinken zu retten, wenn sie nach dem Kopfsprung gewaltig wiehernd an die Oberfläche des Wassers zurückkehrte, stürmte in das Haus, durchstöberte es vom Keller bis zum Speicher und begann zu telephonieren.

Herr Brust hielt neben dem Wagen, die gestiefelten Füße im Boden, und vergaß die Zigarre anzuzünden, die Kommer ihm gereicht hatte. Entzückt, wie er dastand, schien es ihm, als triebe er auf einer Strömung in die grünlich schimmernde Bläue. Er kehrte zurück in den Schoß des Lichts und einen unausdenkbaren Frieden. Es war seine Heimat. Flüchtig dachte er an seine Frau, die auch aus der Mark stammte.

Der Lust- und Angstschrei Johannas ertönte hinter dem Weidenbaum, und wieder war es still.

Kommer schlenderte herbei und stellte sich neben den Chauffeur, Kopf in der Luft, Hände in den Hosentaschen. Die Gläser der Hornbrille schillerten blau.

Unter der Weide glitten Ringe hervor, schmale farbige Streifen, Kommer empfand etwas wie Licht und Farbenwurf eines herrlichen

Frauenleibes, und atmeten weit über den See. Vor dem Kiefernwald auf dem jenseitigen Ufer war ein Strauß Birken gepflanzt.

Herr Brust sagte schamhaft:

»Wie bei Muttern.«

Tatsächlich lächelte er mit allen Runzeln eines Säuglings.

Kommer nickte und ging wieder telephonieren.

Zugleich tauchte im See die brennende Haarmähne Johannas auf.

Kommer kam zurück. Der Anschluß war noch immer nicht da. »Langschläfer sind das in Berlin!« warf er verächtlich hin.

»Kakadu!« rief es schrill über das Wasser. »Kakadu!«

Kommer zog das Taschentuch und winkte.

Herr Brust zündete die Zigarre an.

»Jeden Morgen sollte ich hier raus«, bemerkte Kommer bei der Abfahrt. »Nicht nur über Sonntag.«

»Sonntags treiben Sie sich doch meistens in Buskow herum«, sagte Johanna.

»Ja. Aber meine Frau ist hier.«

In der Tiergartenstraße begegneten sie dem Auto des Generaldirektors Deutermann. Der alte Herr rückte erstaunt den Kopf.

»Es ist auch wirklich an der Zeit, daß wir das Deckenlicht löschen«, meinte Johanna.

»Wie Sie befehlen.«

Schnell schwätzte sie weiter. Ob es Kakadu aufgefallen sei, daß die Schupoleute im Osten wie arme Verwandte der Schupoleute aus dem Westen dreinschauten? Von innen heraus! Ob die neuen, weißen Städte im Osten Ableger von den westlichen Schupoleuten bekämen oder wieder nur dieselben armen Verwandten in Grün? Erinnerte sich Kakadu an die Augen Johns? Sie phosphoreszierten, wenn er bei der Arbeit war – genau wie das Meer. Und hatte die Familie Kommer sich auch erst draußen im Osten gesammelt, bevor sie ihren Vormarsch nach dem Westen antrat, oder war sie im ersten Anlauf über die Warschauer Brücke gesprungen?

Kakadu betrachtete sie, lächelte, antwortete zerstreut.

Jetzt hatte die Zeit Johanna überholt. Während der Tag, durchsichtig und trocken, sich in der Stadt breitmachte, schimmerte es noch an Johanna wie von rosig feuchten Kiefernstämmen.

In der Rauchstraße trennten sie sich.

»Lustig war die Heimfahrt. Kakadu, meinen Dank! Reizend war er! Hat sogar wieder Sie zu mir gesagt ... Hunger!«

Auf einmal schien die gute Laune Kommers verflogen. Er sprach undeutlich von Wahlversammlungen und küßte ihr die Hand.

Von der Tür sah sie, wie er die Vorderseite des Hauses abmusterte, vom Fenster des Treppenhauses, wie er sich in trotziger Haltung vor ihr verbeugte.

»Hunger!« wiederholte sie laut, begab sich zu der Bankiersonne ins Frühstückszimmer und verlangte unverzüglich zu essen.

Im Fliederbusch bemerkte sie ein gefaltetes Zeitungsblatt. Sie erkannte es. Ursel Bruhn hatte Lieder von John gesungen. Kollreuth hatte am Flügel begleitet. Großer Erfolg. Sie nickte: Weiß schon, mein gutes Papier, weiß schon!

Der Kaffee dampfte ihr in die Augen.

Hip-hip für John!

Das ›Hurra‹ verschlug ihr der Anblick Ruth Samtaugs, die eintrat.

9.

Was nun?

Soll ich mich um etwas plagen, was möglicherweise sein wird, weiß nicht einmal, wann und wo? Ich bin nicht ängstlich und auch nicht gescheit genug, ›der Zukunft zu leben‹. Bin weder Vater zahlreicher Kinder, noch ein Genie wie Kollreuth. Wenn ich mich anstrenge, an meine Zukunft zu denken, so sehe ich nichts als meine Gegenwart in der magischen Beleuchtung meiner Wünsche. Also ist meine Zukunft die Gegenwart, und nichts scheint mir tiefer als die gegenwärtige Stunde, es sei denn diese Stunde, wie ich sie mir bei ihrer Wiederkehr (großartiger) vorstelle. Wie sie aber lebendig auf mich wirkt, werde ich erst wissen, wenn ich sie habe.

»Die Maray denken nicht weiter als ihre Nase«, sagte meine Mutter. Wahrscheinlich weil die Maray mit einer stattlichen Nase begabt sind! Und richtig, fällt mir ein, richtig denkt Johanna, die keine so stattliche Nase besitzt, entsprechend kürzer als ich.

Ich will mit dem Briefträger darüber sprechen. Der denkt gewiß *nur* an die Zukunft! Er liest täglich seine Zeitung, die doch auch nur um die Zukunft besorgt ist, und kennt einen berühmten amerikanischen Philosophen persönlich …

Inzwischen geht es vorwärts – in der Gegenwart.

Wenn ich mich vor das Meer hinsetze und mit dem Saxophon bäbäbä mache, so bekomme ich Antwort: Tut!

Auch an die Autostraße habe ich mich gewöhnt. Ich empfinde sie nicht mehr als Prahlerei mit unsrer Muskelkraft und unsrer Eleganz vor der unverbesserlichen Barbarei. Sie stört mich ebensowenig wie die Dachrinne an meinem Haus.

Vorher aber ist sie noch in meine Musik eingegangen. Eines Nachts, unversehens – habe ich sie geschnappt. Der Länge nach, mit einem weichen, schwarzen Strich, läuft sie durch etliche Synkopen, der Scheinwerfer eines Autos wischt darüber (mit Sandpapier über das Kalbsfell), eine hochmoderne Sirene kitzelt die Brandung. Zweiundzwanzig Takte, ein Bonbon. Später soll es in der Orgel wiederkommen – aber wie! Nichts mehr von Bonbon.

Ein freundlicher Gedanke hat mir unter die Arme gegriffen. Dieses Meer – haben meine Vorfahren durchschifft, um sich drüben, am Rande des Urwaldes, in Ordnung zu bringen! Es ist ihnen stets gewogen gewesen. Ein Baum des Urwaldes, die Schaumkrone einer Meereswelle gehören in mein Wappen. Warum so verzagt, mein Junge? Alle Segel gehißt auf dem Notenpapier, und los!

Wolltest du nicht, daß zu dir geredet werde? Hier wird geredet aus dem Innern der Erde sowie vom Himmel herunter, daß die Erde kracht. Hör' zu! Vertraute Rede sollte es für dich sein. Alle deine Väter haben sie gekannt, bei ihrem Würfelspiel. Wage es, setze die Segel, los!

Dein See im Süden? So gering ist der, daß er über die Ufer getreten wäre, wenn man einen einzigen Hugo Wolf darin begraben hätte. Ein See für den Toilettentisch. Zur Nagelpflege. Ein wässerig Lied: mit dem ein Säugling gurgeln könnte.

Alter Maray, waren deine Lieder nicht immer schon schlängelnde Donnerwetter, selbst wenn sie nach Flieder rochen oder nasser Erde statt nach Schwefel?

Neulich, als ich zwanzig Kilometer auf der Straße zurückgelegt hatte und bis zur französischen Grenze gekommen war, überall mit scheelen Augen beschnüffelt, im Wirtshaus, wo ich einkehrte, schlecht bedient, weil ich offenbar wie ein Strolch aussah, als ich gegen Abend vor der Grenze stand, da brachte der Anblick der dort versammelten Käppis mich zur Vernunft. Zwanzig Käppis auf einmal richteten drohend ihren Schirm auf mich. Ich mietete ein Auto, bezahlte im voraus und fuhr zurück.

Bald sah ich: alles war verändert. Das Meer lag still und lauschte, und ein federleichtes Feuer wehte über den Himmel. Flach und gering machte sich das Meer und wog nicht schwerer als ein Glanzlicht im Spiegel einer Magd. Nirgends Feindschaft, keine Fremde. Sollte ich mich dennoch wieder aufmachen und sie suchen? Ich Narr. Der Wagen, der mich trug, summte wie ein fernes Flugzeug, es konnte nicht lange dauern, dann würde ich mitsamt Wagen und fremdem Chauffeur in die höhere Verwandlung von Himmel und Erde eingehn. In aller Welt war nichts mehr als nur dieser Abend, der sich langsam ausblutete, der sich weißblutete in die Nacht.

In makelloser Reinheit tropften die ersten Sterne. Ich spürte ihr Zittern auf der Haut über dem Herzen – winzige Schweißtropfen, die ein wenig stachen und verrannen.

Unter meiner Tür fand ich einen Brief von Ruth Samtaug. Darin stand, Johanna denke ›unermüdlich‹ an mich, finde aber ›buchstäblich‹ nicht die Zeit, mir zu schreiben. Es gelang mir, über die Buchstäblichkeit und Unermüdlichkeit zu lachen.

Wie fern schon: der tägliche Schmerz, der heiße Angsttraum Nacht für Nacht, der Radau, der fortwährende Radau im Kopf und im Zwerchfell! Warum machte sich die gute Ruth eine Mühe, die meiner Frau zu groß war? Ich telephonierte in derselben Nacht, dankte Ruth Samtaug und sagte: »Warum machst du dir eine Mühe, die meiner Frau zu schwerfällt? Grüße Johanna«, sagte ich ruhig, »es geht vorwärts mit der Arbeit, aber um ungestörter zu sein, will ich ein Stückchen weiterziehn, ja, ich brauche Ruhe und das tägliche Flugzeug aus England und zurück, das ist mir zuviel. Ich weiß noch nicht, wohin. Grüße Johanna.«

»Wir sind eben zu Bett gegangen«, hörte ich noch. – »Gute Nacht, alle miteinander«, sagte ich. – »Hallo John, hallo?« Es war Josephus Samtaugs Stimme. Ich antwortete nicht. Ich wartete, bis ich das schrubbende Geräusch des abgelegten Hörers vernahm, und hängte dann ebenfalls ab.

Diese Heimtücke und daß ich nicht ausdrücklich nach Johanna gefragt, rührte mir wohlig den Magen. Der Portier, der meinetwegen hatte aufbleiben müssen, erhielt sein Trinkgeld, einen wahren Sündenlohn. Meine Ruhe aber, obzwar leicht getigert, war echt.

Zum erstenmal schlief ich, ohne aufzuwachen, bis zum Morgen.

Als wäre ich dem Abend ein für allemal entschritten, lenkte ich von nun an meine Märsche gegen Osten, der holländischen Grenze zu. Ich erreichte sie nie – immer ertappte ich mich dabei, wie ich auf einmal den Schritt hemmte, die Arme von mir schleuderte und sang.

Sollten am Ende die lang erwarteten Geigen auf jener Heimfahrt unbemerkt vom Himmel geschneit sein?

Oder begrub ich singend Johanna dort oben, woher der feurige Tau gefallen war? Eine Johanna, die während ihres Lebens schön und tapfer gewesen war und manchmal die Hände geballt hatte, um sich vor dem Schmerz zusammenzunehmen, und die eines Abends … Mochte es dies sein oder jenes, was mich auf der schwarzen Straße befiel, ich kehrte schleunigst um und eilte nach Hause zu meinem Notenpapier.

Bald brauchte ich das große Donnerwetter, ich erbat und erhielt die Erlaubnis, nachmittags auf der Orgel der Pfarrkirche zu spielen. Was Hilfe! Was Brotkrumen für Möwen! Es flutet das Werk, ohne Anfang, ohne Ende. Daß Musik sei, ist Forderung genug. Daß Musik ist, genügt mir zum Leben. Ich sehe Pfeiler, Bruchstücke eines festen Raumes, Gewölberippen, Kapitelle, manchmal bezaubert mich die Erscheinung eines Turms.

Wieder ein hartblauer Tag, dem auf einmal Dämmerlocken wachsen. Der Wind ist in ein Rudel abendfarbener Katzen gefahren. Sie galoppieren auf dem Landungsplatz, schlittern über das Schieferdach des Schuppens, erklettern Mäste, ruhen äugend auf der Spitze aus, und eine von ihnen rollt sich dicht vor meinen Füßen zusammen. Wie ich mich nach ihr bücken will, ist da nur noch ein Stück Zeitungspapier, das lacht mich aus.

Ich habe das Postschiff nicht kommen sehn, weich biegt es um die Mole, über mir in den Bogenlampen platzt ein rosiges Licht – das Licht der Abendlandung an der belgischen Küste. Ein Atem von Kraft und Gesundheit steht in der Luft, ein recht männlicher Atem, riecht nach Teer und Wasser und schmeckt rauh auf den Zähnen wie Sand. Im Hinterschädel undeutliche Musik, Nachhall vom Orgelspiel.

An der Reling hält ein Mann die Hände am Mund und trompetet: »John van Maray … Van Maray, John …«

Jetzt hebt er die Arme, es ist Kollreuth.

Die Dame neben ihm, von ihm getrennt, mindestens eine Handbreit, und doch an ihn geschmiegt in der Luft, aus seinen Rippen geschnitten: Ursel Bruhn. Straffe, schmächtige Frau. Dagegen – solche wuchtigen Gestalten wie Kollreuth hatten früher die Wagnerdirigenten. Drei, vier Exemplare der aussterbenden Rasse laufen noch herum. Eines davon heißt Kollreuth. Leider geht er maskiert. Er ist imstande, abends nach dem Konzert in einer Provinzstadt, als Gast eines musikliebenden Fabrikanten, zu fragen: »Wagner? Wer ist das? Ach so, ja, ich erinnere mich, Lohengrin, Parsifal, Nibelungen. Wenn ich nicht irre, Siegfried mit Vornamen?«

Warum Ursel Bruhn den Hut abnimmt, um mich zu begrüßen – weiß ich nicht. Hatte sie nicht schon immer die Haare geschnitten, glatt, schwarz, ohne Scheitel zur Seite gekämmt? Ein verdächtiger Jungenskopf ... Nein doch, der Kopf, der ihr gehört: einer bildschönen Turnerin.

»Ewig nicht gesehn, Herr van Maray«, sagt sie. »Seit dem Konzert in Zürich.« Handdruck eines wohlwollenden, durch und durch kräftigen Kollegen.

Kollreuth reicht eine Patschhand, warm und quallig, aber als ich sie ergriffen habe und ahnungslos drücke, erlebe ich das Erwachen eines Titanen, fast reißt er mir den Arm aus. »Triumph in London, mein Lieber! Auch Ihre Lieder haben wir wiederholen müssen.«

»Was gab es sonst?«

»Mein Quintett in b-moll, mit Saxophon. Zehnmal herausgerufen. Katerpromenade des Saxophons dreimal wiederholt. Kommen Sie mit zum Gepäck. Ich meine –«

Mir wird fast schlecht von dem, was er meint.

Mit der reinen Musik, meint er, ist es zu Ende, auch der Musiker muß ins Leben steigen, es mit dem ›Strand‹ in London aufnehmen oder der City um fünf Uhr abends bei Geschäftsschluß, mit dem Sirenenkonzert der Schlepper auf der Themse – oder aber (er bleibt stehn und starrt mir, einen Wurstfinger in der Luft, faszinierend in die Pupille), oder aber nur in Zeichen schreiben, verstehn Sie: Sigel, mathematische Hieroglyphen, Zeichen also, bloß um Gottes willen keinen Wohllaut! Das Klappern von Geschirr, meint er, das in einer Restaurantküche gespült wird (»Träger, die Koffer! Wo sind unsere Koffer? gezeichnet B.K. und U.B.?« Halblaut: »Saufratz von einem Belgier ...«), so ein Klappern und Plätschern ist für unsere Ohren musikalischer als die poetische Anstellerei einer ollen Nachtigall, die nie einer von uns gehört hat.

Ein Trost, daß Ursel Bruhn nicht zuhört. Im Handumdrehn hat sie die Koffer heraus, erwischt zwei Gepäckträger, befiehlt uns mit einem Lächeln voll neuer Sachlichkeit zu folgen und zieht los. Nach Paris.

Und was geschieht in Paris?

Quintett in b-moll von Kollreuth, mit Saxophon. Erst in Brüssel, dann in Paris. Ich schaudere.

Aber: die Katerpromenade des Saxophons, vermutet der Meister, werden die Pariser noch ganz anders kosten als die Angelsachsen. Dazu gibt's einen alten Italiener, den Boccherini, merkwürdigerweise mögen die Leute gleichzeitig auch so was.

Und auch meine Lieder, altbewährte Nummer unsrer Ursel, mit Kollreuth am Flügel, auch dies Unglück noch geschieht in Paris.

»Sie sind ein Vorläufer gewesen, Maray, der Neid muß es Ihnen lassen. In diesen alten Liedern von Ihnen, wissen Sie: ›O schöne Fahrt, so leicht wie Wind‹ –«

Ich schreie: »Hören Sie auf! Ich konnte noch gar nicht schreiben, damals! War ja lauter Jux. Ich torkelte durch Europa und bumste mir was. Gut daran – seien Sie still!! – gut daran sind die holländischen Volkslieder, die ich hineingehackt habe, das bißchen Klingklanghaschee. Gewiß. Fabrizieren Sie doch sonst was – warum muß es denn gerade Musik sein?! Wilde Kerle, wie … wie … wie gewisse Leute, braucht man nur zu kratzen – wissen Sie, Kollreuth, worauf man da stößt? Auf einen stämmigen Operettenlouis, der seine Mehlspeisen mit Dreck verschmiert! Ich möchte nur wissen, wozu die Kerle was gelernt haben. Wozu? Es wäre ja *noch … viel … besser*, wenn sie *nichts* könnten, gar nichts. Und was den Spülraum anlangt, in den die Musik kommandiert wird, oder die spröde Exaktheit der Handschrift oder die Zeichen und geistigen Runen, oder wie die Verlegenheitsausreden für Mangel an Einfällen sonst heißen, so spaziere ich halt lieber durch eine Dynamofabrik und lese dabei das Wiener Journal! Adieu, Kapellmeister!«

Kehrtum!

Nicht ausstehn kann ich den Kerl!

Was brüllt er hinter mir her? »Sie schimpfen wie Jazz, im übrigen sind Sie ein Reaktionär!« Freilich, freilich. Wenn ich für den Reichstag mitwählen dürfte, so stimmte ich für den Kaiser Barbarossa.

Aber die erste Amtshandlung Kaiser Barbarossas wäre, den Kollreuth als Feldmarschall über das Opernhaus zu setzen.

Schauen wir zu, wer sonst noch in England triumphiert hat.

Brüllt er noch immer dahinten? der Affe eines Maray und anderer ehrlichen Leute! Brüllaffe. Rohraffe – ja, Rohraffe nannte man im Mittelalter die Affenmaske, die unter der Orgel angebracht war und in die jeder Narr hineinschlüpfen konnte zu Pfingsten und alles verhöhnen, was in der Kirche geschah, sogar die heilige Messe. Ich hätte Ursel Bruhn verbieten sollen, noch weiter meine alten, runzligen Lieder zu singen – der strahlenden Turnerin.

Schade, daß sie dem Kabarettisten Kollreuth gehört.

Gehört sie ihm?

Hätte versuchen sollen, sie ihm wegzunehmen.

Bestenfalls kann sie an ihm herumturnen. Muß doch ermüdend für sie sein ... Läßt sie mich schwimmen? Fischt sie mich heraus? An den Schattenblättern der Bogenlampe hier auf dem Boden will ich es mit den Füßen abzählen. »Gehört ihm ... Gehört ihm nicht ... Gehört ihm ... Nicht ...«

Es ist Essenszeit. Ich hungere, ich glaube: schon, seitdem ich sie an Deck erblickt habe. Eine halbe Stunde werde ich warten. Erinnere mich genau: als ich die aufrechte Linie ihres Körpers über der Reling schwanken sah, in der elektrorosa gepuderten Dämmerluft, da habe ich zuerst den Hunger gespürt.

Sonst stellte er sich erst ein, wenn alle Passagiere sich verlaufen hatten.

Da – ein kräftiger, man könnte sagen: ein stählerner Stern tritt in den manschigen Himmel unter die andern, ungewissen Sterne. Mit einem entschieden persönlichen Ausdruck. Kenne ich ihn nicht? Mir scheint, ich sehe ihn zum erstenmal.

Ein wunderbares Instrument war die alte *Viola d'amore*. Wie aus einer Frauenkehle der Ton, wie aus der Flanke einer Frau die Gestalt ...

Endlich! Da sind Sie endlich, Ursel Bruhn. Wie ich gewartet habe!

Gewiß doch, ich warte schon eine ganze Weile auf Sie.

Ach, lassen wir das Fachsimpeln, wollen Sie? Reden wir von ernsten Dingen. Sagen Sie, Ursel Bruhn, glattgehobelte, zartknochige Ursel Bruhn, die ich vor Jahren schon so geliebt habe und die mir immer so unerreichbar schien, sagen Sie: stehn Sie nur in Geschäftsverbindung mit dem Kapellmeister oder –?

Oh, Ihr Lachen! Bitte, noch einmal. Bitte! Einen kleinen melodischen Rülpser haben Sie in der Stimme, Ursel, wie eine gute alte *Viole d'amour*.

Versöhnung mit Kollreuth? Nein. Bin froh, ihn los zu sein. Man kann gar nicht genug Leute abschütteln, wenn man zu tun hat. Aber *Sie* möchte ich behalten.

Bitte, noch einmal.

Ihre Stimme!

Sie brauchen nicht einmal zu lachen, die *Viole d'amour* kommt nicht zur Ruhe, auch wenn Sie nur schwatzen. Schwatzen Sie – bitte …

Und ob ich arbeite! Ich stehe in vollem Saft. Es reicht für zwei. Ich zeige Ihnen, was ich getan habe. Wir zwei können ebenso gut konzertieren wie der Wotan – wenn unbedingt konzertiert sein muß. Hat er nicht ein Fettherz? Strengen Sie sich an, soviel Sie wollen: mager kriegen Sie ihn doch nicht, er stammt aus Walhall. Bleiben Sie hier!

»Sie wollen also mit mir in Geschäftsverbindung treten, John van Maray?«

Ha, wie der Stock des Moses, aus dem eine Schlange wurde, haben Sie sich aufgerichtet, eine Stockschlange zur beschwörenden Musik einer *Viole d'amour* …

O schöne Fahrt, so leicht wie Wind,
Vor dem die Fernen sich entfalten!

Gut, versuchen wir's mit der Geschäftsverbindung. Sehen Sie das letzte Hotel da am Strand? Dort können Sie wohnen. Ich habe dreihundert Meter weiter ein Chalet und esse im Hotel. Verstehn Sie was von Haushalt? Entschuldigen Sie die Beleidigung! Ich weiß, Sie sind Künstlerin, Sie wohnen besser im Hotel. Bitte, nur nicht viel nachdenken. Das Nachdenken überlassen Sie am besten den Kapellmeistern. Unsereiner – Wo laufen Sie hin? … Ursel!

»In einer halben Stunde …«

In einer halben Stunde?

»In Ihrem Hotel – oder unterwegs nach Brüssel.«

Jawohl, Ursel, jawohl:

Wir wollen uns für Götter halten,
Die auf der Hochzeitsreise sind!

Pfui Teufel.

Das alte runzlige Zeug!

Glattgehobelt ist sie und locker in den Gliedern – und was für eine vielversprechende Stimme!

10.

»Guten Morgen!« begann das Tagwerk wie immer.

Vor Josephus Samtaug spreizte der Glücksvogel das goldene Schwanzgefieder und klappte es, nachdem der Bankier die Huldigung entgegengenommen, kleinlaut zusammen. Der Diener Karl zelebrierte das Frühstück bis zum Credo, dann schlüpfte er in den Nebenraum, wo die Anrichte stand.

Nun aber verwies Josephus Frau Ruth die ›Kassandrarufe‹, allerhand hingehauchte Triller wie: »O heute nacht … Dein John … Arme Johanna …«, die schattenhaft ihrer Kehle entstiegen, und begann kräftig von dem Ereignis der vergangenen Nacht, dem Telephonanruf John van Marays, zu sprechen. Auch der Brief Ruths an John fand Erwähnung.

Johanna aß ruhig weiter, nur ihr Blick schwang über dem Teller von den mattbestirnten Augen, aus denen es zu ihr sprach, bis zu der Zeitung im Fliederbusch und wieder zurück, als folgte er dem metallenen Glitzern eines Pendels.

Nach den ersten Worten hatte sie begriffen, daß ein Unglück geschehn war.

Sie sann ihm nach, ohne auf Worte zu achten. Was sie sah, war deutlich genug. Ein Meer sah sie, darauf schritt John, als sei er betrunken, zwischen andern, gesichtslosen Betrunkenen, die alle größer und mächtiger waren als er. Und als er einmal zwischen zwei besonders hohen Wellen verschwunden war, kam er nicht wieder. Sie fühlte einen dumpfen Schmerz im Leibe, und ihr Blick hörte auf zu wandern.

Erst als Josephus von der Abreise Johns berichtete, und daß er den neuen Aufenthaltsort verschwiegen habe, horchte sie auf.

»Siehst du wohl«, sprach sie leise, es sollte scherzhaft klingen, »siehst du wohl, ich habe es mir gleich gedacht.«

In den Augen des Mannes ihr gegenüber las sie, erschreckt und ermutigt zugleich, was sie verschwieg.

Sie wandte sich von ihm zu Ruth und fügte lächelnd hinzu:

»So mußte es kommen.«

Ruth fragte: »Was wirst du tun?«

Sie antwortete: »Ihn suchen.«

Nach einer Weile:

»Oder meinst du, Josephus, ich sollte lieber gleich aufgeben?«

Bevor eine Antwort erfolgte, zerbrach der Strahlenraum des Frühstückszimmers in menschliches Schluchzen. Eine Flut von Jammer entfärbte das Gold. Josephus neigte das Haupt.

Ruth aber stürzte sich über Johanna, drückte das Gesicht der Weinenden zwischen ihre Brüste.

»Der Diener! Was soll der Diener denken?!«

Sie flüsterte es zu Samtaug hinüber, während sie Johanna an sich gepreßt hielt. Und diese erriet es wohl, denn aufheulend befreite sie sich, mit der Bewegung einer Löwin, die ein Junges abschüttelt, riß die Zeitung aus dem Fliederstrauß, warf sie Ruth vor die Füße und floh in großen Sätzen auf ihr Zimmer. Dort entkleidete sie sich und warf sich über den Diwan.

»Gut, daß sie endlich ins Bett kommt«, sprach Ruth und ließ sich auf den Stuhl fallen.

Mit steifem Rücken saß sie da und zitterte in ihrer morgendlich schlanken Gestalt, warf schwarze, runde, ratlose Blicke, die Stirn gefurcht, eine Sekunde lang, dann wieder glatt gezogen, dann wieder gefurcht, dann wieder glatt. Sie war wirklich erregt. Der Mann nickte freundlich und stand auf.

Droben in ihrem Zimmer schluchzte Johanna, die langen Glieder von sich gestreckt, nackt und groß zur Decke empor. Ihr ganzer Körper klagte, von den Fingerspitzen, die gegen die Wand hinter ihr klopften, bis zu den Füßen, die über den Rand des Diwans hinausragten, und dort, über dem Boden, verebbte in einer letzten Krümmung jeder Stoß des Schmerzes und trat hinaus in die Welt.

Die Welt trank ihren Schmerz.

So empfand sie's und überlieferte sich der Durstigen, in der Hoffnung, bald ausgetrunken zu sein, leer von sich und John, von aller Freude, allem Leid, leer und still, wie alles leer und still um sie war über den Grenzen des schluchzenden Körpers.

Es war wie oft – und wie nie zuvor.

Es war so, daß John heute nacht einen Streich gegen sie geführt hatte, in seiner entsetzlichen Eifersucht, wie schon oft, wenn ihn aus schwer begreiflichen Gründen Mordlust befiel warum? Warum? Vielleicht nur, weil nicht der Teufel auch in sie hineinfahren wollte. Dann wehrte sie sich oder wehrte sich auch nicht, bis er sich ausgerast hatte: an ihr, in der Musik, am Wind, der sein Segelboot umlegte, am Wein, an irgend etwas. Wie es gekommen, ging es vorbei: in einem plötzlichen Fall, einem jähen Aufschwung, ungerufen. Doch diesmal –

Diesmal hatte sie es erwartet! Schon lange. Vielleicht schon, als er, nach einer Zeit wüster Verdüsterung, aufbrach und in die Alpen fuhr. »Die Arbeit«, hatte sie sich damals vorgelogen, »ich bin nicht gemeint, es ist die Arbeit, um die es geht, mich nimmt er heimlich mit in die Alpen und findet dort die Arbeit dazu.« Da war schon das Unheil unterwegs.

Es stand neben ihr bei der zweiten Trennung auf dem Bahnhof. Als sein winkendes Taschentuch zugleich mit der Glasscherbe des Sees darüber verschwunden war, hatte sie sich kalt angehaucht gefühlt, in den ersten Takten des fahrenden Zuges, die ihr zum Bewußtsein kamen, hatte sie die Ankündigung gehört, und statt wenigstens durch einen Schein von Anwesenheit, mit Briefen, einem einzigen Wort nur den Schlag aufzuhalten, war sie vor ihm davongelaufen, kreuz und quer durch Berlin, Tag und Nacht auf der Flucht vor dem Unheil, das sie zugleich in immer größerer Nähe zog, indem sie sich dafür bereit und verwundbar machte, Stück um Stück von sich entblößend, bis zur völligen Nacktheit.

Wie hatte sie die ganze Zeit zu ihm gesprochen! In einem einzigen Liebesgesang war sie gewandelt, John in den Händen, John auf den Lippen, in den Augen, in allen Sinnen: John. Aber das geringste Liebeswerk hatte sie gemieden? Nein!

Nein.

Johanna schloß die Augen, streckte krampfhaft den Körper, daß die Füße fast eine gerade Linie mit den Beinen bildeten, die Arme hob sie empor und reckte sie, als schwöre sie mit dem ganzen großen Körper zu einem Gott, der im Dunkel über ihr thronte: nein – jede gute Laune, jedes gute Wort, der Abscheu vor diesem, die Neigung für jenes, alles, alles war ein Gedanke an ihn, ein stummes oder verkehrtes Wort an ihn gewesen, solche Briefe hatte sie ihm ›geschrieben‹, solange sie wachte, allein und unter den Menschen, sicher auch noch im Traum.

Fast krank hatte sie sich geliebt mit diesem einzigen, unaufhörlichen, zehrenden Gespräch, ja: bloß und schwach und krank, damit der unvermeidliche Streich sie dann treffen sollte, wenn sie ihm nichts mehr von der eigenen Kraft entgegenzusetzen hätte und ihr Wesen vom Gedanken an ihn geplündert, von der Sehnsucht nach ihm verelendet daläge – wie jetzt.

John, du weißt genau, wie es ist! schrie sie auf.

Du kennst mich besser als ich dich, jeden meiner Gedanken kennst du vor mir – ist es nicht wahr? und was ich tue und lasse, du weißt es besser als ich, John, ich habe mich immer nur in dir bewegt, und darum bist du dort am Meer zum Telephon gegangen heute nacht und hast mich wortlos verstoßen, und nun werde ich dir nie mehr schreiben. Ich suche dich auch nicht. Wer möchte seinem Verräter nachlaufen? Doch nicht deine Johanna? Glaubst du, die wäre fähig dazu, glaubst du?

Plötzlich riß sie ein Kissen unter dem Kopf weg und schlug es sich auf den Leib. Jemand hatte an die Tür geklopft.

»Nein!« rief sie.

Josephus stand vor ihr.

Erstaunt sahen sie einander an.

»Du hast doch ›Herein‹ gesagt?«

»Nein«, wiederholte sie kläglich und drehte das Gesicht zur Wand. »›Nein‹ habe ich gesagt, Josephus, ›nein, nein‹ – seitdem ich hier liege, sage ich nichts andres. Ich mache Revolution.«

»Willst du nicht lieber schlafen?«

»Natürlich will ich schlafen. Deshalb liege ich hier. Ich glaube – ich glaube – fast war es soweit, als du klopftest.«

Ganz still hielt sie sich und sprach mit der falschen Bescheidenheit eines Kindes, das zeigt, wie wohlerzogen es ist.

»Hast du einen Auftrag für mich, Johanna?«

»Ja, zwei Pfund Pralinés«, erwiderte sie nach einigem Nachdenken.

Josephus verzog keine Miene, er kannte ihre Art, sich aus unbequemen Lagen töricht um die Ecke zu spielen.

»Johanna, wenn ich dir raten darf: halte es nicht zu lang mit der Revolution. Nichts altert so schnell.«

Sie vernahm ein Geräusch, ihr Hals zuckte, vorsichtig wandte sie den Kopf, das Zimmer war leer.

Sofort schleuderte sie das Kissen, das ihre Hüften bedeckte, vor die Tür und streckte sich aufatmend, als sei nun der Raum mit einem Felsen versperrt.

Natürlich halte ich es mit der Revolution. Alle Armen sollten ständig Revolution machen! Tag und Nacht mache ich nichts andres. Vielleicht verbünde ich mich noch mit Asver. Arme Leute wie wir gehören zusammen. Wahrscheinlich ist er nicht einmal so arm wie wir. Er hat zwei Kinder …

Lautlos rannen die Tränen, fast wußte sie nicht mehr, warum sie weinte. Sie dachte nicht an John, empfand nur, daß sie leichter wurde und weit wie eine Ebene und daß auf diese dünne, gespannte Fläche ein Abend zu sinken begann.

Ein- oder zweimal wehte ein Schatten heran und vertiefte sich anhaltend vor ihr wie ein lebendiger Brunnen der Güte, das war Josephus, wie er vorhin im Zimmer gestanden hatte, ein- oder zweimal ging ihr ein Lied durch den Sinn:

O schöne Fahrt, so leicht wie Wind,
Vor dem die Fernen sich entfalten …

Es kam ihr nicht zum Bewußtsein, daß es ein Lied von John war.

Laute eines unbestimmten Grolles rührten sich in ihr, vereinzelt und fern wie die letzten Geräusche des Tages auf dem Land.

Während sie einschlief, ging aber unvermutet der Mond auf, weiß und rund im leeren Raum, der Gedanke an John strich über sie mit einem luftigen Finger, sie lächelte hinüber, dorthin, wo der Mond aufging.

Gegen Mittag erwachte sie und sah sich um. Ein Luxuskäfig – so glänzten die drei kleinen Räume in der Sonne. Mit einem Sprung war sie an der Tür und schob den Riegel vor, mit einem zweiten unter der Brause, mit einem dritten im Bett.

»John!« schrie es noch einmal aus dem Schlafzimmer.

Stille.

11.

Die erste Nacht.
Die erste warme Nacht am Meer.
Ein Himmel voll stählerner Sterne.
Die erste Nacht mit ihr.

Vergnügt donnert die Brandung herauf – ein Donnern wie in Fleisch und Blut, das geht so, seitdem sie angelaufen kam, auf die Veranda des Chalets, kaum bekleidet, das Männerhaar noch feucht von der Dusche, und dicht vor mich hintrat mit ihren grauen Augen, dem rundum knappgeschnittenen Kopf.

Es juckte mich in den Fingern, den Kopf zwischen die Hände zu nehmen und ins Licht zu heben wie eine Büste, einen sportlichen Kopf aus Holz, mit einer flaumigen Rinde, und langsam hob ich die Hände und griff ihren Kopf und drehte ihn, fast zu heftig, in das Licht, das durch die offene Tür auf die Veranda fiel. Nie habe ich kühlere und zugleich zehrendere Augen gesehn. Abgründig helle Augen.

Ohne daß wir uns regten, trafen sich unsere Körper. Vielleicht witterten sie sich auch nur, und die Witterung hatte die Deutlichkeit einer Berührung. Da war es, daß ich unbändige Lust am Spiel aus der Brandung heraushörte, ein Kobolzschießen und Radauen brutal vergnügter Geister in der Nacht, ja, eine Ermunterung und einen vorweggenommenen, geradezu rasenden Beifall zu Unternehmungen, an die ich zwei Minuten früher nicht im entferntesten gedacht hatte und von denen ich mir auch jetzt noch keine genaue Vorstellung machte.

Wahrhaftig, ich begehrte sie nicht.

Der luftige Umriß ihres Körpers, den ich auf mir spürte, war kühl wie die Augen. Sie roch nach Wasser und einem herben Parfüm, das wie Salz schmeckte.

Erhitzt trotz der Dusche, die sie im Hotel genommen hatte, fliegenden Atems stand sie vor mir, und als sie zu sprechen begann, war ihre Stimme rauh vor Erregung.

»Am Bahnhof«, sagte sie, »kurz bevor der Zug abging – hat er mich geschlagen! … Weil ich mich losriß, als er mich mit Gewalt in sein Abteil zerren wollte. Da sprang er noch einmal ab und schlug mich in den Nacken, John van Maray, wir müssen ihn kaputt machen.«

»Den Kapellmeister?«

»Kollreuth.«

Gleichzeitig spürte ich genau den Abdruck eines schmächtigen, rundlichen Leibes, der sich vorschob und gleich wieder zurückzog.

»Ursel«, sagte ich, »Sie turnen gar lieblich mit Ihrem Zorn«, meine Hände sanken vom Kopf zu den Hüften und drückten sie an mich.

Nun war sie es, die meinen Kopf nahm, um ihn ins Licht zu drehn, und dabei hob sie die Arme aus unserer Umarmung, als schlüpfte sie aus einem Kleid.

Ihre Augen mit den meinen vermischt:

»John, wir müssen ihn kaputt machen! Schwören Sie?«

»Er ist ja erledigt! In Deutschland kümmert sich kein Teufel mehr um seine Musik.«

Sie riß an mir: »Gerade deshalb!«

Ich lachte auf, zur Brandung hinüber … Ein mächtiges Lachen, unter dem ich sie stärker an mich zog. Ein männliches Lachen, Augen in Augen, vier Augen, ein einziger flimmernder Kreis. Meine Knie berührten die ihren, ich legte ihr die Hand in den Nacken. Aufforderung zum großen Spiel – mit dem es mir doch gar nicht ernst war.

Da strich sie mir mit dem Daumen über die Lippen, löste kraftvoll, mit exaktem Griff meine Arme und trat ins Dunkel, an das Geländer der Veranda, trat hin zu der donnernden Luft. Und von dort rief sie herüber:

»Meine wertvollsten Koffer hat er mitgehn heißen. Alle meine feine Wäsche ist drin.«

Ich war bei ihr im Dunkel, griff sie in der donnernden Luft, küßte sie in den Nacken.

Sie hielt still, die Hände auf dem Geländer, hinausgelehnt in das Rauschen und Krachen und ich so über ihr, den saugenden Mund im Nacken.

»Was brauchst du hier Wäsche!« rief ich vergnügt.

Wie vom Anprall der Wogen getroffen, taumelten wir, sie flog herum:

»*Doch* brauche ich Wäsche! Für das Konzert! Innerlich! … Nichts brauche ich als Wäsche! Die Stimme habe ich sowieso – und das andre. Wäsche brauche ich! Für das Konzert.«

»Ruhe«, donnerte ich. »Ruhe. Schluß damit! Wer spricht, hier vom Konzert! Ich will nichts mehr von dem Kapellmeister hören.«

»Sie irren sich, John van Maray. Sie werden von ihm hören, bis er am Boden liegt. Und für mich gibt es nur eine Sache in der Welt – das Konzert! Merken Sie es sich lieber gleich. Die Hauptsache für Ursel Bruhn – ist das Konzert.«

»Der Ruhm?«

»Ach was, Ruhm!«

»Die Kasse?«

»Was Kasse! Das Konzert.«

Eine Weile ging das Schreiduett auf der dunkeln Veranda so weiter. Einmal schweifte sie durch den Lichtstrahl, das andre Mal ich, wir blieben hintereinander her, indem wir uns gleichzeitig auswichen. Ha! jetzt war meine Lustigkeit auf der Höhe der Brandung, ich lachte und machte Musik und baute einen urderben Lachkanon – mit ihrer Hilfe, ob sie wollte oder nicht. Schließlich merkte sie, worum es mir ging, und lachte mit, ließ sich führen, kreuz und quer, begann ihr Lachen zu singen, ich machte ihr Komplimente, sie lachte, kreuz und quer über die Veranda, ins Zimmer, ich setzte mich an den Flügel, wir lachten und trafen uns, weit ausatmend in verklärter Heiterkeit, trafen uns auf dem Orgelpunkt, als hätten wir das Stück, das wir gemeinsam erfanden, schon ein dutzendmal geübt.

Ich lobte sie: »Eine exakte Kraft – auch im Gehör. Wir werden den Kapellmeister mit Leichtigkeit kaputt machen.«

»Ich sagte es ja«, seufzte sie, schweratmend, und hob die Arme.

Aufgeweicht, in zarter, fast versagender Körperlichkeit, das Haar schwarz an den Kopf geklatscht, lehnte Ursel am Flügel, im Kreuz zurückgelehnt, die Arme gegen mich erhoben, und ihre grauen Augen schauten mich an.

»Hab' so was noch nicht erlebt, John van Maray.«

»Oh, solche musikalischen Umzüge unternehme ich seit meiner Jugend. Empfehlenswerte Methode, sich in Stimmung zu bringen.«

Die Arme standen noch immer geöffnet vor mir, in den Augen kribbelte es grau und weiß durcheinander. Sie war wieder so fiebrig wie vorhin, als sie in der Nachangst vor Kollreuth zu mir getreten war. Man hätte meinen sollen, die Arme seien zur Umarmung erhoben, aber ich wußte, daß ihr nur eine Konzertgebärde entschlüpft war, und nun versuchte sie die Wirkung auf mich, wobei sie die Augen zur Unterstützung heranzog. Die Bewegung in den Augen! Etwas Inbrünstiges, Zehrendes. Fleischfressende Blumen.

»Küssen Sie mir die Hand!« sagte sie endlich.

Eine kräftige Kinderhand.

Ich gehorchte lachend.

Durch die dumme Nacht brachte ich sie in das Hotel.

Als sich die Tür hinter ihr schloß, lachte die Heulboje draußen – wie eine Riesenmöwe!

Rückkehr in das einsame Chalet. Sausen des Windes, die Dachrinne zittert wie ein grobgespanntes Kabel. Herantosen, Zusammenkrachen der Flut.

Schade, daß sie nur eine schön singende Turnerin ist … Nicht einmal kokett. Sie übte … Ununterbrochen. Für Podium und Künstlerzimmer … Wäre sie eine andre!

Wäre sie –

Krach der Krache. Ein Zischen, Sausen. Donnernder Applaus.

Der kleine runde Leib, der sich so glatt vorschiebt – ist vermutlich für ältere, angesehene Musikfreunde, wenn sie ins Künstlerzimmer gratulieren kommen und sie ihnen gerührt in die Arme sinkt.

Brrrr – um! Brum!

Brr-rr-rr-rum!

Was soll ich mit ihr anfangen?

Paar Lieder schreiben. Musizieren. Üben. Schließlich … Kann auch ich mit ihr üben. Jeder auf seine Art.

Rrrr – um! Es schreien Engelsflüche.

Hoch oben ein Himmel voll stählerner Sterne …

Das war die erste Nacht mit Ursel Bruhn.

Eine warme Nacht.

Die erste warme Nacht am Meer.

Mit einer kühlen, kühlen Turnerin des Gesanges.

Bald aber wurde offenbar, wie sehr ich mich in Ursel getäuscht hatte.

Es kam eine heiße Zeit.

Die Hotels flaggten, das Kasino flaggte, die Buden flaggten.

Der Strand bedeckte sich mit bunten Zelten. Wilde Autoherden drangen von allen Seiten in die Stadt, verrannten sich auf den Plätzen, blieben dort stehn. Täglich warf das Flugzeug im Himmel ein Junges.

Im Galopp nahten die Menschen der Flut. Vor ihr angelangt, machten sie atemlos halt.

Auch ich hätte gern erst einen Blick mit dem heranrollenden Meer gewechselt, bevor ich mich seiner Übermacht anvertraute, ihm womöglich die gute Seite abgewonnen.

Wie hätte ich es wagen sollen, da Ursel neben mir lief und ohne Rücksicht auf den Stand der Dinge der Brandung geradezu in die Mähne sprang.

Schmal, rund und knapp, mit leicht gesenktem Kopf schnitt sie das Element, und wenn sie, zurückgebogen, bis zu den kleinen Brüsten aus der Flut auftauchte, erinnerte sie an eine jener Galionsfiguren, die früher die Maray zu ihrem Glück über die Meere entführten.

Ich tat also wie Ursel. Sprang mit Macht in die erstbeste Woge, die, eine hochaufgerichtete Schlagfalle, heranfuhr. Und verunglückte auf dem Rücken eines Herrn.

Auf die Weise wurde ich mit Felix Arabou bekannt.

Während ich unter lauten Entschuldigungen um ihn herumschwamm, sah ich nichts von ihm als eine Masse schwarzen Haares, das sein Gesicht verklebte, und einen Bart, wo das Wasser wie in einer Traufe ablief.

Allmählich entdeckte ich zwei Augen, blauleuchtende Wassertropfen unter einem Buschwerk von Brauen und Wimpern. Sie waren klein, und ihr Besitzer bemühte sich, sie durch Klappern mit den Wimpern und Hochziehen der Brauen einigermaßen bloßzulegen. Dann faßte er Fuß, zerteilte das Haar auf dem Gesicht und reichte mir die Hand.

Jetzt erkannte ich zwei rote, runde Backen und eine steile Stirn, die ich schon oft in illustrierten Zeitungen gesehn hatte, und während ich mit Hilfe seiner Hand ebenfalls Boden unter mir suchte, sagte ich:

»Felix Arabou – nicht wahr?«

Eine Woge schlug über uns zusammen, wir ließen aber unsre Hände erst los, als wir nach etlichem Tauchen und Stolpern wieder nebeneinander auf den Füßen standen.

Triefend aus breitem Mund rief der Nachbar:

»Ich habe Sie schon paar Tage beobachtet, John van –«

Da hatte er den Mund bis in die Kehle voll Wasser.

Er spie es aus, rang nach Atem. Er schlug taumelnd um sich, auf einmal nahm er entschlossen Richtung zum Strand.

»*Sortons*«, prustete er, »hinaus aus dem verdammten Wasser! Hier kann man sich weder sehn noch hören.«

Ursel schwamm weit draußen, stark und gleichmäßig, von Zeit zu Zeit wandte sie den Kopf – wahrscheinlich nach mir.

Rasch zog ich mich an, als fürchtete ich, von Ursel überrascht und ins Wasser zurückbeordert zu werden.

Als ich beim Strandwächter vorbeikam, zeigte ich sie ihm, deren Kohlkopf auf den Wellen tanzte, und sagte:

»Blasen Sie mal feste. Sonst schwimmt die Dame nach England.«

Damit war ich meiner Pflichten als Ursels Geschäftsfreund ledig und begab mich mit dem Bildhauer Felix Arabou zum Aperitif.

Schon die ersten Bemerkungen über Menschen und Dinge verrieten die Übereinstimmung unseres Geschmacks. Obwohl wir einander äußerlich nicht ähnlich sahen, war in unserm Gang, unsern Bewegungen ein tiefsinniges Gleichmaß. Wir suchten nach winzigen Anlässen, uns gegenseitig zu erheitern, gemeinsam zu lachen, denn auch das spann zwischen uns: Scham – Furcht und Verlangen zugleich, die gleich erkannte Gemeinschaft genauer zu prüfen. Ein Glücksgefühl zog in mich ein von einer besonderen, geistigen Art, wie es wohl nur Männer erfahren, wenn ihnen auf den ersten Blick die Freundschaft eines Mannes zufliegt.

Ich erfuhr, daß Felix Arabou vor kurzem den König der Belgier modelliert hatte, worauf er von einem Großindustriellen in das Seebad bestellt worden war, um diesem denselben Dienst zu erweisen. Der Industrielle war reicher als der König, aber im Gegensatz zu seinem Herrscher fand er nur in den Ferien Zeit, für das Weiterleben nach dem Tod in Gestalt einer Bronzebüste Sorge zu tragen. Bevor sie noch vollendet war, hatte der Auftraggeber sie bereits dem Museum in Brüssel geschenkt. Ich erwähnte die Symphonie, an der ich arbeitete. Er fragte dies und jenes, meinte aber dann: »Soviel ich weiß, kann man leider den Musikanten nicht so zugucken wie den Bildhauern.«

Kaum hockten wir an einem Marmortischchen vor dem Hotel, als ein schwerer amerikanischer Wagen hielt und, hinter einer Negerin, ein Herr ausstieg, dessen Gesicht von einer gleichsam unanständigen Nacktheit war, weiß, breit und weich. Die süßliche Frische der Hautfarbe wirkte doppelt unangenehm neben der harten, rotgetönten Ebenholzfarbe seiner Begleiterin.

In ihr erkannte ich gleich Billi-Billi, die Tänzerin, eine bezaubernde Frau, die durch die Großstädte Europas zog und die nach Seltsamkeit hungernde Alte Welt ihrer schwarzen Herrlichkeit unterwarf. »*Voilà mon homme*«, sagte der Bildhauer. »Er hat sich für die Büste den Bart abnehmen lassen, einen halben Quadratmeter Bart, doppelt soviel, wie ich trage.«

»Nun schämt sich die Sonne vor ihm«, scherzte ich.

»Nur die Sonne der Weißen.«

Je länger ich Billi-Billi betrachtete, um so mehr überraschte sie mich durch eine innere frauliche Fülle, die ihre modische Erscheinung Lügen strafte, eine sinnende Grazie wie eines Muttertieres, eine goldbraune Farbe von Güte, Geduld, wovon der Hintergrund ihrer Tieraugen erglänzte.

Ein Mann in Hemd und Hose setzte sich zu uns und strotzte von amerikanischer Mannesschönheit. Es war ein Filmschauspieler, den die Provence geboren, Paris zum König der Drehkater gemacht hatte. Er konnte fast ebenso blendend mit den Zähnen lachen wie Billi-Billi.

Ihm folgte ein deutscher Weltreisender, der letzte Mann in Deutschland, der einen gesträubten Schnurrbart trug, der erste, der mich Monsieur de Maray nannte – von Billi-Billi mit Begeisterung begrüßt, vom Industriellen mit ›Wilhelm II.‹ betitelt, obwohl der Weltreisende wiederholt versicherte, ein König sei ihm so lieb wie der andre, wenn nur die Idioten von Kommunisten verhindert würden, ans Ruder zu gelangen, eine Aufgabe, der bürgerliche Präsidenten wegen ihrer Kurzbeinigkeit nicht gewachsen seien. So lautete wenigstens sein Urteil.

Ein zweites, ein drittes Marmortischchen rückte heran, und bald lagerte ein Dutzend berühmter Zeitgenossen um das bunte Feuer der Frühstücksgetränke. Der Industrielle behandelte sie alle ein wenig wie Kinder. Als man auseinandergehn wollte, bezahlte er für die Kinder.

In diesem Augenblick tauchte Ursel auf.

Ich hatte sie ganz vergessen. Und merkwürdig: jetzt war mir zumut, als käme da meine Geliebte.

Hübsch war sie und stolz – und gar nicht wie die andern Frauen ringsum und wirklich die einzige, die es als eigenwillige Erscheinung mit Billi-Billi hätte aufnehmen können.

Übrigens schien auch sie sich für meine Geliebte zu halten – und eine verlassene dazu.

Schüchtern, mit ärgerlich gerümpften Lippen, doch flink und helläugig schritt sie durch Tische und Menschen, stand, schaute mich an, schaute Billi-Billi an, lächelte, es war ein helles Wölkchen, das vor Tag aufsteigt, schaute die andern an, hüllte sie in das volle Licht ihrer Augen, die Sonne war da, und sie sagte: »John, wollen Sie mich bekannt machen?« Aber sie wandte sich nur Billi-Billi zu:

»Oh, ich kenne Sie gut!« und flog ihr um den Hals.

Sie schwätzte französisch, deutsch, englisch durcheinander, sie fieberte. Als Billi-Billi ihr zähnebleckend die Wangen klopfte, hielt sie still wie ein Schulmädchen. Billi-Billi! Der Ruhm! Die Kasse! Ursel konnte nicht von ihr lassen.

Fast mit Gewalt mußte ich ihr Felix Arabou, die andern vorstellen, und nun, da fast alle Namen vertraut an ihr Ohr klangen, fiel sie von einem Erstaunen ins andre, riß sich von einem los, um den nächsten zu mustern: »Und jetzt, was kommt jetzt? A-ah!«

Beim Industriellen, den sie nicht kannte, rief sie aufs Geratewohl:

»Nein – Sie? Ein so mächtiger Mann!«

Ursel hatte alle gewonnen, mit Ausnahme des Bildhauers. Arabou steckte mir einen fragenden Blick zu – den ich, ohne es zu wissen, sorgsam verwahrte.

Als wir uns von den andern getrennt hatten, nahm Ursel meinen Arm und küßte mich schnell auf die Schulter:

»So, John. Nun kann der Kapellmeister uns den Buckel runterrutschen. Das war ein Gespann für Paris! Tausend Pferdekräfte Protektion. Die Billi-Billi allein füllt uns den Saal, der lange Dichter, wie hieß er nur gleich, der Blonde? braucht nur in die Zeitung zu setzen, daß Billi-Billi unser Konzert beehrt. Fertig die Kiste!«

Und sie verlangte auf der Stelle das Programm für Paris: was sie singen, was ich spielen, wie ich es anfangen werde, eine Jazzband zu mieten, mit ihr zu üben, sie selbst aber wollte heute noch mit mir arbeiten. An meinem Arm die Schlange wurde vor Ungeduld wieder zu Moses Stock.

»Ruhe. Ich habe die Gewohnheit, Ursel: acht Tage für das Zusammenstellen der Jazzband, acht Tage für die Proben.«

Was kümmerte mich ihr Konzert!

Ich wollte meine Symphonie beenden. Ich dachte an die Orgel. Und auch an die herrliche Stille abends in der Kirche.

Eine Stunde danach schon kam Ursel mit einem Strauß langstieliger Nelken zu mir gelaufen. Und mit der Karte des Industriellen.

»Fertig die Kiste«, rief sie wieder.

Mit einem Ruck drehte sie den Klavierstuhl, auf dem ich saß, sie hob ein wenig den Rock, sprang mir rittlings auf die Knie und küßte mich. Der kleine runde Leib stand in mich gepflanzt.

»Jetzt kann ich's dir ja sagen, John. Ich liebe dich!«

Der kleine runde Leib stand in mich gepflanzt. Ihr Mund begann an dem meinen zu zehren, als wäre er mit langsam aufblühenden Saugnäpfchen versehen, die eins nach dem andern in Tätigkeit traten. Die grauen Augen dicht vor mir wurden größer und größer. Gleichzeitig schien sich die Iris zusammenzuziehn. Sie hielt mich mit Armen und Fußspitzen umklammert, und zweimal fuhr ein Schlag durch ihren ganzen Körper wie bei einem zurückschnellenden Bogen. Nur der kleine runde Leib hatte kaum gewankt.

Über uns rumorte ein Mädchen aus dem Hotel, das wie gewöhnlich um diese Zeit die Zimmer aufräumte. Das Arbeitszimmer kam zuletzt an die Reihe, weil ich dann schon zum Abendessen gehn konnte.

»Du, Ursel«, sagte ich, »Ursel!«

Erst wollte sie nicht hören, sondern schnellte mit dem weggeschobenen Mund hastig an meinem Hals zurück, und als ich den Kopf nahm, um ihre Aufmerksamkeit zu erzwingen, schüttelte sie ihn ingrimmig und schloß die Augen.

Ich hob sie und trug sie, wie sie mir anhing, durch die Tür und in das Gartenhaus.

Dort setzte ich sie ab, und in diesem kurzen Augenblick, wo sie frei war, vollbrachte sie eine große Anstrengung. Sie fuhr sich mit gespreizten Fingern durch das Haar und sagte, ohne mich anzusehen: »John … John …«, schluckte und sagte mit rauher, deutlicher Stimme, und dabei schwankte sie leise hin und her:

»Jetzt nicht. Ich bin müde. Ich will schlafen, richtig schlafen.«

Ich griff nach ihr.

Sie sprang zur Tür.

Ruhigen Schrittes hörte ich sie über den Gartenkies davongehn.

Erst als ich allein war und mich verwundert umschaute, fiel mir jene andre ein, die hier auf dem Bretterboden gelegen hatte: die kleinen Hände geballt, als hätte sie sich zusammennehmen müssen, um zu sterben.

Nun aber sah ich sie deutlich vor mir.

Ihre Haare waren von einem dunkelfeurigen Blond, von einem rostrot gebrannten Blond wie der Weizen im Juli und die Haare Johannas.

Blaue Augen hatte sie. Kornblumenblau.

Kristallen verwahrten sie ihr Geheimnis.

Wie Steine leuchteten sie in der inneren Nacht.

Ich habe die Augen des Mädchens nicht geschlossen.

Ich werde sie nie schließen.

Ich werde nie deine Augen schließen können, Johanna.

Warum, o warum –

Warum duldest du, daß ich dich verlasse?

Ein leichter Rauch war um das Steinblau jener Augen, ein Topasrauch.

Ich glaube, ich habe es auch an Johanna bemerkt, als sie noch für mich lebte.

Vielleicht auch nicht.

Musik! Musik!

Es gibt nichts andres.

Arbeit. Arbeit, Arbeit. Musik.

Alles andre ist unbegreiflich verworren …

Ich aß allein zu Abend.

Ursel Bruhn ließ sagen, sie habe sich schlafen gelegt.

Doch zwei Stunden später, um zehn, erschien sie wie gewöhnlich. Ich hatte ein Lied geschrieben und spielte es mir vor und summte die Worte dazu. Es war das erstemal, daß ich einen richtigen Text zu einem Lied verfaßte. Bei Ursels Eintritt hielt ich inne, und ich weigerte mich trotz aller Bitten, ihr das Lied zu zeigen.

Endlich hob sie die Arme und bat demütig, sie sang fast: »John, ich weiß, du bist mir böse. John, ich bin dein. Sieh, alles, was du willst. Nach dem Konzert. John, ich bin abergläubisch, verzeih mir …«

Deutlich zeichnete sich der kleine runde Leib in dem schwarzen Gesellschaftskleid ab.

Von den Hüften hingen rote Fransen bis zum Saum.

Sie trug rote Lederschuhe, und ihr Haar war schwarz, so schwarz, daß es kein winziges Stückchen Licht enthielt.

»Aberglaube nennst du das?« höhnte ich.

Sie warf einen erschrockenen Blick nach der Tür.

Schon war ich über ihr und nahm sie, als schlüge ich sie nieder.

Sie schrie, so wolle sie nicht geliebt sein, stieß mich von sich, schleuderte wie eine Feder in meinen Armen.

Ich trug sie, wohin ich sie haben wollte, eine Treppe hinauf, durch ein Zimmer, auf ein Bett, und der Kampf begann von neuem.

Sie biß mich ins Kinn, daß es blutete. Sie schrie, so wolle sie nicht geliebt sein, auch als sie schon wehrlos unter mir lag. Sie wiederholte es leise, als sie sich entspannte und, plötzlich versinkend, sich hingab.

Und als sie mich, aufgerafft, endlich selbst umarmte, stöhnte sie: »Ich werde dich die Liebe lehren, du Unschuld!«

Und dann liefen wir hinunter zum Strand.

Ich war wohl nicht so unschuldig, aber trotz allem empfand ich Scheu und Achtung vor einer Frau, die sich hingab – als bekäme ich ein Geheimnis anvertraut, oder als hätte ich es mit etwas leicht Verletzlichem zu tun.

Am Strande angelangt, zeigte sie mir, der Unschuld, was sie die Liebe nannte.

Finster rauschte es heran und krachte dicht hinter uns zusammen. Mit einem Sausen, einem Ziehen verlief es sich und kam von neuem an, hochgetürmt bis zu den Sternen. Krach der Krache, donnernder Applaus.

Aus der tiefsten Nacht rennt es heran – wie es droht, wie es droht! Das Gewimmel von stählernen Sternen ertrinkt darin.

Da ist es!

Schaum fliegt über die Umarmung, eiskalter Schaum, der glüht und eine Brandwunde hinterläßt.

Die Sterne kehren wieder, es saust, es zischt.

Brr-rum. Brrr-rr-rum!

Wie ein Lotse lag Ursel in der Nacht und in meinem Fleisch und regierte das Ungestüm. Mit einem ganz leisen Gesang – mit rauhen, kurzen Tönen. Und selbst wenn die letzte Entzückung ausbrach, stand sie als ein Kapitän der Tollheit auf der Woge, die unsre Lust emporhob, und vergaß sich nicht und vergaß nicht den andern.

Diese Stunde war das letzte (aber pädagogisch wohlbedachte) Zugeständnis Ursels an einen romantischen Aufwand in der Liebe, den sie, als zu den Greueln der Großväterzeit gehörig, verabscheute.

»Von jetzt an«, sagte sie, »werden wir das Meer überall in deinem Zimmer haben. Auch zwischen den Mauern der Städte.«

»Ursel, vielleicht gibt es eine Grammophonplatte mit der Meeresbrandung? Oder eine Funkstation, die den Ozean sendet?«

Sie warf den Kopf: »Den Ozean laß nur mich senden.«

Später kam sie verschiedentlich auf das Lied zurück, das ich ihr verheimlicht hatte.

»Das Lied vom Abend geht dich nichts an«, erklärte ich schließlich. »Aber hier, das schenke ich dir für die Nacht.«

Sie las:

> »Bricht die Verzückung aus:
> springt der Ofen in des Teufels Garküche,
> der Himmel steht in lohendem Braus,
> fliegen Zentauren mit wilden Gerüchen
> über die Salzwiesen,
> setzen über Sträucher, setzen über Bäche,
> die quer rundum fließen,
> überschlagen sich und stürzen in Sandbrüche.
> Krach der Krache!
> Donnernder Applaus.
> Es schreien Engelsflüche.«

Sie schüttelte sich, als würde sie gekitzelt, lachte und küßte mich auf das Kinn, dort, wo sie mich gebissen hatte:

»John, da kann der Kollreuth mit seiner Katerpromenade einpacken!«

Ursel sang das Lied vor erlesenen Gästen in der Villa des Industriellen.

»Wohlgemerkt, meine Damen und Herren: in Paris wird nicht das Klavier allein begleiten, sondern die Jazzband.«

Das Ungestüm, Kobolzschießen und Radauen brutal vergnügter Geister in der Nacht erzielte einen Erfolg von der Art, die Ursel Bruhn einen ›Querschläger‹ nannte. Der Rest des Abends wurde damit verbracht, gemeinsam die Umstände des Pariser Konzerts zu besprechen.

Der Industrielle nahm es auf sich, mit einigen Bekannten zusammen einen Garantiefonds zu besorgen. Denn weder ich noch Ursel verfügten über die nötigen Barmittel, und man war der Meinung, daß keiner der bekannten Unternehmer so spät in der Saison und bei der Kürze der Zeit, die für die Vorbereitungen zur Verfügung stand, das Risiko übernehmen würde. Billi-Billi versprach, ihren Besuch öffentlich anzukündigen. Der lange Dichter kannte die Kritiker, Felix Arabou aber den Minister Garat-Cornet, dessen Salon in Paris ›das Wetter der Musiker machte‹.

»Abgemacht.
Krach der Krache.
Donnernder Applaus!«

rief der Industrielle, sein breites, weiches Gesicht war puterrot, mit dem Champagnerglas winkte er zu Billi-Billi hinüber, die zusammengerollt in einem Ledersessel lag und träge, mit weiß schäumenden Zähnen zurückwinkte.

Er hob die Stimme, reckte den Arm mit dem Glas:

»Es schreien –«

Die Stimme stürzte ab, mit komischem Erstaunen fragte er:

»Aber warum denn gerade *Engels*flüche?«

»Ach, Sie mächtiger Mann, daß Sie das nicht wissen!« belehrte ihn Ursel. »Es sind doch gefallene Engel!«

»Richtig!« sagte der Mann. In einem Zug leerte er das Glas. Ursel und ich reisten nach Paris.

Das Konzert fand im selben Saal statt, der vor nicht langer Zeit die Possensprünge von Kollreuths Katerpromenade gehört hatte.

»Querschläger, daß die Fetzen über Europa fliegen«, stellte Ursel fest, als sie im Künstlerzimmer aus meinen Armen flog, um den Industriellen an sich zu drücken.

Kasse.

Ruhm.

Ursel fieberte.

Natürlich verglich die Kritik die beiden deutschen Konzerte. Nach dem Achtungserfolg seines Pariser Gastspiels erlebte Kollreuth jetzt aus der Ferne eine Niederlage, die ihn mit Bitterkeit erfüllte. Er ging herum und sprach das Todesurteil über die neue Musik.

Das nächste Jahr dirigierte er in Bayreuth.

Ursel Bruhn mietete eine möblierte Wohnung, in der ich ein Zimmer mit einem Flügel zugewiesen erhielt. Das Zimmer war geräumig. Zwei Fenster gingen auf den Platz St.-Germain-des-Prés, ein drittes auf die Rue Bonaparte. Es enthielt auch einen breiten Diwan. Darauf schlief ich.

Ursel konnte keinen Mann im Schlafzimmer vertragen.

12.

Johanna hatte die Scheidungsklage eingereicht. Sie wiederholte, sooft Josephus und Ruth es hören wollten:

»Ich suche einen neuen Mann.«

Oder sie hob ein nachdenkliches Gesicht und sprach:

»Wie schwer das ist!«

Was war so schwer?

»Einen Mann zu finden. Ich frage mich, wie ich es angestellt habe, um John zu bekommen.«

Erkundigte sich jemand nach dem Verbleib ihres Gatten, so antwortete sie mit scherzhaften Vermutungen, hinter denen sie sich und John in gleicher Weise versteckte. Vielleicht wanderte er auf den Spuren seiner Ahnen in Java, vielleicht war er im Begriff, am Pariser Konservatorium eine Klasse für Jazzmusik zu übernehmen, vielleicht befand er sich in einem Sanatorium, einem blitzblanken Ding wie das Haus Deutermanns, um sich die Unordnung des Komponierens abzugewöhnen.

Sie hatte es nicht ungern, wenn man sie über John ausfragte, denn dann überließ sie sich der lustvollen und quälenden Täuschung, als sei alles nur ein abgekartetes Spiel zwischen ihnen und John und sie befänden sich auf einer Maskenfahrt, deren Sinn sie beide allein verstanden.

Zugleich lebte sie in der Furcht, jemand könnte mit einer bestimmten Nachricht über John auftauchen, am Ende gar ihn selbst gesehn, gesprochen haben. Sie zitterte, wenn sie von einem Bekannten hörte, er reise nach Paris oder werde von dort erwartet.

Generaldirektor Deutermann war der einzige, der ihr besonderes Vergnügen am Rätselraten über John van Maray erkannte und in Winkeln von Zimmern und Gärten diesem heimlichen Laster mit ihr frönte. Die andern vermieden es, die Rede auf den Komponisten zu bringen. Allen voran wachte Ruth Samtaug über die Beachtung der gebotenen Diskretion. Kaum ward ein Summen in der Unterhaltung vernommen, das von fern an Maray gemahnte, da fuhr ihr Blick hoch und verscheuchte die Gefahr. Sie war nicht umsonst die Freundin Johannas.

Ach, sie war es mehr, als Johanna ahnte!

Hatte sie nicht Johannas wegen den einstigen Jazzschläger Carlo Boß erhoben, jenen verdächtigen Studenten mit der Piepsstimme, der abends hinter dem Schlagzeug seinem Lebensunterhalt nachgegangen war, bis Johanna ernstlich ›Gemütswerte‹ in ihm entdeckte, – erhoben und, wieder Johannas wegen, ihn fallen lassen, aber, zum drittenmal: Johanna zulieb doch nicht so tief, daß er hätte Schaden leiden können? Eine dunkle Geschichte.

Da war einmal Abendgesellschaft beim musikalischen Hagestolz, dem Generaldirektor Deutermann. Dieselbe Jazzkapelle spielt auf, die auch Ruth zu engagieren pflegt. Während die Erfrischungen herumgehn, entspinnt sich ein Disput über einen neuen Tanz, bei dem niggerhaft mit den Beinen geworfen und auch sonst gewackelt wird. Dies sei kein Gesellschaftstanz, behauptet Ruth ... Er lasse sich von Engeln tanzen, behauptet Johanna. Sie verschwindet und kehrt mit dem Jazzschläger zurück, die beiden haben eine Viertelstunde in einem Nebenraum geübt. Das Paar tanzt, wahrhaftig, sie tanzen anständig, Ruth ergreift den Jazzschläger, trippelt an seinem Arm davon, und nun bringt er ihr bei, was Johanna ihn soeben gelehrt hat, und auch Ruth führt der Versammlung den Niggersprung des weißen Mannes vor. Jetzt, aber auch jetzt erst, da Ruth die Sache führt, hat Johanna gesiegt. Aus lauter Freude behält Ruth den Studenten den ganzen Abend neben sich. Andern Tages tritt er seine neue Stellung als Privatsekretär bei Josephus an. Sie hat einen Menschen gerettet!

Darauf blieb er ständig um sie, ein klein wenig nach ›Russisch Leder‹ duftend, sanft und weißhaarig, die Aufmerksamkeit seiner Augen tat ihr wohl. Er brachte ihr die neuen Bücher, die neuen Noten, die man kennen mußte, führte sie in Theater, Kinos, Konzerte, Ausstellungen, dank ihm bekam sie wieder alte Bilder zu Gesicht, die irgendwo vergessen in den Museen hingen und von denen sie nicht geahnt hätte, wie ›verblüffend modern‹ sie über Nacht geworden waren. Was er zu alledem sprach, klang eigenartig und dennoch verständlich. Es ›saß ihr‹, als wäre es auf sie zugeschnitten, sie konnte jede seiner Bemerkungen auf eigene Rechnung übernehmen, ohne Gefahr, eines geistigen Diebstahls verdächtigt zu werden. Sie gewöhnte sich an seine Stimme, wie das Ohr das Kläffen eines Lieblingshundes in Musik verwandelt. Sie sagte Carlo zu ihm, er sagte: Ruth.

Ruth, sagte er und betrat nie mehr die Universität, obwohl einer seiner Lehrer gelegentlich vor Ruth seinen Fleiß zu rühmen wußte, er betrat auch nicht das Büro in der Mauerstraße, und trotzdem erzählten Samtaugs Bekannte, man merke den Briefen des Chefs den neuen Privatsekretär an. Sie sagte: Carlo.

Es war etwas Wunderbares um Carlo Boß. Wo er auftrat, begann gleich eine reizende kleine Welt zu kreisen, gleichsam eine weibliche Handarbeit von einer Welt, deren Planet er war, seine jeweilige Herrin aber die Sonne, man fühlte es heildunkel wimmeln um Carlo Boß, es leuchtete und blieb doch trüb und undurchsichtig, einem Aquarium vergleichbar, in das ein Sonnenstrahl fällt.

Er mußte mit magischen Kräften begabt sein.

Sogar der scharfe Kurt Kommer ließ Wehr und Waffen vor ihm sinken.

Boß schrieb Musikkritiken für Kommers Zeitung, und als es sich zeigte, daß sein Urteil fester saß als sein Deutsch, verwandte Kommer viel Zeit darauf, die dunkle Seite des neuen Gestirns ins Licht zu setzen.

Ein Mensch gerettet, ein großer Mann entdeckt: dabei wäre es mindestens einen Sommer geblieben, hätte Carlo Boß nicht eines Tages Ruth Samtaug verlassen.

Er war, lautlos wie immer, in ihr Zimmer getreten, hatte sich, die Hand auf der Lehne des Sessels, über sie gebeugt und ihr mit leiser Stimme anvertraut: »Ruth, ich muß mich mehr um Johanna kümmern – wer weiß, was sonst aus ihr wird!«

Sie verstand ihn. Seit Tagen wartete sie darauf, die Lichter der Weiche wechseln zu sehen. Ohne es zu wissen, rief Johanna ihn zu sich hinüber. Was konnte Ruth dagegen tun? Seit Tagen hörte sie seine Stimme mißtönend werden, sein Gesicht zerfiel zu dem einer intriganten, alternden Jungfer.

»Sie wollen sagen: um Frau van Maray? ...«

»Gewiß, gnädige Frau. Ich wollte sagen: um Frau Johanna van Maray.« Sie fühlte sein Grinsen über sich (»Spinnweb, Spinnweb an der Wand«, beschwor sie's), er nahm den Arm von der Lehne, sie hob den Blick, begegnete dem hübschen ovalen Gesicht, den rötlichen Kaninchenaugen und sah, wie die Frechheit darin mit eins in Demut umschlug.

»Was aus Frau van Maray wird –?« wiederholte sie gedehnt und packte soviel entrüstetes Staunen hinein, wie sie nur konnte ... Da schrie er auf: »Ich bin kein Schulbub! Was fällt Ihnen ein, mich so zu behandeln!« stampfte mit den Füßen: »Der Generaldirektor will mich aufs Konservatorium schicken. Ich brauche Sie nicht!«

Gleich darauf bückte er sich, ergriff mit Gewalt ihre Hand, küßte sie.

Ruth erhob sich: »Gehn Sie!« Nun warf er sich weinend auf die Knie. Sie verließ das Zimmer.

Er blieb. Als sie nach einer Weile wiederkam, lag er noch immer an derselben Stelle.

Er riß den Kopf hoch und fragte, indes er Ruth mit wütenden Kaninchenblicken anherrschte: »Verzeihen Sie mir?« – »Ja, wenn Sie jetzt gehn.« – »Darf ich wiederkommen?« Sie antwortete nicht.

Mit splitternder Stimme forderte er: »Darf ich wiederkommen?!«

»Ja doch, ja, ja ...« Ein schrilles triumphierendes Auflachen, er lief hinaus.

Ruth sah, daß die Stelle des Teppichs, wo er gekniet hatte, feucht war von Tränen.

Da schlüpften auch ihr zwei, drei Tropfen aus den schwarzen Rundaugen. Sie weihte sie in Gedanken Johanna, die niemals, nein, niemals erfahren sollte, welches Opfer sie ihr gebracht hatte.

Und festlich zogen die Samtaugschen Tage weiter, dem Sommer entgegen.

Kleine, schmächtige Tage, denen man nicht ansah, welch schwere Erdenlast sie bewegten.

Ein heiteres, einfach gebautes Jagd- oder Lustschlößle mitten in Berlin, so stand das Haus Rauchstraße 4 mit weithin schimmerndem Winken zwischen den Bäumen des Viertels. Niemand sprach von Geld. Es roch nach frisch gesprengten Rosen und den Blumen der Jahreszeit. Alle Sorgen schienen in der innern Stadt oder sonstwo wie überwältigte Riesen an der Kette zu liegen. Hier gab es weder Lärm noch Staub, und wenn nachts ein hungriger Magen knurrte, so war es ein Stoßgebet für die Schönheit des Körpers.

Sogar die Vögel schienen ausgeruhter als im nahen Tiergarten, sie erzählten einander, morgens und abends, die Stimmen klangen gepflegt, ihr Flug von einem Garten in den andern hatte die Würde eines Besuches.

Die reichen Leute, die hier wohnten, liebten das Revolutionäre auf allen Gebieten, nur nicht gerade in der heimatlichen Politik. Sie hielten darauf, freie Menschen zu sein, und nannten den Feind einen Feind, nicht einen Lump. Ein schönes, geistiges Viertel.

Wer den Kopf über das efeubedeckte Gitter an der Rauchstraße steckte, erblickte zuerst eine Rasenfläche und gleich zur Rechten die Mauer des Nachbarhauses, an der wilder Wein mit einem Gewimmel winziger Klauen hinaufkroch. Dem Wein fiel es nicht leicht, es war die Nordseite, und auch die Rasenfläche davor lag fast den ganzen Tag im Schatten.

Hinter ihr aber, von einer Linie an, die mit der Schnur gezogen schien, türmten sich um so üppiger die Blumenrabatten, immer höher wuchsen die Stauden, bis sie mit Rittersporn, Malve, Sonnenblume, Königskerze, Goldball die Wand der Autogarage berührten. In einer wieder mit Blumenstöcken geschmückten Dachwohnung wohnte der Chauffeur, Herr Brust. Dann kam ein Stück Brandmauer eines Hauses, von dem man nichts andres erkannte, weil es in der Seitenstraße stand, und diese glückhafte Sonnenmauer war fast bis zur Hälfte zugewachsen mit rankenden Monatsrosen.

Links von den Blumenrabatten schloß sich ein gekachelter Hof an, mit einem Brunnen in der Mitte, doch davon sah der Späher in der Rauchstraße nur ein paar gelblich leuchtende Kacheln, weil das Haus den Platz verdeckte, und den Brunnen verriet nur das schwabbelnde Geräusch, womit das Wasser ruckweise über den Rand der Schalen planschte.

Die Jahreszeiten wanderten.

In den Vasen mischte sich Goldregen unter den weißen Flieder, auf Goldregen folgten der kirchlich duftende Gewürzstrauch und Jasmin, auf Jasmin spätes Geißblatt, erste Klematis, darauf Deutzien, die großen weißen und roten Lilien, dann blieben die Rosen Alleinherrscherinnen bis in den Sommer.

Jeden dritten Tag kamen sie in langen Weidenkörben aus dem Gutsgarten von Buskow.

Ruth Samtaug zog dicke weiße Stulphandschuhe an und verteilte sie in die Vasen.

Je länger die Tage wurden, um so frühzeitiger verließ Josephus das Geschäft in der Mauerstraße, er trat in den Hof, noch flimmerten die Platten unter dem steilen Fall der Sonnenstrahlen, im Wasser der waagerecht sausenden Spritze auf der Rasenfläche schwankte ein zerbrochener Regenbogen – endlich traf die Sonne die Abendseite des Gartens.

Der Hof klang unter dem Tritt des Besitzers.

Es war ein prachtvoller Hof, Johanna fand: der schönste Teil des Hauses.

In der Mitte kauerte eine saubere Frau aus Stein und lauschte versunken, wie das Wasser, klipklap, klapklipklap, in kleinen Sprudeln über den Rand des Beckens ging. Das lief eine kleine Tonleiter ab, immer dieselbe, und erinnerte allen Ernstes an den kindlichen Gesang eines Bächleins im Wald.

Nur war der Ton, dem Bedürfnis der Großstadt entsprechend, ein wenig verstärkt, und ein diskret versteckter Schlüssel gab es einem in die Hand, den Gesang des Waldbächleins auf die gewünschte Tonstärke zu bringen. Im Wald mußte man selbst des Nachts, wenn die Vögel schliefen, beide Ohren spitzen, um so eine zarte Kleinigkeit richtig zu verstehn. Hier konnte man jederzeit hingehn und sich mit Hilfe des Schlüssels bedienen. So leicht machten sich's die reichen Leute in Berlin.

Josephus hob die Arme und lachte Ruth und lachte seinen Garten an, hob die eine Hand noch höher und strich Johanna über die Mähne, lachte mit weißen Zähnen den Himmel an. Johanna hatte den Brunnen ›Sehnsucht nach Buskow‹ getauft.

Alle Hausbewohner sehnten sich ständig nach Buskow, kaum daß der Himmel ein blaues Auge aufschlug.

Oft fuhr man schon am Freitag hinaus und blieb bis Montagabend.

In der Stadt sah man nur noch selten Gäste bei sich, wie eine Herde satter, träger Kühe stand die Nacht unter den Bäumen, Josephus las, seine Frau trug Briefschulden aus dem Winter ab, Johanna bemerkte mit Schrecken, daß auch die Tanzlokale sich zu leeren begannen. Während der letzten Woche waren ihrer vier oder fünf den Sommertod gestorben. Wie sollte das enden?

»Schlimmstenfalls gründen wir einen Klub«, versetzte Carlo Boß.

Johanna konnte den Tanz nicht entbehren, vermutlich, weil sie die Menschen nicht entbehren konnte. Seitdem sie in Berlin wohnte, war sie nie allein gewesen, jetzt beschloß sie feierlich: sie konnte, sie wollte nicht allein sein. Carlo Boß sprach von der ›dynamischen Gemeinschaft der Zeit‹.

Wo aber immer Menschen weilten, da wurde auch getanzt. Was sollten sie sonst miteinander anfangen? Carlo Boß nannte dies ›den Menschendienst eines jeden am andern‹.

Es war lange her, daß der Überfall Kakadus im Auto Johanna erstaunt hatte. Ähnliches war nicht wieder vorgekommen, sie verstand es nun, den Mann rechtzeitig zu entwaffnen, zwischen den Bedrohungen und halben Zugriffen hindurchzugleiten und auch zu verharren. Seitdem sie wußte, ein jeder und jede biete sich, wenigstens scheinbar, an, dünkte sie ein Mißverständnis unmöglich, deutlich und unverbindlich zugleich schwang die männliche Gebärde über der Frau, der weibliche Blick über dem Mann. Johanna zögerte nicht, Carlo Boß recht zu geben, und zu bekennen, es sei ihr so lieber als früher, da einem der Brodem des nächtlichen Dschungels ins Gesicht schlug und man sich von tückisch funkelnden Katzenaugen umringt sah. »Reine Luft ist unter allen Umständen besser als Schwüle.« Wenn Carlo Boß Schwüle sagte, erblaßte er vor Ekel.

Niemand außer Johanna wußte mit Bestimmtheit, ob sie selbst auf diese Philosophie des *Dancings* verfallen oder ob die tiefsinnige Auslegung des Juxes ihr von Carlo Boß eingeredet worden sei. Die Formulierung: ›Die neue Sauberkeit des Eros‹ stammte zweifellos von ihm, mit seiner Fistelstimme trug er sie von Haus zu Haus und eiferte für die neue Heilslehre.

Keiner untersuchte ihr Gewicht. Jedem lag sie bequem zur Hand. Sie bedurfte nicht eines Propheten wie Boß, im Gegenteil war er ganz danach angetan, sie zu schädigen. Die überhohe Stimme des Jünglings, das allzu weiche Blond seines Haupthaares, seine Haltung beim Gespräch, die an eine Frau erinnerte, die im Stehen und eifrig schwatzend drauflos strickte, verrieten ihn grausam.

Indes brauchte kein Tanzklub gegründet zu werden – als es Sommer geworden war, strömten die Terrassen Buskows über von Menschen, ein einziger, großer, über viele Schalen plätschernder Jungbrunnen, Haus und Nebengebäude faßten die Tanzlustigen kaum. Die jüngsten und bescheidensten übernachteten im Heu.

Wenn Carlo Boß ebenfalls im Heu übernachtete, so wollte er hauptsächlich Ruth Samtaug strafen. Die Frage sollte aufgerichtet bleiben: schämte eine gewisse Dame sich nicht, sein früheres Zimmer im Verwalterhaus, das zwischen weißen, rosa getupften Tapeten und windgeblähten rosa Vorhängen an blitzenden Messingstangen im

Lichte schwankte, gleichgültigen Laffen von Sonntagsgästen zu überantworten, während er selbst in der Heuhölle schlief? Alle Welt sollte erkennen, wie tief er gestürzt worden war, seitdem er den Segen des Reichtums verschmäht und Dienst bei der armen Johanna genommen hatte.

Alle Welt schien vom Schauspiel seiner Erniedrigung befriedigt! Trotz der weiträumigen Verschwiegenheit Ruths ward auf einmal bekannt, daß er an jedem Ersten des Monats auf der Bank sein Gehalt als Privatsekretär abhob und sich bis zum nächsten Ersten nicht mehr dort blicken ließ. Seines Geistes wehte keine Spur mehr in den Briefen des Chefs. Der Professor, der seinen Fleiß gerühmt hatte, konnte sich nicht seines Namens entsinnen. Bei jedem Wiedersehn kündigte ihm Kurt Kommer knirschenden Kiefers die Stellung als Musikkritiker, obwohl Boß schon vor geraumer Zeit und ganz von selbst aufgehört hatte zu schreiben.

Boß wehrte sich. Je schlechter er von den einstigen Gönnern behandelt wurde, um so eifriger setzte er sich ihren Beleidigungen aus. Er träumte davon, sich zum Examen zu melden, nur um dem Lehrer Gelegenheit zur vollen Entfaltung seiner Grausamkeit zu geben, und sooft er am Zeitungsgebäude vorbeikam, in dem Kommer herrschte, stockte sein Fuß, er trat in die Halle, und während der Portier ihn mit verkniffenem Lächeln musterte, malte er sich aus, wie er kriechend und speichelleckend bei Kommer vorspräche und wie der Mann mit dem bombensichern Unterkiefer ihn unter Geheul auf den Gang hinausschmisse.

»Frau Johanna, Sie wandeln wie das verjüngte Bild des Sommers auf dieser Terrasse«, sprach er mit dem Zwitschern eines träumenden Kanarienvogels. »Wenn mich das blaue Feuer Ihres Blickes streift, fühle ich eine kühle Hand auf der Brust. Und doch – seitdem ich die Königin von Saba für die schönste ihrer Sklavinnen verließ, werde ich bespien und gegeißelt.«

Während er, Hände in den Rocktaschen, neben ihr ging, hielt er die schmale, weißgekleidete Gestalt ihr zugeneigt, die rechte Schulter hing deutlich herab, und über diese Schulter flüsterte er zu ihr, die fast einen Kopf größer war, so daß es den Anschein hatte, als suchte er hartnäckig ihren linken Arm nach einem Marienkäferchen ab.

Boß erwartete keine Antwort.

Vom Teich herauf scholl Kindergeschrei und der Baß von Männern, die Stimmen spielten Wasserball miteinander. Auch ein bellender Hund mischte sich in den Trubel. Man vernahm den Aufschlag des Balles auf dem Wasser, und einmal hörte man Kommer befehlen: »Los, Kinder, los, wer zuerst am andern Ufer –«, dann helle Schreie, Lärm von geschlagenem und aufgewühltem Wasser.

Boß verabscheute es, mit behaarten Männern, alternden Frauen und Hunden zu baden. Er schätzte Frauen nur, wenn er allein mit ihnen war. Dann dachte er auch nicht an ihr Alter. Behaarte Männer und Hunde haßte er unter allen Umständen.

Der Wind rührte stoßweise im schweren Duft der Lindenbäume, die auf drei Seiten die Terrasse umgaben. Auf der Anhöhe gegenüber, jenseits des unsichtbaren Teiches waren die Glashäuser mit Strohmatten gedeckt, worin es zuweilen weiß aufblitzte. Weit hinter dem Haus rollte mit hastigem Getue ein Güterzug vorbei. Er fuhr auf Stroh. Plötzlich war es still, wie wenn alles, was nicht leichter wog als ein Mensch, im glashellen Sommernachmittag eingebrochen wäre und versunken.

Der junge Mann auf der Terrasse summte:

»Bis aus dem Topasrauche deiner Augen
Auf einmal blaues Feuer schlug ...«

Leise sagte Johanna:
»Was suchen Sie bei mir, Boß? Ich prügle nicht.« Er schrak auf:
»Sie nicht, nein, Sie nicht. Aber eines Tages werde ich in den Reichstag gehn und von der Zuschauertribüne herunter den Abgeordneten Kommer unterbrechen, wenn er gerade im besten Zuge ist. ›Halten Sie's Maul, Sie Schuft!‹ werde ich rufen, und dann, Frau Johanna, dann wird er mich vor dem ganzen deutschen Volk zu Staub zermahlen.«
»Bossi, darf ich lachen?«
»›Sie haben die edelste aller Frauen verleumdet: Johanna van Maray‹, wird er schreien. – Gestern abend hat er mir nämlich nach monatelanger Peinigung auf einmal den Arm auf die Schulter gelegt, so mitleidig, so gut, und mich mit ins Gartenhaus genommen, Frau Johanna, und mir Liköre zu trinken gegeben. Aus Dankbarkeit habe ich getrunken, obwohl ich alles Trinken verabscheue, und er hat nicht geruht, bis ich

anfing, unrein zu träumen. Lassen Sie mich jetzt schnell beichten, Allerliebste, sonst ist es zu spät.«

»Der da«, unterbrach er sich heftig, als er Deutermann die Treppe der Terrasse heraufkommen sah, »der würde mich nur heimlich vergiften. Natürlich kommt er, um Sie mir wegzunehmen.«

Im nächsten Atemzug erhob er die Stimme: »Guten Tag, Herr Generaldirektor«, schmetterte er keck und vollführte eine Bewegung, als wollte er in die Höhe springen. Er fiel aber gleich in eine tiefe Verbeugung.

Der alte Herr begrüßte ihn freundlich. Boß errötete, erblaßte, eine maßlose Erregung ergriff ihn. Um ihn zu beruhigen, legte Johanna ihren Arm in den seinen. Doch Deutermann sagte:

»Herr Boß, wollen Sie so gut sein, mir Frau Johanna für eine Viertelstunde zu überlassen? Ich habe einen kleinen Auftrag an sie –«

»Ich gehe schon«, kreischte Boß, »schauen Sie, Herr Generaldirektor, wie eine angeschossene Ente fliehe ich ... Auf seiner Erde ... flieht der Mensch ... so ... so ... stimmt's? Genau wie eine angeschossene Ente übers Wasser!«

Beine und Arme flatterten geknickt. Er versuchte zu lachen. Es war so jämmerlich, daß Johanna sich abwandte.

»So was liebt Sie«, meinte Deutermann. »Einen Teufel müßte er erbarmen.« Sie schritten dem Hause zu. »Nur den Kurt Kommer rührt es nicht. Eben hat er drunten am Teich geschworen, er werde heute die Laus zerdrücken.«

»Was bringen Sie mir, lieber Mann?« fragte Johanna.

»Bitte, in das Musikzimmer!«

Fünf Meter entfernt schlich ein junges Mädchen über die Terrasse, und Johanna sprach vor sich hin: »Angelica.«

Als habe es auf das Zeichen gewartet, drehte das Kind sich um, es flog herbei, küßte Johanna die Hand. Schnell warf sie Deutermann einen scharfen Blick zu, knickste und trat zur Seite.

»Hübsches Mädchen«, meinte Deutermann im Weitergehn. »Augen wie eine Frau.«

»Wache Augen. Einsame Augen.«

»Gibt es das: einsame Augen, Frau Johanna? Alle Augen sind doch voll von dem, was sie sehn.«

»Haben Sie nicht bemerkt, wie sie aus ihrer Einsamkeit aufsprangen, diese Augen – und gleich wieder zurückfielen?«

Leichthin: »Wer ist sie?«

»Eines von Ruths zahlreichen Wochenendkindern. Eine Nichte Kurt Kommers.«

Scheinbar erstaunt stellte Deutermann die Frage:

»Die Tochter Bernhard Kommers?«

Johanna bemerkte, wie er die Mundwinkel verzog, was bei ihm das Zeichen besonderer Aufmerksamkeit war. Mit einer Wendung des Kopfes schaute er ihr voll ins Gesicht.

»Lieber Mann, ich kenne die Eltern nicht. Der Onkel bringt sie mit.«
Deutermann nickte.

»Die Mutter hat natürlich keine Zeit für das Kind, sie ist selbst zu schön. Der Vater verdient aus Leibeskräften. Er handelt in Getreide. Ich fürchte, er verdient sich krank.«

»Sie kennen sie also? Aber, lieber Mann –! ... Haben Sie etwas dagegen, wenn ich das Kind mitnehme?«

Angelica stand, wo die Erwachsenen sie verlassen hatten, und blickte ihnen nach. Sie schien fast entrückt vor angestrengtem Schauen, es war, als sähe sie die beiden sehr deutlich, aber in weiter Ferne.

Als sie angerufen wurde, fuhr sie zusammen. Langsam kam sie näher und ging dicht neben Johanna.

Darauf saß sie in einer Ecke des Musikzimmers neben dem Notenschrank und spähte aus ihrem Versteck zu dem Flügel hinüber.

»Ärgert Sie die Kleine?« fragte Johanna leise. Sie stand hinter Deutermann, der sich mit dem Musikblatt einer Zeitung vor dem Klavier niedergelassen hatte, und starrte auf das bedruckte Papier – und ohne eine Antwort abzuwarten:

»Oh, lieber Mann«, flüsterte sie und legte zwei zitternde Hände auf seine Schultern. »Hab' ich's doch geahnt, als Bossi heute bei Tisch auf einmal ... – Spielen Sie! Ich versuch's, ich versuch's ...«

Zur gleichen Zeit führte Ruth am Teich, wo die Gäste zum nachmittäglichen Bad versammelt waren, bei Josephus und Kakadu heftige Klage wider Carlo Boß, ›das Ungeheuer an Indiskretion‹. Der Sachverhalt war folgender:

Die musikalische Beilage eines Berliner Blattes hatte am Morgen ein neues Lied von John van Maray veröffentlicht. Natürlich war von Ruth alles getan worden, um es Johanna zu verheimlichen, die durch jede Erinnerung an ihren Gatten bekanntlich körperlich geschmerzt wurde – kein Wort mehr darüber! Doch Boß, dieser Boß, seit dem frühen

Morgen ging er herum und pfiff, säuselte, murmelte, quietschte das Lied vor sich hin, mit verdrehten Augen und flatternden Händen, und bei Tisch hatte er plötzlich laut losgelegt:

»Bis aus dem Topasrauche deiner Augen
Auf einmal blaues Feuer schlug ...«

Zum Glück war Johanna gerade in ein interessantes Gespräch mit Kakadu verwickelt gewesen, so daß ihr der eigentümliche Klang nicht auffiel und sie mit den andern über den musikalischen Anfall des Ungeheuers lachen konnte.

Hier sprang Kurt Kommer auf und schwenkte seine dicke Zigarre.

»Heute fliegt er hinaus«, erklärte er. »Ich bin bereit. Jetzt gleich beim Tee lasse ich die Bombe platzen. Gestern abend habe ich ihm schon ins Gesicht gehauen wegen Johanna.«

Ruth, die sich durch kunstvolle Rede ihrer Entrüstung entledigt hatte, verfiel gleich wieder in ihre natürliche Gutmütigkeit. Sie erhob Einwände sozialer Natur und geriet unversehens in eine Schilderung ihrer Weltanschauung. Von Kakadu zum Thema zurückgerufen, erinnerte sie an die gute Kameradschaft, die den Unglücklichen mit Johanna verband, womit sie aber Kakadu derart in Harnisch brachte, daß er anfing, sich in der Wahl der Ausdrücke zu vergreifen, und Josephus einschreiten mußte.

»In Gottes Namen«, seufzte Ruth. »Ich kann Boß nicht mehr helfen.« Und nach einer Pause: »Ist es heute nicht frisch wie am ersten Tag?«

Droben im Herrenhaus durchmaß Johanna das Musikzimmer: mit wirrer Mähne, hoch aufgerichtet, als gälte es zu kämpfen.

Sie sang das neue Lied, vielmehr, sie spürte, wie es in der Luft um sie Gestalt annehmen wollte, zwei-, dreimal durchschritt sie, Angst und Empörung in den Gliedern, das Zimmer und ging jener fließenden, sich zusammenziehenden Gestalt nach, dann stand sie, außer sich, hinter dem Klavierspieler, das Wesen der musikalischen Form entstand in ihr, das Wunder geschah.

»Bis aus dem Topasrauche deiner Augen
Auf einmal blaues Feuer schlug
Und ich mich ganz verklärt
Sah vor dir stehn –

So still, als wäre eins von uns schon tot,
Indes mich doch dein Bild
Angriff mit kühlen Händen ...«

Tönend, gelöst in sanfter Strenge, zog sie, Lied geworden, durch den harmonisch sich rundenden Raum, der sie mit durchsichtiger Schale umgab.

Die Hände Deutermanns lagen noch auf den Tasten. Das Profil des seitlich zurückgelehnten Kopfes, der kahl war bis auf eine gestutzte Flügelspitze weißen Haares über den Ohren, ruhte metallisch im Licht, doch mit einem Schauer von Leben. Um den Mund lag ein feuchter Schimmer. Und es war dieser dicke, unschöne Mund, nicht das ausgelöschte Königsauge, dieser Mund allein war das stumme, vor Ergriffenheit leuchtende Wort, das er Johanna zuwandte, als sie geendet hatten.

»Verstehn Sie Spaß, lieber Mann?« sagte sie plötzlich.

Sie ergriff seine Hand, und nun zwang sie ihn, Arm in Arm mit ihr die Runde um das Zimmer zu machen. »Ja, ja« mußte er mit ihr rufen und »Jawohl!« Er mußte lachen, nicken, immer wieder, immer schneller durch Stühle und Möbel um das Zimmer herum. Wie sie schließlich mit ihm durch die Tür schießen wollte, um draußen weiteren Raum für den korybantischen Rundgang zu suchen, erhob sich aus dem Winkel hinter dem Notenschrank Angelicas Stimme:

»Hinter dem Fenster hängt einer und spioniert. Es ist der Boß.«

Gleich darauf: »Weg ist er!«

Die Angst vor dem Generaldirektor jagte den ertappten Lauscher zum Badestrand, unter Menschen, die durch ihre Zahl fähig waren, ihn zu schützen, falls er nicht einfach zwischen ihnen verschwinden konnte. Bossi hatte den großen schwerhäuptigen Herrn beim Golfspiel beobachtet, einem Spiel geduldiger, starker Elefanten, die eine winzige Kugel vor sich hertrieben, was besonders heimtückisch wirkte. Sicher schlug der Alte noch fester zu als Kommer.

Während er die Treppen der beiden Terrassen hinabsauste, sah er sich, vom Golfschläger Deutermanns getroffen, als betäubte Kugel über den Rasen fliegen.

»Droben singen sie das neue Lied von Maray«, schrie er und sprang unter die Gesellschaft. »Der Generaldirektor und Frau Johanna singen das neue Lied von Maray«, kreischte er, mit beiden Händen winkend, über das Wasser, als könnte er nicht rasch genug alle Bundesgenossen um sich versammeln.

Die erste, die aufsprang, war Ruth:

»Das haben *Sie* angestiftet!« kam es über ihre frisch geröteten Lippen.

»Nein. Ich schwöre. Ich habe nur gelauscht.«

»Gelauscht«, rief Kommer. »Gelauscht hat das Tier!«

So bricht ein Trupp Wasservögel aus dem Schilf, wenn ein Schuß fällt. Im Badeanzug erstürmten Männer, Frauen und Kinder hinter Ruth und dem Hund die Treppen und fielen in das Haus. Im Gang stolperte Ruth über den erregten Hund, der nicht wußte, wohin er sich wenden sollte. Kakadu ergriff ihren Arm, da hatten die Nachdrängenden die beiden schon an die Wand gedrückt und hielten im Musikzimmer.

Am Flügel saß einsam Angelica und versuchte, die auf dem Pult zurückgebliebenen Noten zu entziffern.

»Was ist denn eigentlich los?« fragte eine atemlose Frauenstimme.

»Daß ihr mir wahrscheinlich eine Rippe eingedrückt habt«, antwortete Ruth. »Genügt es euch?«

An Kommers Arm hinkte sie zum Stuhl neben dem Notenschrank, auf dem vorhin Angelica gesessen hatte. Spanischem Pfeffer gleich prangten die Lippen im blassen Gesicht.

Vom Flügel her meldete Angelica:

»Die beiden sind auf und davon getanzt.«

Tapfer, wie sie war, drehte Ruth langsam den Kopf und zeigte allen ihr Lächeln. Die Rippe war geheilt.

Kommer überließ sie dem untätigen Mitleid der Menge und machte sich auf die Suche nach Johanna.

13.

Wieder wie vor Jahren: fliegender Holländer auf einem Alkoholschiff.

Doch diesmal muß der romantische Held täglich zwölf Stunden Zwangsarbeit verrichten.

Ich habe auch wieder vom Depsich geträumt, dem käsebleichen Depsich – der offenbar den Nebenberuf ausübt, in meinen Träumen als Staatsanwalt meines Gewissens aufzutreten. Seinen Hauptberuf kenne ich nicht, weiß nicht einmal, ob er noch lebt, im Pommerschen oder sonstwo da oben.

Auch einen Fesselballon habe ich im Traum gesehn, das Tau schleppte auf dem Boden, und der Ballon trieb mit melancholischem Nicken über Güterbahnhöfe und Plätze und abgeerntete Felder, über einen hohen Berg, um schließlich zerknüllt und verdrießlich im Park eines Schweizer Sanatoriums niederzugehn. Aber da war ich schon halb wach. Über dem hohen Berg war ich erwacht.

Draußen vor den Fenstern rumorte Paris.

Ich liebe Paris, weil es eine zart besaitete Landschaft und auch weil es die Stadt ist, wo die Katze als das Sinnbild abgründiger Schönheit verehrt wird, als Lehrmeisterin einer etwas trägen, etwas unzuverlässigen Anmut, und wo ein Haufen wilder Lebenskämpfer vor Schrecken erstarrt, wenn ein Kind allein über den Fahrdamm will. Erinnern die Frauen nicht alle an halb verschlafene oder überwach gespitzte Katzen, die Männer an zuversichtliche Buben? Und manchmal erscheinen sie mir wie Erstkommunikanten und -kommunikantinnen, die schnell ins Heidentum zurückspaziert sind, aber vergessen haben, sich die Spur der kirchlichen Salbung von der Stirn zu wischen.

Kein Wunder, daß Billi-Billi das tiefste Verständnis bei den Parisern findet. Der westliche Katholizismus wie der östliche kennt seit je die schwarzen Madonnen. Und Felix Arabou stammt von den Bildhauern der romanischen Kirchen ab, darüber kann kein Zweifel bestehn.

In Wirklichkeit sind die Franzosen katholisch bis zur antikatholischen Despotie, sie sind katholisch bis zur Narrheit. Die paar Protestanten unter ihnen erhalten das Gleichgewicht. Keinem europäischen Volk scheinen die Juden so nahe wie den Franzosen. Und die Franzosen haben den stärksten nationalen Magen der Welt, sie assimilieren sich die artfremdesten Rassen, daß es wie Hexerei wirkt.

Schon viele haben geäußert, eine große Stadt sei ein Meer, und als das Meerhafte die Häuser und Dächer genannt. Aber nein, es ist das Geräusch der Stadt, das an das Meer erinnert, der Lärm und die Stille. Ursel und ich haben das Meer nicht verlassen, wir haben es nur gewechselt – ich und mein Nacht-Ursch.

Mein Nacht-Ursch, das ist Ursel, wie sie in der Nacht lebt. Unser lebendiger Nachtsommer.

Dagegen gehört der Tag-Ursch zu den Leuten, die das vom Meer so herschwatzen wie vieles andre, weil sie ernsthaft nur über den Gelderwerb nachdenken.

Meinem Nacht-Ursch bin ich treu wie Brot.

Den Tag-Ursch betrüge ich, wie ich kann.

Statt eine gut bezahlte Unterrichtsstunde zu geben, flaniere ich zum Beispiel mit meinem Freunde Felix Arabou. Zweimal in der Woche fährt er von Bouval, wo er wohnt, nach Paris. Wir treffen uns zur festgesetzten Stunde am Bahnhof St.-Lazare und bummeln dann bis zum Abend.

Gewöhnlich zieht es Arabou gleich nach dem Garten des Luxembourg oder den Tuilerien. Er muß Kinder um sich haben, und da seine fünf Kinder noch alle zu klein sind, um ohne die Mutter zu reisen, die Mutter aber ohne die Kinder nicht reisen will, so stillt er seine Sehnsucht, indem er in jeden Kinderwagen hineinguckt und an die größeren Kinder Segelschiffe, harte Gummibälle, die drei Meter hoch springen, und Luftballons verteilt. Eine wunderbare Erholung für abgehetzte Männer wie wir!

»Mein Lieber, Sie haben keine Kinder«, sagt er zur Entschuldigung, wenn er einmal zu lange vor Nase und Mund eines Säuglings gefingert hat.

Jedesmal antworte ich: »Nein, leider nicht.«

Johanna betreibt unsre Scheidung.

Ich lasse mich nicht von ihr scheiden! Ich will nicht. Ich beantworte nicht einen einzigen Brief ihres Anwalts, keine Vorladung. Das ist das beste.

Tut bäbä! Arabou behauptet, er kenne Johanna so gut, daß er sie modellieren könnte, obwohl er nicht einmal ein Bild von ihr gesehn hat, er nennt sie eine gute, tapfere Frau wie die seine, und das einzige Mal, daß ich ihn bei einer Unschicklichkeit ertappte, war, als er in einer Art Jähzorn mich einen Esel und einen Nichtnutz schimpfte, wenn ich nicht innerhalb eines Vierteljahres zu Madame zurückkehrte. Auch bestand er darauf, daß ich Madame um Verzeihung bitte, wofür er mir diese Verzeihung in sichere Aussicht stellen zu können glaubte.

Eine Wohltat, neben dem kleinen kräftigen Mann zu marschieren, der soviel Haare im Gesicht hat. Er fühlt sich als Handwerker, und als ein Handwerker spricht er klug und bestimmt, mit einem leisen Sang hinter den Worten wie aus der Fülle von Schönheit, die seine Rasse hervorgebracht hat.

Familie Arabou hat nur ein Dienstmädchen in Bouval, obwohl Monsieur ein vermögender Mann ist, und. das eine Mädchen gilt als unwillkommene Sklavin. Wenn sie am Tisch mitäße, sagt er, wäre es besser, dafür sei er aber schon zu verdorben, sagt er, es gehe nicht.

»Geld? Ich brauche es für unsre alten Tage«, sagt er – »und außerdem habe ich bis jetzt schon fünf Kinder.«

Ich frage, warum er keins der Kinder modelliert habe.

Streng:

»Erst müssen die Gören so groß sein, daß sie richtig ihrer Mutter gleichen. Und«, fügt er heiter hinzu: »bis dahin modelliere ich sie eben alle zusammen in ihrer Mutter.«

Er liebt alte Kleider, und wenn er einen neuen Hut kauft, reist er eine Weile darauf zwischen Bouval und Paris, dann ist der Hut soweit, und Arabou kann ihn ungeniert aufsetzen.

Unter den reichen Leuten gibt es ›Klienten‹, mit denen er sich infolge eines (seinem Händler gegebenen) Ehrenwortes über die Kunst unterhalten muß, die andern schaut er sich gelegentlich an, um die natürliche Neugier des Menschen zu befriedigen, und auch, damit sein Temperament nicht einschläft. Er glaubt an die Weltrevolution, versteht aber nichts davon.

Eine Weltrevolution scheint ihm eine verdammt verzwickte Geschichte, die verzwickteste, die er kennt (»weil so viel anständige Interessen gegeneinanderstehn und, wie der Minister mit Recht sagt, erst einmal alles darüber kaputt geht«). Worauf sollte sich der Glaube richten, wenn nicht auf unmögliche Dinge? Zu dem, was man sieht und greift, braucht man ihn nicht. Arabou glaubt auch an den ewigen Fortschritt des Menschengeschlechts.

Alle seine Vorfahren waren Weinbauern, und ein Bauer ist er geblieben. Wenn er von sozialen Interessen spricht, meint er die Interessen der Bauern. Er betont, das kapitalistische Amerika habe sich trocken gelegt, während in Rußland das Glas fröhlich umgehe. Er trinkt gern und wenig. (Ich trinke ungern und viel.) Was er zugibt zu verstehn, das sind Brot und Wein, ihre Bereitung, ihr Preis, sein Handwerk. Jedem sein Feld, und Respekt vor dem Feld des andern! Er legt keinen Wert auf Originalität, weder in seinen Meinungen noch in der soviel wichtigeren *Arbeit*. Vielleicht ist er deshalb der eigenartigste unter den Bildhauern der Zeit.

Arabous Kinder sind ungetauft, aber seine Frau schleicht sich manchmal heimlich zur Messe. Er vermerkt es als lässige Sünde und lacht wie ein Dieb. Er will in seinem heimatlichen Dorfe begraben sein, mit oder ohne Priester, wie sie's dann gerade im Dorf damit halten.

In der Notwendigkeit, die Herrschaft der Priester auszurotten, bis auf den Stumpf, geht er einig mit Garat-Cornet und dessen Partei, ebenso in der Verteidigung der Republik. Über das Parlament macht er sich lustig, wie alle Franzosen, er läßt keine Wahl aus und stimmt für die Kommunisten, übrigens mit der Billigung Garat-Cornets, der mir erklärte: »Schade, daß ein Mann wie Arabou nicht meine Partei wählt. Wenn er aber uns nicht wählt, dann muß er seine Kandidaten links von uns suchen. Links und nur links.« Arabou ist Offizier der Ehrenlegion. Einmal im Jahr zieht er den Frack an und seine Frau ein seidenes Kleid, und sie besuchen den Ball des Präsidenten.

Er hat nur zwei Feinde, der eine ist der Steuereinnehmer von Bouval, der andre heißt Ursel Bruhn. Den Steuereinnehmer haßt er. Ihn haßt Ursel. Und doch hat sie anfangs ein- oder zweimal ihren kleinen prallen Leib gespürt! Sie traut ihm nicht, nicht seiner Höflichkeit, nicht seinem langen, verlegenen Schweigen. Hat er sie je in seine Familie nach Bouval eingeladen? Niemals.

Sie aber weiß, daß er mir dauernd sein Gastzimmer anbietet. Woher? Ich ahne es nicht.

Nach ihrer Behauptung reimt sich Bildhauer auf Bauer wie Schuh und Fuß. Und: »Ein Bildhauer!« meint sie, indem sie ihre feine Nase verzieht, »ein Bildhauer! Was versteht ein Steinmetz von Musik!« Er wieder meinte, als er einem Zornausbruch Ursels und meinem Beschwichtigungstheater beigewohnt hatte:

»Vielleicht kann ein Künstler kein rechter Mann sein ... Wo sollte er auch die Zeit hernehmen?«

Wüster Tagsommer.

Zehrender Nachtsommer.

Sommer der Freundschaft mit Felix Arabou.

Geburtsjahr einer unsterblichen Statue.

Billi-Billi, lebensgroß in Bronze gegossen ...

Ein Stelldichein wurde verabredet, um sie zu besuchen.

Wir hielten im Hof der Gießerei, auf der Seine fuhr eins der kleinen Pariser Dampfboote vorbei. Der helle Haufen Menschen an Deck winkte, wir winkten zurück: der Vorarbeiter, der Bildhauer, der Minister und ich, dann setzten wir unsern Rundgang um die ruhende Tänzerin fort. Nur Ursel war in Betrachtung versunken geblieben.

»Finden Sie nicht, daß sie mir gleicht?« fragte sie mit einem sichtlichen Anlauf.

Auf einen Ruck wandten alle den Kopf nach ihr, der Vorarbeiter, der Bildhauer, der Minister und ich, eine Pause trat ein, und Ursel errötete wie als Schulmädchen, wenn sie eine schlechtere Note erhielt, als sie gedacht hatte.

»In der Tat«, beeilte sich der Minister, »in der Tat – soweit eine Weiße einer Schwarzen gleichen kann.«

Die Franzosen zeigten höfliche Augen, in denen auch gleich ihre eingefleischte Nachsicht für die Frau auflebte, der Vorarbeiter nickte ihr ein Kompliment zu, der Blick des Bildhauers nahm einen flüchtigen Abdruck von ihr, lächelte gutmütig, nickte, auch er.

»Außerdem«, sagte der Minister, »gleichen die Modelle Arabous alle seiner Frau.«

Dies klang gewichtig – als wäre es ein Satz aus einer Rede. Garat-Cornet hielt sich auch so, wie ich ihn bei der Schlußsitzung der Abgeordnetenkammer auf der Tribüne gesehn hatte, üppig und hoch in der Gestalt, ein schöner Gallier, dessen Schnurrbart und *en brosse* geschnittenes Haar fröhliche Kampflust verrieten. Er liebte die Kunst – ich erkannte es deutlich. Hingerissen stand er vor der Bildsäule, nachdem der Zwischenruf Ursels beantwortet war, und atmete schwer, atmete andächtig. Er gehörte zu jenen überzeugten Freimaurern, die im Ernst für die Freiheit und die schöne Entfaltung des Menschengeschlechts wirken, und er begrüßte alle neue Kunst als Überwindung der Finsternis und einen ›singenden Schritt in die neue, bessere Zeit‹, um ein Lieblingswort von ihm zu gebrauchen.

Die Bemerkung Garat-Cornets hatte Ursel verstimmt.

Frau Arabou war eine kleine Frau, kurzhalsig, mit ziemlich dicken Gliedern, die fünf Kindern das Leben geschenkt hatte. Ursel sah weg und rümpfte die Nase.

»Arabou, ich will ein Prophet sein«, sagte ich (um auch etwas zu sagen). »Von der ganzen Niggerei unserer Zeit wird nur Billi-Billi bleiben – *Ihre* Billi-Billi, die Madame Arabou gleicht.«

Ursel war viel zu verärgert, um an meine Lieder zu erinnern. Statt ihrer tat es der Minister. Ich platzte aus, und Ursel strafte mich mit einem Blick, darin stand zu lesen: ›Das Schaf weiß sich nicht zur Geltung zu bringen‹, das Schlimmste, was sie jemand nachsagen konnte.

Bildhübsche Ursel!

Hinter dem Rücken der andern warf ich ihr Kußhände zu.

Sie schüttelte grimmig den Kopf.

Ja, ja … Ich hatte es in der letzten Zeit oft zu hören bekommen: als Liebhaber mochte sie mich, als Künstler war ich ein Unding. Für Ursel Bruhn blieb aber die Hauptsache die Kunst.

Arabous Kunsthändler kam über den Hof geschossen. Er verbeugte sich tief vor dem Minister und klopfte dem Bildhauer auf die Schulter. Dann führte er einen Skalptanz um die Statue auf, der damit endete, daß er, vor Begeisterung verstummend, hastig in die Hosentasche griff und dem Vorarbeiter einen zerknüllten Geldschein in die Hand drückte.

Endlich erschien Billi-Billi, ganz allein. Nachdem sie ihre liegende Gestalt aufmerksam von allen Seiten betrachtet hatte, sagte sie zum Bildhauer: »So schön bin ich nicht. So schön war nur meine Mutter.«

Sie legte den Arm um seine Schultern und küßte ihn auf beide Backen.

Der Kunsthändler stand tränenden Auges hinter ihnen und klatschte leise in die Hände.

Wir fuhren nach Paris zurück.

Das Leben mit Ursel wurde immer schwieriger.

Wir bewohnten den ersten Stock eines Hauses Ecke Rue Bonaparte und Place St.-Germain-des-Prés. Im Erdgeschoß befand sich ein Café. Bis spät in die Nacht rasselten die Autobusse vorbei und brachten die Häuser zum Tanzen. In den kurzen Pausen siedete es und sauste, man wußte nicht recht, wovon. Der Verkehr auf dem Boulevard St.-Germain warf nur die gröbsten Laute herüber, die man auch deutlich als solche unterschied, indes das Sausen und Sieden im Hause selbst zu wohnen schien, wie die Musik im Lautsprecher.

Tagsüber gaben wir Stunden und ›scheffelten Geld‹. Nachts zogen wir mit meiner Jazzband von Salon zu Salon und scheffelten wiederum Geld.

Ursel hatte herausbekommen, daß unser Honorar für derartige Privatveranstaltungen nicht weit hinter dem Ertrag eines Konzertes zurückzubleiben brauchte. Sie wußte es nämlich einzurichten, daß die Veranstalter einander überboten. Es war eine Art von endloser amerikanischer Versteigerung, die sie mit uns vornahm.

Die öffentlichen Konzerte, erklärte sie mir, dienten einzig und allein dem ›Ruhm‹, worunter sie die Feierlichkeit des Apparats verstand, der die Lockvögel oder ›Spitzen der Gesellschaft‹ auf einem weithin sichtbaren Platz versammelte, in zweiter Linie die Gratisreklame der Zeitungen. Das nächste Konzert wollten wir im Herbst geben: mit meiner Symphonie als Hauptstück. Schon verbreitete Ursel die Sensation durch Wort und Schrift.

Eines Tages beobachtete ich, wie sie ein Tischchen an den Flügel rückte, beschriebenes und leeres Notenpapier in Unordnung darüberstreute und zum Schluß ein altes Saxophon, das ich aus Liebhaberei mit mir führte, an das Bein des Tisches lehnte.

Eine Stunde später erschien sie mit einem Photographen in der Wohnung, der mich aufnahm, wie ich an der ›Symphonie für Jazz, Streicherkorps und Orgel‹ arbeitete. So hatte ich kurz darauf das Vergnügen, mich endlich einmal an der Symphonie arbeiten zu sehen, wenn auch nur in einer illustrierten Zeitung.

In Wirklichkeit war ich ausschließlich damit beschäftigt, Geld zu scheffeln und jede Woche ein neues Lied für Ursel zu schreiben. Sie brauchte immer wieder ein neues Lied, dessen *Premiere audition* sie versteigern konnte.

Zwar hatte die Reisezeit längst begonnen. Aber Paris leerte sich viel zu langsam für meine Begriffe, der Minister Garat-Cornet war noch da und ein großer Teil seiner Bekannten.

Die Leute gaben vor, das leere Paris, das ›Paris der Pariser‹ zu genießen, während zur gleichen Zeit eine wachsende Zahl von Häusern genannt wurde, die sich eine besondere Stellung schufen, indem sie die vornehmsten der nunmehr in Massen ankommenden Fremden empfingen. Es wurde Mode, Paris erst zu verlassen, wenn die besseren Fremden durchgereist waren.

Unser Hauptstützpunkt, Festung und Kapitol, blieb nach wie vor das Haus Garat-Cornets. Ursel buchte es auf Geschäftsunkosten. Bei Garat-Cornet musizierten wir umsonst.

Madame, eine geborene Wienerin, zeichnete sich durch ein ungewöhnliches Musikverständnis aus, und sie spielte ausgezeichnet Klavier. In ihrer Jugend sollte sie auch als Sängerin geschätzt gewesen sein, bevor ihr Fettherz sie zum Verstummen gebracht hatte. Ihre Stimme schimmerte noch von Wärme wie eine Frucht an der Sonne, ein ganz klein wenig rauh klang sie, und gerade dies liebten die Männer. Unter allen Menschen hörte ich nur auf ihre Stimme – ohne zuzuhören. Ihre Gestalt war die eines erst übermäßig hochgeschossenen, dann allzu schnell dick gewordenen jungen Mädchens. Blond. Sie kleidete sich blau. Vom Morgen bis zur Nacht, manchmal bis zum nächsten Morgen wurde bei ihr musiziert. Nachdem sie jahrelang, zur Krönung des Tages, ›ihre‹ Quartette produziert hatte, zeigte sie jetzt ›ihre‹ Jazzband, und das war ich, die *Marayband*.

Wenn Ursel sang, hielt Madame den Klavierpart. Leider machte sie kein Hehl daraus, daß sie mich Ursel vorzog, und als Folge dieser Ungerechtigkeit wuchs der Posten ›Garat-Cornet‹, Konto Geschäftsunkosten, der ursprünglich nur ein winziger Stein des Anstoßes gewesen war, unter dem Feuerregen von Ursels Abscheu auf wunderbare Weise zum Felsen.

Ich nannte es Geiz, in der Erwartung, mich damit wirkungsvoll zur Wehr setzen zu können. Welch ein Mißgriff! Spielend entwand Ursel mir die Waffe, sie bekannte sich zu ihrem Geiz und zog mir jedesmal, wenn wir bei Madame umsonst musizierten, ein halbes Abendhonorar ab. Wieder setzte ich mich zur Wehr. Ich gab Garat-Cornet ein Zeichen, und Ursel wurde nicht mehr zum Singen bemüht. Da belastete sie mich mit einem ganzen Abendhonorar.

»Ursch«, drohte ich, »du treibst es ärger und ärger, und überdies läßt du mich nicht arbeiten. Ruhe! Was ich dir für deine Salonpremieren schreibe, ist für mich keine Arbeit.«

»Es ist dein Bestes!« behauptete sie und schnellte hoch.

»Nein. Und nochmals: Ruhe! Wenn du mich zwingst, zu wählen zwischen meiner Arbeit und dir –«

Sie unterbrach mich:

»Du meinst zwischen mir und dem Honorar.«

Ich suchte meinen Hut und kam gerade zurecht, um von der Hausschwelle auf den Autobus zu springen. Gewaltig donnerte er in die enge Straße. Die Häuser schwankten, und im Geiste sah ich Ursel und ihr zuversichtliches Lächeln mitschwanken, auf dem Teppich, mitten im Zimmer, einen halben Schritt hinter mir, so, wie man sie auf dem Bild der illustrierten Zeitung bewundert hatte: »John van Maray und die berühmte Sängerin Ursel Bruhn bei der Arbeit an einer Symphonie für Jazz, Streicherkorps und Orgel.«

Die Nacht kam. Immer kam die Nacht. Sie versöhnte uns immer.

Auf dem Diwan meines Zimmers, das nur die Bogenlampen des Platzes erleuchteten, fand ich sie wieder: die hemmungslos sich ausgießende Geliebte an der schmalen, gezackten Grenze ihrer Stimme, über die alle Gewalt rieselte, so daß es lange wie Sommerregen nachklang aus einer strahlend erleuchteten Tiefe. Die Ursel meiner Nächte, die ich ganz und gar verschieden wähnte von der unsrer mühsamen Tage.

Völlig vergessen die ersten Umarmungen, jene doch ziemlich krassen Offenbarungen, mit welcher Maschinistin der Wollust ich es zu tun hatte. Sie waren schon damals in das tiefe Meer gefallen und versunken in ihm, das gleich mit Seelengewalt über ihnen brauste. Sicher hielt ich auch absichtlich an der Täuschung fest, war es doch gerade das Doppelleben mit dem ›Tag-Ursch‹ und dem zutiefst verwandelten ›Nacht-Ursch‹, diese scheinbar unerschöpfliche Überraschung, die mich entzückte! Darum sage ich auch tags nur kurz Ursch zu ihr, nachts aber: mein Ursch.

Ein Autobus donnerte heran, die Erde wankte, dann zischte, sauste, bröckelte das Haus, ein Autobus donnerte heran, eine zweite Meereswoge, eine dritte, und eine sprang, leicht wie eine Spiegelung, über die Dächer der Stadt Paris und steil in einen feurig zugespitzten Himmel, der weithin zu wogen begann. Luftige Tore sprangen. Wir hielten, vor Seligkeit erblindet. Über die Wiesen eines höheren Sonnenuntergangs sanken wir mit dem Meer – und uns in die Arme zurück.

Tags war Ursch ein lustiger Teufel, nachts war sie ein Engel im Fleisch. Die menschliche Seele vermag manchen Funken aus sich zu schlagen – warum nicht Teufel und Engel?

Doch eines Nachts, in der Umarmung, rief Ursel ungeduldig:

»So paß doch auf!«

Und unser Nachtsommer war zerstört.

Richtig, ich hatte nicht aufgepaßt.

Jetzt tat ich es.

Sie hatte nie geduldet, daß wir uns in ihrem Zimmer liebten. Als ich einmal spät heimkam, überrumpelte ich sie in ihrem Bett.

»Was fällt dir ein!« schrie sie mich an.

»Warum darf ich nicht bei dir schlafen, mein Ursch? Ich bin übrigens todmüde.«

»Müde oder nicht – mein Bett wenigstens will ich sauber halten.«

»Wa-as? Sauber –«

Ich hob die Hand – und mit dieser zum Schlag erhobenen Hand jagte ich hinaus. In meinem Zimmer sah ich, wie ich die Hand noch immer in der Luft und von mir weg hielt.

Ich betrachtete die Hand und schämte mich, weil sie gegen eine Frau emporgefahren war, aber noch viel mehr, und deshalb betrachtete ich sie, deshalb stieg meine Scham und brauste mir mit rauher Stimme in den Ohren, mit zündenden Gesichten in den Augen, noch viel mehr, weil sie Ursel so lange zum gelehrigen Werkzeug gedient hatte.

Ich riß das Leinen, die Decken vom Diwan und warf sie samt den Kissen vor ihre Tür.

Dann verließ ich das Haus und mietete in dem nahe gelegenen *Hotel d'Alsace* ein Zimmer.

Ursel schien sich nicht an den nächtlichen Vorfall zu erinnern.

»Recht hast du, John«, sprach sie arglos. »Für manche Leute ist ein schlechtes Bett noch immer besser als ein guter Diwan.«

Sie besuchte mich im Hotel und brachte mir sogar meinen Talisman, das alte Saxophon.

»Nie dich davon trennen, John!« empfahl sie mir. »In diesem Metall wohnt dein Hausgeist, der Sicherheit und Ruhm verbürgt.«

Was meine Sicherheit anlangte, war sie so kräftig wie lange nicht, aber von einer Art, die Ursel noch nicht kannte, und den Ruhm hatte ich ihr mit der Bettwäsche vor die Tür geworfen.

Die Trennung geschah an einem Gewittertag.

Ein ganzer empörter Himmel rief straßenwehend: »Putz' die Platte!«

Ursel hatte Arabou das Versprechen abgenommen, sie in eine gewisse hochadelige Gesellschaft einzuführen, die der Bildhauer zuweilen aufsuchte. Kaum war der Tag für unsern Besuch festgesetzt, als Ursel auch schon begann, über die ›Pariser Bürger‹ zu spötteln, die sich Radikale nennen, weil sie unerbittlich auf dem Pfennig fuchsen, und ihre abgesungenen Damen, über die Kunst der gütigen Herzen, Liebespaare auseinanderzubringen, zugleich malte sie sich aus, zu welchen Herrlichkeiten der bevorstehende ›letzte Schritt auf der Leiter‹ sie emporheben würde.

Zu fünft verließen wir das Haus Garat-Cornets, denn auch Garat-Cornet und Frau hatten durch Arabous Vermittlung eine Einladung erhalten, und beschlossen, den Weg zu Fuß zurückzulegen. Ein heißer Nachmittag beugte sich gespannt: über die Stadt. Plötzlich brach er in einem Gewitter zusammen. Das war ein Regen, unter dem die Bäume der Champs-Elysees stehenden Fußes ersoffen. Auf dem Fahrdamm stand das Wasser wie bei einer Überschwemmung, in weißen Garben spritzte es von den Autos. Die Häuser entlang und hoch über den Dächern trieben Schwaden von Wasserdampf.

Und es war heißer als zuvor.

Wir schritten in unsern Gummimänteln und schwitzten. Das Wasser, das uns über das Gesicht in den Kragen und an den Ärmeln hinunter in die Tasche lief, war lauwarm. Wir versuchten, ein Auto anzuhalten, sie rasten vorbei.

Ursel beklagte sich nicht. Sie liebte es, den Elementen zu trotzen.

Nach einer weiteren halbstündigen Wanderung durch Seitenstraßen langten wir an unserm Ziele an. Im Vestibül nahm uns ein livrierter Diener in Empfang und trocknete uns ab, der Fahrstuhl miaute, wir betraten einen riesigen Atelierraum, in dem stark gedämpftes Tageslicht herrschte. Junge Herren reichten Tee und Gebäck, es roch heftig nach chinesischer Taglilie, Gespräche im Flüsterton füllten gleichmäßig summend, leise betäubend den Raum.

Die Gastgeberin begrüßte uns.

Sie machte den Eindruck einer in frommen Übungen und Wohltätigkeit ergrauten Schloßherrin aus der Provinz, sanft beleibt kam sie daher und freundlich, und ihre Röcke reichten bis zum Knöchel, sie trug einen hochadeligen Namen und marschierte an der Spitze dessen, was man hier im Hause die *Zeit* nannte, unsere Zeit, die gegenwärtige Zeit – die Zeit. So hatte mir als Kind der Herr Pfarrer die Hand gereicht. So hatte er, wie zur Probe, den gesalbten Mund bewegt, bevor er die ersten Worte sprach. So hätte sein erhabenes Kuhauge auf mir geruht.

»*Altesse*«, hauchte Ursel – um ein Haar hätte sie einen Knicks gemacht und der alten Prinzessin die Hand geküßt.

Noch während wir mit ihr sprachen, trat auf einmal ein junger Abbé hervor, er trat gleichsam aus ihr heraus, wie ihr fleischgewordenes Wort, indes der schwere Umriß der Dame im Helldunkel unsern Blicken entschwand. Von den Hüften bis zu den Füßen, die in grobem Schuhwerk staken, verriet der Abbé deutlich die ländliche Herkunft, der obere Teil war von seinem Pariser Umgang veredelt. Lächelnd stellte er uns einer Reihe von Damen vor, die alle in knappe, am Hals schließende Blusen und einen ganz kurzen Rock gepreßt waren und kurz geschnittenes Männerhaar trugen. Die meisten sprühten von Schminke, einige aber, mit strengen Gesichtszügen, hatten nicht einmal die Lippen gefärbt.

Die Geschminkten, fand ich heraus, neigten mehr zur streitenden Kirche, die blassen mehr zum Buddhismus, aber die Grenze der Weltanschauungen blieb sehr verschwommen. Das kam daher, daß die katholischen Mitglieder der Versammlung sich ebenso leidenschaftlich und unverbindlich für die indischen Heilslehren interessierten wie die buddhistischen für die römischen. Im Grund schwankten sie zwischen Rom, Lhassa und Benares, denn einige unter ihnen liebäugelten auch mit Brahma, von dem sie annahmen, er werde sich auf die Dauer stärker zeigen als alle Buddhas zusammen, diese ›Luther des fernen Ostens‹.

Dafür herrschte bei den Jünglingen um so mehr Ordnung, Aktivität und noch etwas, was sie mit Wirklichkeitssinn bezeichneten, worunter sie aber trainierte Muskeln verstanden. Sie hielten es mit dem kommenden König von Frankreich und dem Dichter des Tages, dem langen, blonden – Ursel stupfte mich: wie hieß er doch gleich? Fast alle waren hübsch, und ihre Namen gehörten zu den ältesten Frankreichs. Wenn einer von ihnen nicht gut aussah, so zeichnete er sich gleich durch eine Anomalie aus: ein gleichsam verwehendes, nur flüchtig gespiegeltes Wesen oder, im Gegenteil, ein heftig entartetes Gesicht.

Auch der deutsche Weltreisende war zugegen und wurde sichtlich geehrt. Ich bemerkte, daß man, nächst den historischen und philosophischen Altertümern, am meisten mit Deutschland sympathisierte, von dem man anzunehmen schien, es sei noch immer das alte und überdies ein lebendiger Wall gegen die Weltrevolution, wie sie aus dem Osten drohte.

Ursel hatte erst in jener Anmut geblüht, mit der fünf Minuten echter Schüchternheit sie schmücken konnten, und war nicht von meiner Seite gewichen. Jetzt hörte ich sie irgendwo im Zigarettenrauch mit der Anrede ›Hoheit‹ saftig umgehn wie mit einem Fruchtmesser. Ihr *Altesse* durchschnitt das Halbdunkel kreuz und quer. Ursel hatte sich gefaßt. Sie sprach laut und gebieterisch. Sie war auf dem Posten. Ich war froh, von ihrem ungenierten schlechten Französisch nichts anderes zu hören als das Signal ihres Sieges über die große Welt: *Altesse …* *Altesse …*

Ein junges Mädchen in schwarzer Russenbluse, in langen schwarzen Beinkleidern, die sich an den Fußknöcheln verengten, erschien an der Tür. Beschwörend hob sie die Hand. Sofort wurden Teetassen und Zigaretten weggelegt, man begab sich paarweise zwei Treppen hinunter in das Erdgeschoß.

Hier schloß sich uns ein halbes Dutzend Kinder an, wie ich hörte, Kinder russischer Adeliger, deren Mütter ein Gewerbe ausübten, Mütter und Kinder lebten im Hause der Prinzessin, zwei der Kinder waren Waisen und von der Prinzessin an Kindes Statt angenommen.

Ein großer, ein kleiner Raum, mit bemalten Decken, der erste voller Stühle, wir nahmen Platz. Ich saß in der ersten Reihe zwischen Felix Arabou und Madame Garat-Cornet, rechts von ihr saß ihr Gatte, der Minister.

Der um eine Stufe erhöhte kleine Salon war ebenfalls ausgeräumt bis auf den Flügel an der Rückwand. Nackter Parkettboden unter einem lila verschleierten Kronleuchter. Die Vorhänge, lila Damast, dicht geschlossen.

Wahrscheinlich hatte früher eine Flügeltür den kleinen Raum vom großen getrennt, denn zu beiden Seiten der Öffnung stand ein Stück Wand hervor.

An einer dieser Wände schob sich jetzt das Mädchen in der Russenbluse und den langen Beinkleidern entlang, gleichzeitig nahte auf der andern Seite langsam ein Mann, bis auf die Füße in einen lilasamtenen Radmantel gehüllt. Stickende Stille. Es roch heftig nach chinesischer Taglilie.

Das verblühte Knabengesicht des Mannes war geschminkt, das gekräuselte blonde Haar seitlich in die Höhe gekämmt.

Das Mädchen stellte einen Fuß auf die Stufe und lehnte hingebend die Wange an die Türfüllung, so daß Haupt und Fuß allein den Kuß des gefärbten Lichtes empfingen. Der Fuß war nackt.

Sie wartete, bis der Mann den Flügel erreicht hatte, dann zog sie den andern Fuß nach, und der Mann setzte sich. Der Radmantel mit dem Zobelkragen war auf die Lehne des Stuhles geglitten, der Mann saß in fliederfarbenem Pyjama, fliederfarbenen Pantoffeln, die Hände voll glitzernder Ringe. Und nun, als verfügten sie über eine leicht verletzliche Feinfühligkeit, suchten seine Hände langsam, fanden zögernd die Tasten. Endlich spielte er. Er sang.

Er sang deutsch, mit Königsberger Akzent – alte geistliche Lieder. Die Stimme krächzte süßlich, eine Altweiberstimme, in Wonne getaucht. Wunderbar tanzte das Mädchen.

Was er spielte und sang, das drückte das Mädchen in Tanzgebärden aus. Die wollüstigen Windungen und Streckungen des Körpers stiegen aber nicht bis zu dem asketischen Haupt empor, vielmehr schien das Haupt nicht zu wissen, was der Körper tat. Und der Körper selbst schien Lust nur zu träumen. Ungeschminkt, scharf, bitter schwebte das Haupt gleichsam für sich, überwach und vom Traumleben des Rumpfes getrennt.

Das welke, geschminkte Gesicht des Mannes schwamm in feuchter Süße. Als er, über die ganze Gestalt erbebend, die Augen schloß, lief ein Flüstern der Bewunderung durch den Saal. Mir schien, es träfe mich plötzlich der Geruch einer Leiche.

Säuselnder Beifall und Pause. Zwei Russenkinder gingen mit Blumenkörben herum und verteilten Taglilien und fliederfarbene Nelken. Es folgte das bräutliche ›In den Rosen‹ der rheinischen Nonnen, und nun roch es wirklich, roch es unbestreitbar nach einer Mischung von Blumen, Weihrauch und *Côte d'Or*, heftig roch es nach Leiche. Ich drehte mich um, in der Hoffnung, die neu aufgefahrene Räucherpfanne mit dem Weihrauch zu entdecken, da fiel mein Blick auf Ursel. Sie saß in der Reihe hinter mir, auf dem letzten Stuhl, ein klein wenig abgerückt von den andern. Blaß und bröckelnd verging das Gesicht meiner Turnerin unter dem lila Lichthauch, in weithin schnuppernder Ekstase, sie hielt die Schultern hoch und den Kopf zurück, und von den Augen war nur ein dünner Schlitz übriggeblieben, aus dem ein farbloses Licht rann.

Lange starrte ich sie an. Sie sah mich nicht. Spiel und Gesang hörten auf, meine propre Turnerin, die ich da ganz zerfallen, in selbstgenießerischer Verwesung erblickte, änderte nicht ihre Haltung.

Als ich mich wieder umwandte, hing der Mann im fliederfarbenen Pyjama tief gebeugt über dem Flügel, die glitzernden Hände waren gefaltet, er sammelte sich wohl im Gebet. Die Tänzerin kauerte am Boden.

In der Tat wurde nun ein Choral von Bach getanzt. Als die Worte ›O Haupt voll Blut und Wunden‹, die ich im Geiste wie Posaunenton vernahm, von den weißen Händen der Tänzerin über ihre Brüste und Flanken gezogen, von den aufzuckenden Hüften zwischen ihren Schenkeln versammelt wurden, sagte ich laut: »Hier werden schwarze Messen zum Tee gereicht«, ich sagte nach der andern Seite: »Man tanzt hier den Kreuzestod mit dem Bauch«, und erhob mich.

Jetzt sah mich Ursel!

Von einem Verstörtsein fiel sie ins andre.

Schrecken, ja Entsetzen malte sich in ihren Zügen, wie abwehrend hob sie die Hand. Gleich aber sandte sie einen kalten, hämischen Blick in die Runde, als wollte sie schnell kundtun, wie sehr sie mich verachte.

Droben der dilettierende Henker am Kreuz war zusammengefahren und hatte zwei weibliche »Hu!« in den Saal geschrillt, nach jedem meiner Sätze eins. Ich sah noch, wie er die Stirn auf die Hände schlug und hysterisch in Tränen ausbrach. Dabei bemerkte ich die starken Muskeln seiner Arme, und wie er trotz des weibischen Benehmens die Gefährlichkeit einer großen Katze verriet.

Eine überhohe Männerstimme im Saal befahl:

»Mögen die Barbaren den Tempel verlassen.«

Ich drehte mich um, sah aber nur, daß Arabou, der Minister und Frau Garat-Cornet mir folgten. Und auch die stolzen Schultern Ursels, auch sie sah ich noch einmal.

Ich wunderte mich. Um mit Anstand dazubleiben, hätte sie jetzt in Ohnmacht fallen müssen. Aber so weit war sie nie im Leben gegangen. So weit konnte sie nicht gehn. Eine Ohnmacht war ihr das Unerfindlichste von der Welt.

Eine zweite Stimme eiferte im gedämpften Lärm (war es nicht die des deutschen Weltreisenden?): »Der Herr ist nicht Deutscher! Er ist Holländer! Kein Deutscher.«

Da die Tür, durch die wir gekommen waren, sich als abgeschlossen erwies, mußten wir den Saal der Länge nach durchqueren. Ich brannte vor Begierde, um mich zu schlagen, und fragte mich, wie ich so langsam gegen den Hintergrund des Salons vordrang, ob nicht die Jünglinge mit dem Wirklichkeitssinn die Dunkelheit benützen und sich auf uns stürzen würden, um uns, nach ihrem Lieblingswort, ›eine Lektion zu erteilen‹.

Nichts dergleichen geschah. Vor uns erstand, Schwarz in Schwarz, der Abbé. Er führte uns hinaus durch drei kleine niedrige Zimmer, Mitteldinge zwischen Sakristei und Boudoir, in denen es nach abgestandenem Weihrauch und Parfüms roch. Stehlampen breiteten eine mäßige Helligkeit über einen Haufen grellfarbiger Polster, und in jedem der drei Räume zeichnete ein blendend weißes Kruzifix das Halbdunkel.

Seine Art, uns zu verabschieden, bewies mehr als nur Höflichkeit, es war da ein geflügeltes Lächeln, das auf herzhaftes Mitgefühl, wenn nicht auf Billigung schließen ließ. Zumindest der untere Teil des Abbés war ausdrücklich *für* uns.

Es sprang mir in die Augen, und ich bat ihn, mich bei der Prinzessin zu entschuldigen, im Sprechen erkühnend, nannte ich sie gar das Opfer ihrer wahrhaft mütterlichen Güte.

»*Que voulez-vous, Monsieur?*« versetzte er. »Auch die wirklichen Mütter suchen sich nicht ihre Kinder aus.«

Der Regen hatte aufgehört. Trotz meiner Versicherung, wir wüßten einen Gang durch die frische Luft zu schätzen, ließ der Abbé den Wagen seiner Herrin vorfahren. Danach zog er sich mit einer fast höfischen Verbeugung zurück.

»Arabou, sagten Sie nicht, die Leute hofften mich zu bekehren – gewissermaßen Lateran und Vatikan Frankreichs zu versöhnen?« fragte Garat-Cornet muntern Tones.

»Wenn es nach ihr ginge, lieber Minister, würde die Prinzessin Himmel und Hölle versöhnen.«

»Nun, mein Lieber, ich bereue nicht, hergekommen zu sein. *Je les tiens!* Passen Sie auf, in ihrem Katzenjammer wird ihnen klar werden, daß es sich empfiehlt, mich in ihrer Zeitung nicht mehr zu nennen. Ich könnte sonst aus dem Tempel schwatzen.«

Frau Garat-Cornet lachte nicht, sie versicherte ernsthaft, die verschollene Protestantin in ihr sei mit einem Schrei der Entrüstung erwacht, und der Bildhauer sprach genau das Wort, das jeder französische Arbeiter und Kleinbürger in diesem Fall gesprochen hätte:

»Die Leute haben keine Arbeit, darüber sind sie verrückt geworden.«

»Übrigens«, fügte er hinzu: »wie keusch tanzt unsre Billi-Billi im Vergleich zu diesem russischen Kind.«

Ich sagte:

»Haben Sie bemerkt, Arabou? Kopf und Körper bei ihr werden von verschiedenen Kräften regiert.«

»Sie gehören ihr beide noch nicht, weder der Kopf noch der Körper. Wem aber gehören sie?«

»Der Körper vermutlich dem fliederfarbenen Pyjama, der Kopf dem Abbé – und ihrem ersten Liebhaber.«

Der Minister pflichtete bei:

»Nicht die Sinne, die sie noch gar nicht kennt, der rohe Geist, der Fanatismus ist das Stärkste an ihr.«

Frau Garat-Cornet graute es für das Kind: wo anders sollte es einen Mann finden als in diesen Häusern, die nicht mehr feststanden, sondern abgetakelte, treibende Schiffe waren – eine angebohrte Arche Noah.

»Aber die Republikaner«, murrte Arabou gutmütig, »schießen der Arche Noah Salut!«

»Jedes Regime hat seine Schwäche«, meinte der Minister. »Der Hof zog die Philosophen groß.«

»Er starb daran.«

»An Gift und am Schwert – wenn nicht an Selbstmord. Wir begehn nicht Selbstmord, und unser Spielzeug sind alte Möbel. Keine Gefahr für die Republik, lieber Freund! Die Welt ist heillos verbürgerlicht, auch die Könige, die es noch gibt, ja, sie am allermeisten. Wo jeder ein König von bürgerlichem Format werden kann, warum sollte man die Monarchie zurückwünschen, die in tausend Jahren immer nur ein und denselben König duldet? Keine Gefahr für die Republik, lieber Freund, keine Gefahr.«

Wie er so aufrecht in der Ecke des Wagens thronte, den Strohhut leicht zurückgeschoben auf dem Kopf, den Knauf des Spazierstocks in übereinandergelegten Fäusten, strotzte Garat-Cornet von einer Zuversicht, wie sie kein König auf Erden mehr kannte.

»Die Gefahr droht von unten«, erklärte er noch. »Da heißt es abbauen. Mit jedem neuen Schub, der heraufkommt – abbauen! Vorsichtig mit ihnen teilen – die Leute haben ebensoviel Appetit wie wir. Vielleicht teilen wir uns arm, in fünfzig, in hundert Jahren. Es wäre nicht mehr als billig.«

Und die Rede kam auf das fliederfarbene Pyjama. Mit Staunen vernahm ich, der Mann habe den Krieg, in Frauenkleidern versteckt, zwischen diesen Häusern verbracht, hier in Paris, während sein leiblicher Vater eine preußische Division gegen die Hauptstadt führte. Er war Preuße, trotz des französischen Emigrantennamens, heute noch Preuße, aber nicht mehr Protestant. Damals während des Krieges war das Donnerwetter der metaphysischen Angst auf ihn herabgestürzt, die Frömmigkeit blieb – »wie Schwefelgeruch«, sagte der Minister. Vier Jahre lang betete der Mann für den ›Degen der Kirche‹, den Sieg Frankreichs. Doch trat er weder in die Fremdenlegion ein, noch leistete er andre Hilfe als mit dem Gebet und hielt sich als Frau versteckt bis zum Tag des Waffenstillstandes. An diesem Tag trat er unter den verklärten Augen der Prinzessin zum Katholizismus über. Einige Zeit danach gab die Prinzessin ein Bankett zur Feier seiner Bekehrung. Er wurde von Offizieren umarmt und geküßt, die geradewegs aus dem Krieg kamen und deren Leute sein Vater jedenfalls nach besten Kräften hatte massakrieren helfen. Durch die Salons lief sein Ausspruch: »Niemand kann sein Vaterland wechseln, aber jeder kann den offenbarten Gott erkennen.«

Lächelnd nickte der Minister:

»Oh, in ihrer Art sind sie stark, jene Häuser! Sehr stark. In ihrer Art.«

Über Ursel kein Wort.

Ich aber machte mir die ganze Zeit über heimlich klar: schon fühlte, dachte, hantierte ich in einer Welt, in der sie nicht mehr weilte! Jedes gesprochene Wort bestätigte es. Jede Bewegung. Die Augen Arabous sagten im blauen Grunde nichts anderes. Der Minister thronte auf dieser Gewißheit.

Vor dem Hause Garat-Cornets angelangt, lud Madame uns ein, den Abend mit einigen Freunden bei ihr zu verbringen.

Leider konnte ich nicht annehmen, ich bedauerte lebhaft, fast übertrieben, und da schien auf einmal auch der Bildhauer nicht zu können.

»Ich übersiedele nämlich gerade heute zu Arabou nach Bouval«, erklärte ich. – »Richtig, ja, richtig!« rief Arabou aus, der das erste Wort davon hörte. »Nicht wahr, eine glänzende Idee, daß er zu uns hinauszieht?«

»Glänzend!« fand der Minister.

»Ausgezeichnet!« sagte Madame. »Wir müssen jetzt doch in die Ferien. Auf Wiedersehn denn im Herbst bei meiner *Marayband.*«

Sicher blieb mir nicht mehr als eine Stunde, um meine Koffer zu packen. Ursel war nicht in Ohnmacht gefallen. Wie lange konnte sie sich dort halten – bei vollem Bewußtsein?

Der Wagen der Prinzessin hielt vor meiner Wohnung, dann vor dem Hotel und brachte uns zur Gare St.-Lazare.

Als der Zug anfuhr, hob Arabou den Stock:

»Nieder mit dem Ruhm!«

»Nieder mit der Kasse, mein guter Arabou!«

»Es lebe die Arbeit!«

Der Zug ruckte los. Ich hob das alte Saxophon an den Mund: Bäbä-tut. Bäbä-tut. Tut-bäbä.

Hip-hip für den unsterblichen kleinen Mann mit dem Gesicht voller Haare ... rra! rra! rra!

Hip-hip für den Komponisten bei der Arbeit an seiner Symphonie für Jazz, Streicherkorps und Orgel:

rra! rra! rra!

> Bis aus dem Topasrauche deiner Augen
> Auf einmal blaues Feuer schlug ...

»Arabou, gibt es eine Orgel in Bouval?«

»Ja, mein Alter, aber Sie müssen den Schlüssel beim Pfarrer holen.«

»Wie ist er, der Pfarrer?«

Achselzucken:

»Katholisch.«

Taktaktaktak-fiieh-je! lockt die Grasmücke, bevor sie singt.

14.

Die obere Terrasse von Buskow endete seitlich in einen Sandweg, der in Form eines Achters aus einem Taxusgebüsch geschnitten war. Nach etwa zehn Metern bog er rechtwinklig ab und führte in abermaliger Verschlingung den Hang hinab zur unteren Terrasse. Diese war kahl, eingefaßt mit einer niederen Trockenmauer für Steinpflanzen und diente als Spielplatz.

Auf der andern Seite führte ein gleicher Taxus weg zur oberen Terrasse.

Wo die Wege nach Zurücklegung der ersten Acht rechtwinklig abbogen, stand hüben und drüben eine runde Bank.

Kommer verfolgte den ersten Weg und stieß auf Josephus und Boß.

Josephus saß im Badekostüm und überzogenem Rock neben dem Jüngling und redete freundlich auf ihn ein.

Das bezeichnende Wort für Josephus Samtaug lautete nun einmal freundlich – daran konnte kein Mensch auf der Welt etwas ändern.

Außerdem war Josephus kurz von Gestalt, mit Porzellanwangen, einer Porzellanstirn. Das Gesicht leuchtete im Schatten, aber das tiefschwarze Haar und der kurze Assyrerbart von gleicher Farbe umgaben es mit hieratischem Dunkel. Haar und Bart, bemerkte nämlich Kommer, waren ebenso streng gestutzt wie der Taxus, und es flog Kakadu durch den Sinn, er habe eine kleine zierliche Gottheit aus dem Osten bei der Erleuchtung eines Jüngers überrascht.

In der Lampe des Gesichts lebte ein dunkles Augenpaar, das lockte mit echter Speise Vertrauen. Die Augen waren ein wenig scheu, so daß der herzliche Blick nach der Art eines Blinkfeuers immer erst abschweifte, bevor er mit dem rechten Nachdruck daherkam.

Wie, zum Teufel, war der Mann zu seinem Reichtum gelangt?

Er glich weder einem Ringkämpfer noch einem schwermütigen Lumpenhändler und am allerwenigsten einem Ministerialbeamten – keinem der drei Typen, die heute die Welt regierten. Wie hatte er es angestellt, die Stufen zum Kapital zu erklettern, auf dem das goldene Kalb mit dem Löwenkopf thronte?

Kommer entdeckte die einzige Möglichkeit, daß der Hausgott den harten Weg hinaufgeflogen sei.

Und nun hob Josephus den Arm und griff in die Rocktasche … Kommer wollte vorspringen, ihm die Brieftasche aus der Hand schlagen, Boß am Kragen packen, um ihn ins Haus zu schleppen und dort vor versammeltem Sonntagsvolk hinzurichten.

»Was haben Sie mir gestern abend über Frau van Maray gesagt?« sollte das Gericht beginnen, und gleich fiele der erste Schlag: »Sie könnten sie haben, wann Sie wollten, haben Sie gesagt …« Dann käme, so naturgetreu wie möglich, die Schilderung, die Boß, mit Likören trunken gemacht, offenen Auges von seinem Liebesleben mit Johanna geträumt hatte, ein Zeugnis unsäglicher Verkommenheit, nach Kommers Meinung.

Denn, so sagte sich Kakadu, angenommen, eine Frau sei so verdorben, daß ihr ein derartiges Liebesleben schmeckte, so brauchte sie dafür keinen Mann, dafür gab es gleichgesinnte Frauen genug.

Und hier bot sich nun ein vermutlich doch männliches Wesen an, die Rolle einer solchen Frau zu übernehmen! Sodom und Gomorra hatten nicht so viel Verworfenheit gekannt.

Da erinnerte sich Kommer, daß er Johanna suche, die singende Schöne, und daß sie jetzt irgendwo in den Pranken des Kalitieres Deutermann schmachten mußte, statt nur im Irrgarten von Bossens Liebesphantasien, er mahlte einige Male heftig mit dem Kiefer und trat den Rückzug an. Wie Deutermann groß geworden, bis er auf dem Berg seines Kunstdüngers Musik machte, das wußte Kakadu!

Samtaug –? Was der lyrische Tenor unter den Sängern, das war Samtaug unter den Bankiers. Halb so reich wie er konnte schließlich auch Kakadu werden, mit ein bißchen Glück an der Börse. Dagegen der andre – unwillkürlich hob Kakadu die Augen, um über sich den Gipfel zu suchen, von dem herab Deutermann den aufrückenden Geschlechtern Trotz bot.

Ohne nachzudenken überquerte er die Terrasse und bog in den andern Taxusweg ein. Diesmal dämpfte er den Schritt, vielmehr er gab sich nicht gerade Mühe, leise zu gehn, er ging nur langsam. Als er sprechen hörte, machte er ausdrücklich halt und zündete eine dicke Zigarre an. Er ließ das Feuerzeug springen wie immer, klappte es hörbar zu. Drei lange, völlig genußreiche Züge, drei Schritte.

Er sah nur Deutermanns Augen und Stirn, den herrischsten Teil also des Kopfes, und abseits auf der Bank, ganz allein, eine schwere, von blau verknoteten Adern schwellende Hand. Eine Hand? Eine Pranke!

Damit hat er's geschafft, grollte Kommer. Damit schafft er's auch jetzt. Ich Esel! Hier liegt die Gefahr, nicht bei dem Knaben Ganymed – ach was, Ganymed, so was wie den jungen Boß gibt es selbst in der Mythologie nicht. Den Alten aber, den gibt's! Das Maul, aus dem er spricht, sieht keiner, das will keiner mehr sehn, das wischt ihm auch Johanna aus dem Gesicht – mit ihrem Lächeln ...

In diesem Augenblick geschah etwas, was in Kommers Leben ohne Beispiel war.

Der Mann kannte sich: eine robuste Natur, die je nach Laune oder Bedarf eine sentimentale Stunde – rief, wegschickte. Für seine Frau, die angeblich kränkelte und nie unter Menschen ging, hielt er ein Dutzend solcher Stunden im Jahr bereit, da blieb nicht viel übrig für andre. Seine Leidenschaft war das Glücksspiel, die Zeitung, die Politik und noch einmal das Glücksspiel, die Börse – fast zuviel für einen Mann. Hinter Abenteuern, die einen Abend zu überflügeln drohten, pfiff er reuelos einen Gassenhauer her. Keine Zeit. Er bildete sich nicht ein, je geliebt zu haben, soviel wußte er aber von der Liebe, daß es ihn graute, schon wenn ihr großes, glühendes Gesicht in Werken der Kunst vor ihm auftauchte. Er salutierte mit Achtung und wandte den Rücken. Keine Zeit. Mit Johanna hatte er ein einziges Mal versucht, einen gemeinsam vertanzten Abend sinnvoll zu beschließen, wahrhaftig ohne an Liebe zu denken, und war durch das ›Examen im Talmud‹ gefallen. Es hatte sich nicht wieder gemeldet.

Liebe? Penetranter Zeitverlust.

Kein Mensch hatte Zeit für die Liebe in Berlin.

So stand es bis dahin um Kakadu und die Liebe. Und jetzt, im Handumdrehn, war das Feuer entfesselt – in Kakadus Berlin. Und es schlug hierhin und dorthin. Auf einmal glaubte er Zeit zu haben, die Zeit tief und weit zu *sehn*, eine Ewigkeit von Hoffnungen, Erwartungen dehnte sich vor ihm.

Die Vision Kakadus begann damit, daß er einen Schmerz empfand, der ihn wie ein vorbeisausendes Eisen streifte, so daß er sich, unheimlich berührt, mit gekrümmten Fingern an die Stirn fuhr.

Gleich darauf war ihm wohl, als hätte es auf heiße Dürre in seinem Innern geregnet.

Beides entdeckte er gleichzeitig: stockende Hitze und Kühlung. Eine dünne, stoffartige Wand riß auf, in der alles Böse der Welt, bis zum Äußersten gespannt, dicht vor seinem Atem stand, und statt dessen vermeinte er Johannas Lächeln greifbar vor sich zu haben: ›in ständiger Frische wie ein erster Tag‹.

Diese Worte sah er, sonst nichts von ihr, nur ihr Lächeln, das ebendiese Worte waren. Das Lächeln hatte sich von ihr abgesondert, gleich dem weißen Samenbüschel des Löwenzahns, das der Wind vom Gipfel der Pflanze entführt und das lange dahintreiben kann, bevor es zerfällt – fast nur ein Gerinnsel der Luft, farblos, doch gegenwärtig. Ein ätherischer Punkt schwebte ihm vor, der auf unbegreifliche Weise ein Glücksgefühl ausströmte, und dann hörte er ihre eigene Stimme, die sagte: »Kakadu, haben Sie oft solche Anfälle?« – aber obwohl dies nun richtige gesprochene Worte waren, wehten sie doch her wie ein Gesang aus einem fernen, unerforschten Land, und sie bedeuteten etwas ganz anderes, als sie aussprachen, so wie jene ersten Worte: ›in beständiger Frische wie ein erster Tag‹ gar keine Worte gewesen waren, sondern ihr Lächeln, Johannas Lächeln.

Darüber konnte kein Zweifel sein, weder ein Irrtum des Gehörs noch sonst eine Täuschung, denn gleichzeitig hörte er Deutermann reden, und zwar genau so, wie verständige Menschen untereinander zu reden pflegten.

Zudem unterschied Kommer, daß es altmodische Worte waren, etwas steif und verstaubt, weil sie lange Zeit in der Rumpelkammer der Gebrauchssprache gelegen hatten. Worte ohne Gebärden. Worte, schamhaft in einem Blumenstrauß von weißen Glockenblumen und blauschimmerndem Lavendel gereicht. Worte, die wegsahn. Aber auch so deutlich wie Armut und Reichtum.

Die einsame Pranke auf der Bank rührte sich nicht. Die hohe, in den Schädel übergehende Stirn blieb glatt, das Auge verriet eine merkwürdige, gleichsam erbitterte Unschuld.

Deutermann legte der Frau sein Herz zu Füßen: ›ein altes, doch unverbrauchtes Herz.‹ Er bot ihr sein Vermögen an, in einer Art, als reiche er ihr den Arm, um über eine belebte Straße zu gehn.

»O Gott«, sagte Johanna erschrocken.

Es sei eines der größten Vermögen in Deutschland, fuhr er leise fort, und: endlich täte das Geld etwas andres, als nur immer zu kämpfen, zu stürmen, zu siegen und neue Gewalt aus dem unruhigen Schoß zu gebären. Reichtum sei gut. Er mache den Menschen kühn und erhaben. Deutermann leugnete nicht, daß er den Reichtum brauche, sein Leben lang habe er nichts andres angestrebt, und gerade im Alter könne er ihn nicht entbehren – heute wie je verleihe Reichtum die Macht. Nur scheine ihm die Einsamkeit solcher herzlosen Macht nicht mehr erträglich. Seit vierzig Jahre hungere seine Seele, trotz der vielen Musik. Oft reiße sich das Herz von ihm los und stelle ihn bellend, am lichten Tag könne es geschehn, in der heitersten Umgebung, und dann käme er sich vor wie nächtens in Wald und Schnee. Nun legte er Johanna seine Liebe zu Füßen. Ob er, nach so hohem Anstieg, den Gipfel des Glücks erreichen oder elend abstürzen sollte, es lag bei ihr.

»O lieber Mann«, sagte Johanna.

»Liebe Johanna«, antwortete er leise. Es verstrich eine Zeit, bevor er fortfuhr.

»Nur ein Wort noch, Frau Johanna!«

Er versprach ihr nicht mehr, als er halten konnte: alle Gaben des Abends. Er zählte sie auf, wog sie in der Hand, drehte sie vor ihren Augen, beschrieb die Wonne eines Gartens, über dem die gestillte Sonne verweilt, und hieß in ihm alle Gäste willkommen – auch John van Maray, wenn sie nach der Scheidung seiner Freundschaft, seiner Musik bedürfte, auch den armen kleinen Boß, aus dem vielleicht doch noch ein Mensch zu machen wäre, Kurt Kommer. Und an Angelica – hätten sie fast eine Tochter. Johanna liebte Angelica … Er auch … An Angelica hätten sie eine Tochter.

Denn, um Johanna ein Geheimnis zu eröffnen, das für sie nicht länger ein Geheimnis bleiben dürfte: Angelica sei in Wahrheit die Tochter –

Deutermann machte eine Pause, vielleicht weil er sich überwinden mußte, etwas auszusprechen, was ebenso leicht Gutes wie Schlimmes für seine Sache bewirken konnte. Vielleicht suchte er in ihren Zügen eine Bestätigung seines Verdachtes, daß sie Angelicas Abstammung kenne und das Kind deshalb an sich gezogen habe, vielleicht war es auch Johanna, die ihn durch die Bewegung aufhielt, Kommer konnte es nicht erkennen.

Und wie gern hätte er gerade jetzt die Züge Johannas gesehn! In Ermangelung eines Ausblickes glaubte er in den Fingerspitzen zu spüren, wie ihr Lächeln sich in eine schmerzliche Grimasse verwandelte, je weiter Deutermann in seiner Erklärung fortschritt. Der trockene Alte war saftig geworden.

Der Alte, stellte Kakadu fest, der schlaue Alte – trübt alles Wasser, um seinen Fischzug zu tun! Was haben Boß und ich in der Geschichte zu suchen? Ungebeten wirft er uns in die Masse des Kaufpreises. Was geht Angelica ihn an! Auch sie muß mit – vermutlich, weil der Alte mit dem Stoß rechnet, den die Enthüllung von Johns Vaterschaft Johanna versetzen wird. Und Deutermann sprach mit gesenkter Stimme:

»Angelica ist die Tochter Johns.«

Von Kommer war längst alle Verzauberung gewichen. Wo in seiner Brust heiße Dürre, dann Kühle und der Inbegriff eines Menschenlächelns gewaltet hatten, reckte sich jetzt ein Zorn, nackt, nüchtern und behaart wie ein Männerarm, der Zorn eines ehrlichen Kerls, der Zeuge eines Überfalls, eines Betrugs wird. Er wollte vortreten. »Ich habe gelauscht«, wollte er sagen, während er vortrat, »genau wie der gute, vielverleumdete Boß, den Sie Johanna dreinschenken als Suppenknochen, zugleich mit zwei andern Lappalien des Namens Maray und Kurt Kommer.«

In diesem Augenblick ertönte eine Stimme:

»Kakadu, ich rieche Ihre Zigarre.«

Die Zigarre flog im Bogen in das Taxusgebüsch.

Vier Schritte vollzog der Zorn und errötete tief, viermal erbebte schamvoll der Unterkiefer des Rächers.

Deutermann hatte sich erhoben.

Er reichte Kommer die Hand.

»Herr Abgeordneter, ich habe Frau van Maray, wie Sie vielleicht hörten, um ihre Hand gebeten. Darf ich ersuchen, die Mitteilung als vertraulich zu betrachten?«

»Liebes Kind, ich bitte um Entschuldigung«, wandte Kommer sich an Johanna, ohne dem Generaldirektor zu antworten. »Ich bitte um Entschuldigung für dies und jenes – Johanna, Sie verstehn. Es war nicht meine Absicht ... Was aber Angelica anlangt, so bedaure ich –«

Johanna hob ein Gesicht, das weiß und müde war unter der feurigen Mähne. Auch die Augen zeigten eine wolkige Blässe.

»Nichts zu bedauern, Kakadu! Kommen Sie, setzen Sie sich hierher. Sie auch, lieber Mann: hierher. Nun hören Sie zu.«

Johanna sprach langsam, was sie sagte, klang spöttisch, und sie verzog keine Miene. Unwillkürlich warfen sich die beiden Herren Blicke zu, um womöglich zu erkunden, wie man die Erzählung aufzunehmen habe. Mußte man lächeln? Durfte man betrübt sein?

Alle Welt hier, versicherte sie, laufe mit diskreten Lampen hinter der Sonne her – vorausgesetzt, daß man einen stehenden hellen Dunst, der die Gegenstände gleichzeitig verhülle und erleuchte, die Sonne nennen könne. Geradezu leidenschaftlich werde hier die Verschwiegenheit gepflegt, so leidenschaftlich, daß die Beteiligten gar nicht merkten, wie ihre Diskretion in der Art jenes sommerlichen Dunstes blitzhaft verrate, was als Geheimnis verwahrt werden sollte.

So war kürzlich ein Herr aus Paris zurückgekommen, ein weitläufiger Bekannter Samtaugs, der am selben Tag eine Einladung zum Abendessen in der Rauchstraße erhielt. Man verschwieg Johanna nicht, daß er aus Paris kam, und bei Tisch setzte man ihn so weit wie möglich von ihr weg, nachdem man schon vorher mit ihm in den Ecken getuschelt hatte, ganz diskret mit scheuen Blicken auf Johanna.

Während des Essens nun konversierte der Herr am andern Ende des Tisches so laut, daß Ruth ihn ernst mit vorwurfsvoll hingewandten Augen, dann aber mit dem Zuruf warnte: »Unter uns gesagt, die Ursel Bruhn ist ein Scheusal, wir sprechen nicht gern von ihr –«, worauf sie Johanna mit einem triumphierenden Lächeln streifte. Sie verstehn? Ruth hatte die Schlange zertreten ... Der Herr wechselte auch tatsächlich das Thema. Er setzte Kakadu auseinander, welch ein Freund der Künste, hauptsächlich der modernen Musik der Minister Garat-Cornet sei und daß gerade die deutschen Musiker in seinem Salon den Ton angäben. Nachher im Garten folgten die Augen des Herrn Johanna überallhin und brannten darauf, sie zum Vertrauten seiner Geheimnisse zu machen. Um den diskreten Herrn loszuwerden, mußte sie sich auf ihr Zimmer zurückziehn … »Und das neue Lied Johns, lieber Mann, summte um mich, kaum daß die Zeitung heute morgen eingetroffen war!

Obwohl ich nie eine Zeitung anschaue, versteckte Ruth das Blatt unter ihrem Morgenrock, als ich zum Frühstück auf die Terrasse trat. Es geschah mit solch rasender Geschwindigkeit, Ruth war bei meinem Anblick derart erschrocken, daß ich einen Augenblick das Schlimmste befürchtete, einen Unglücksfall Johns, was weiß ich. Eine halbe Stunde später spielte der Wind mit der Zeitung. Ich versteckte mich mit ihr, hier auf dieser Bank, und fand nichts andres, als daß die erste Seite der musikalischen Beilage fehlte. Den ganzen Morgen drehte sich das Gespräch um die Berechtigung, die Form, die voraussichtliche Lebensdauer des modernen Liedes. Bossi pfiff immer die zwei gleichen Strophen. Bei Tisch, als man sich endlich in Betrachtungen über die Pfirsichzucht vertiefte, tauchte Bossi unvermutet mit einem schmetternden Lied aus den Pfirsichbüschen, demselben, das er bisher nur gepfiffen hatte, und obwohl sie alle lachten, lachten sie so gezwungen und bedachten den armen Bossi mit so strafenden Mienen, daß ich ziemlich Bescheid wußte. Auch ich mußte lachen, weil Bossi mich über die andern hinweg trotzig anstrahlte. Kakadu aber, der neben mir saß, brummte: ›Warte, mein Junge!‹

Armer Bossi! Er grüßte mich mit kühnen Kaninchenaugen weit über den Tisch her, obwohl er wußte, was ihm bevorstand – seit der Likörorgie gestern abend. Wieviel Gläschen hat er eigentlich getrunken, Kakadu? Drei oder vier? Nun, da hatten Sie ja keine Mühe mit ihm.

Stimmt es, daß Sie ihn zum Schluß ins Gesicht schlugen, Kakadu? Ja gewiß, als er von mir sprach, ich weiß. Weshalb gaben Sie ihm zu trinken? Damit er von mir spreche? Waren Sie nicht beglückt von seinen … Gemeinheiten, bevor Sie ihm ins Gesicht schlugen? Glauben Sie mir, Kakadu, es lag an Ihrer – Männeratmosphäre, daß aus seinen beichtenden Worten Gemeinheiten wurden. Ich kann mir denken, worum es ging. Doch, doch, ziemlich genau. Er hat nur versucht, sich männlich auszudrücken, weil Kakadu auf Genauigkeit drängte – was Kakadu in seiner Sprache Präzisionen nennt! Sie, lieber Mann, wollen mir Ihr Vermögen schenken, Kakadu hat es ja gehört, alle Früchte des Abends … Bossi hat weder Vermögen noch Früchte feil, aber dafür möchte er mich mit aller Blüte der Erde versorgen, er möchte, daß ich nichts entbehrte, wenn ich ihn liebte, nichts, nichts! Und da sucht er und sucht, was ich am Ende wohl bei ihm entbehren könnte, und sucht, wie er es anstellen könnte, daß ich es doch nicht ganz entbehre, und da er von Frauen nur einige … vermutlich etwas eigenartige Exemplare kennt, mich selbst aber nur im Traum sieht, so tappt er halt grausig in der Irre, und wenn Sie ihn wirklich vor ganz Buskow kränken wollen, Kakadu, so begehn Sie einen Mord am ärmsten Jungen.

Noch eins. Sie werden es furchtbar geschickt anfangen, um mich nicht zu blamieren, nicht wahr? So haben Sie es sich gedacht! Die ortsübliche Diskretion. Endlich werden die Leute genau wissen, warum sie lachen, wenn ich mich mit Bossi abgebe.

Was stand noch auf dem Spielplan des verschwiegenen Theaters? Nur auf dem heutigen, meine ich, dem eines einzigen Tages? … Und, meine guten Freunde: ein Tag hier ist wie der andre.«

Johanna ließ den Kopf sinken, während Kommer schnell eine Zigarre aus der Tasche zog und sie umständlich anzündete.

»Und Angelica?« fragte Deutermann.

»Ach, lieber Mann! Warum legen Sie dem soviel Gewicht bei? Hören Sie zu.«

Auch um Angelica war, seit dem ersten Mal, da Kakadu sie mit nach Buskow gebracht, ein Flüstern und Schweigen gewesen, ein Schweigen von der plötzlichen Tiefe eines Brunnens, über den man sich beugt. Bald darauf stieß Johanna in einer Ausstellung auf Angelica und eine unbekannte Dame – Angelicas Mutter.

»Das einzige Mal in ihrem Leben, daß sie mit dem Kinde ausgegangen ist«, grollte Kommer.

Als habe sie daraufgewartet, schoß Angelica auf Johanna los und machte sie mit der Mutter bekannt. Das Kind schien glückselig, eine so wichtige Mission zu erfüllen. Johanna hörte, das Ehepaar Bernhard Kommer habe John in seiner Stuttgarter Studienzeit gekannt. »Er war ein reizender Bengel«, sagte die Dame. »Leider haben wir uns nur gestreift. Unsere Möbel standen schon auf der Straße, wir verzogen gerade nach Berlin. Aus Diskretion –« bitte, sie sagte wörtlich: »aus Diskretion, gnädige Frau, habe ich mich später in Berlin von Ihnen und Ihrem Gatten ferngehalten.« Und beim Verlassen des Gebäudes flüsterte sie Johanna zu, vermutlich weil sie deren Verblüffung mit Unglauben verwechselte: »Ist die Kleine ihm nicht aus dem Gesicht geschnitten?«

Zum zweitenmal begegnete Johanna der schönen Dame in einem Tanzsaal. Durch die Umgebung von Nachtschwärmern ermutigt, unter denen sie zu ihrem Erstaunen Johanna traf, eröffnete sie ihr, daß John nichts von der Kleinen wisse, und beschwor sie, ihn auch nichts wissen zu lassen, um sein Eheglück, vor allem aber seine ›künstlerische Stimmung‹ nicht zu stören … »Denn, nicht wahr, gnädige Frau, Sie selbst sind leider kinderlos?« Jetzt kannten also zwei Menschen auf Erden das Geheimnis: die schöne Mutter und Johanna van Maray. »Ich schwöre, nur wir zwei Menschen« – Tränen regneten auf den Eid von Angelicas Mutter.

Kakadu knurrte wild auf und fuchtelte mit der Zigarre. In abgerissenen Sätzen gab er zu verstehn, seine Schwägerin verbreite das Geheimnis, wo sie könne, am liebsten natürlich in musikalischen Kreisen. Den Gatten allein verschone sie mit der Verkündigung seines Gnadenzustandes.

»Als sie aber in der Rauchstraße bei mir Besuch machte«, schloß Johanna, »empfing ich sie stehend und erinnerte sie an die löbliche Diskretion, die sie sich John und mir gegenüber auferlegt habe.«

Nun sprang Kommer von der Bank und bat den Generaldirektor, ihm zwei Minuten Alleinsein mit Johanna zu schenken.

»Kind!« rief er, als Deutermann zwischen dem Taxus verschwunden war, »Kind, du hast also die Scheidung eingereicht, weil dieses dumme Weib – Ja, was wirfst du John denn vor? Daß er es dir verheimlicht habe? Er weiß es nicht einmal! Er weiß es nicht! Du hörst ja – wie sagte sie? Sie haben sich nur gestreift! Ich glaube, die Fische machen so die Kinder. Aber so war's. Sofort ziehst du die Klage zurück. Hörst du? Sofort!«

»Pst, Kakadu! Leise! Ich werfe John nichts vor. Nur – er soll Kinder haben. Er liebt Kinder. Und ich darf keine bekommen! Wir sind zu arm, viel zu arm, sagt Ruth. Sie muß es wissen.«

»Unsinn! Aus lauter närrischer Freundschaft gönnt sie dir keine Kinder. Weil sie selbst keine bekommen kann und du angeblich ihr Kind für sie bist.«

»Außerdem hat John mich verlassen, nicht ich ihn. Er lebt mit einer andern in Paris. Er hat Erfolg. Geld! Geld! Er hat sogar Josephus für mich Geld geschickt. Sicher fühlt er sich glücklich.«

»Blödsinn!«

Mit einem Ruck erhob sich Johanna und streckte taumelnd die Hand nach ihm aus. Als er sie ergreifen wollte, schnellte die Hand zurück. Johanna selbst ergriff sie und hielt sie umklammert. Ihr Gesicht war noch immer blaß, doch mit einem Blutschein unter der Haut, der es unsäglich verschönte, so stand sie, hoch aufgerichtet, die eine der breiten Schultern ein wenig rückwärts gedreht, der Mund glühte rot, und die Augen – ja, das war seltsam, in den Augen brannte abwechselnd ein blaues Feuer und starrte die gleiche Härte, die Kommer vorher an Deutermanns Augen beobachtet hatte. Und ebenso verhielt es sich mit ihrer Rede. Bald flogen die Worte fiebrig davon, bald hielten sie kalt auf der Erde.

»Kakadu, was sollte daran Blödsinn sein? Es ist *alles* in Ordnung. Endlich ist alles in Ordnung. Ich heirate Deutermann, und eines Tages – hören Sie, Kakadu! Nicht eines Tages, sondern übermorgen, morgen … kann ich ihm helfen. Helfen! Verstanden! Bisher habe ich es nie gekonnt. Bisher stand ich ihm nur im Weg.«

»Wahnsinn!«

»Kakadu, Sie schreien etwas stark, fast wie im Reichstag. Nichts von Wahnsinn. Oh, ich weiß es besser als ihr alle. Ihr seid ja liebe Tölpel, Spezialisten der Verschwiegenheit. Vernunft! Endlich einmal nichts als gesunden Menschenverstand.«

»Du heiratest den Alten?«

»Ich heirate ihn. Und Sie, Kakadu – da Sie mein ältester Freund sind, können Sie von jetzt an immer du zu mir sagen, nicht nur in der Ekstase.«

Zum zweitenmal flog die Zigarre hinter Kommer in das Taxusgebüsch. Die schwarze Hornbrille funkelte wie toll. Er stampfte die Hände in die Hosentasche und sagte:

»Morgen früh fahre ich nach Paris und spreche mit John.«

Sie schrie:

»Nein!«

Kommer war fort.

Eine Weile verharrte sie reglos.

Dann warf sie die Hände über den Kopf und war ein einsames Bild des Entsetzens.

So traf sie Josephus.

Ruhig legte er den Arm um sie und zog sie neben sich auf die Bank. Sie warf den Kopf zurück auf die Lehne und schaute aus weitgeöffneten

Augenfenstern in den Himmel. Er tat wie sie. Zwei dunkle, zwei helle Augen spiegelten dasselbe Stück Bläue.

Klappern von Tassen und Geschirr auf der oberen Terrasse, der Teetisch wurde gedeckt.

Seitwärts rasselte die Tür zur Garage, ein Auto fuhr durch den Park.

Auf einmal sagte sie verschlafen:

»Du mußt doch selber sagen, Josephus, das mittelalterliche Spießrutenlaufen war eine hygienische Einrichtung im Vergleich zu dem, wie ihr mich hier verwöhnt ...«

»Denk' ich mir auch«, meinte Josephus – er gluckste ein verstecktes Lachen.

Nach einem Schweigen führ sie fort:

»Zuerst war es eure Diskretion ... Jetzt ist es die helle Wut der Männer.«

»Zwei davon sind fort«, sagte er und gähnte. »Boß und Kommer. Eben im Auto zur Station ... Den Boß habe ich für vier Wochen in die Ferien geschickt ... Bis dahin ist die Gewitterzeit vorbei ... Kommer mußte auf einmal nach Hause. Weiß nicht, warum.«

Johanna fühlte sich viel zu müde, um zu antworten, und Josephus war froh, eine Viertelstunde ohne Gäste zu sein, ohne sein anstrengendes Lächeln, ohne Geschwätz. Inbrünstig schwiegen sie beide in die Bläue hinein, die dort oben verharrte.

Zuerst schlossen sich die hellen Fenster unter dem Himmel, dann die dunkeln. Tassengeklapper, Kinderrufe, Heranrauschen des Berliner Zuges hinter den Hügeln von Buskow.

Deutermann hatte Kommer davoneilen und Samtaug in den Sandweg einbiegen sehn. Um ihm zuvorzukommen, war er zu weit entfernt gewesen. Er ärgerte sich und wartete.

Als er schließlich wie von ungefähr den Sandweg hinaufging, fand er Johanna und Samtaug schlafend Seite an Seite. Auf den Fußspitzen ging er zurück.

Die beiden erwachten vom Geräusch eines Autos, das mit schmetterndem Hörn vom Parkweg auf die Landstraße einbog.

Josephus hob den Finger:

»Das Autohorn des Generaldirektors! Jetzt ist auch der dritte Mann weg ...«

Deutermann aber hatte einen Brief an Johanna hinterlassen, in dem es hieß: »Verehrteste Freundin! Ich erwarte Ihre Antwort telephonisch

bis heute nacht vier Uhr, dann wieder von einhalb sieben an und so
fort, Tag und Nacht. D.«

Ruth selbst überreichte den Brief, als Johanna mit Josephus an den
schon halb abgeräumten Teetisch trat.

Sie lächelte fein und sagte:

»Wenn dieses Billett nicht von der allergrößten Bedeutung ist, will
ich nie mehr ein Geheimnis wissen.«

»Du sollst es erfahren«, versetzte Johanna.

15.

»*Mon grand cher ami!*« lautete der Ehrentitel, mit dem Arabous zehn-
jährige Jeannette mich belegte. Sie hatte dieselben blauen Tropfen als
Augen wie ihr Vater. An ihr erkannte man, wie der Vater aussähe,
wenn er den Vorhang von Haaren über dem Gesicht hinaufzöge.

Frau Arabou, die tüchtige Hausfrau, lehnte mein Angebot, für mich
ein Dienstmädchen zu nehmen, so daß wir deren zwei im Hause gehabt
hätten, mit südländischer Entrüstung ab.

Der Bildhauer und ich besorgten die Einkäufe auf dem Markt und
im Städtchen. Nur der Handel mit dem Metzger wurde wegen der
schwierigen Wissenschaft, um die es da ging, zum Monopol Madame
Arabous erhoben.

Der grauhaarige, magere Pfarrer vertraute mir den Schlüssel der
Orgel an, und manchmal saß er in der Ecke einer Kirchenbank und
hörte zu.

Alles ging gut.

Wenn ich mich verspätete, holte mich Jeannette oder ihr Vater gegen
Abend in der Kirche ab. Ich war meiner und aller Welt so sicher, daß
ich in die Scheidung von Johanna einwilligte. Ich teilte es ihrem Berliner
Anwalt mit und legte dem Brief ein Stück meiner Fuge bei, mit der
Bitte, es Johanna zu übermitteln. Oft arbeitete ich bis zum Morgen.

Und dann wurde ich krank.

Es ging mir gleich so schlecht, daß ich alles vergaß, außer der unterbrochenen großen Arbeit.

Die aber setzte mir ungeheuerlich zu. Rauschende Sätze, huckelnde
Stücke einer Melodie kamen angefahren, geschriebene und ungeschrie-
bene, es war nicht der geringste Unterschied zwischen ihnen, rasselten

zugweise in den Bahnhof, während die schlecht geschmierten Räder kreischten und schrillten, und luden eine Gesellschaft ab, die sich schon beim Aussteigen merkwürdig benahm.

Hier ging eine Gruppe pathetisch und schamlos vor in der Art von Irren, es waren Männer und Frauen und Kinder, ein wunderschönes Russenmädchen trug ein fliederfarbenes Beinkleid, der Oberkörper war nackt.

Eine andre Gruppe hielt sich dort abseits und bestand aus lauter tief verletzten Menschen, die mich an gemeinsame Erlebnisse offenbar schmerzlicher Art zu erinnern suchten, ohne den Mund zu öffnen, und es fiel mir auf, daß ihre Augen abwechselnd sehend und erblindet waren. Deutlich konnte ich erkennen, wie die Augen plötzlich brachen, um ebenso unvermittelt wieder lebendig zu werden. »Das ist die Ewigkeit«, sagte ich mir, »ja, das muß die Ewigkeit sein.« Ein Choral, der immer begann und gleich wieder abbrach, bereitete mir Tantalusqualen.

Auf allen Bahnsteigen zugleich liefen die Sätze meiner Symphonie ein, wie Extrazüge zu einer öffentlichen Veranstaltung, deren Sinn ich nicht erriet.

Bald fühlte ich mich geschmeichelt, als gelte der Aufwand einer besonderen Ehrung meiner Person, bald versteckte ich mich zähneklappernd vor dem Riesenaufmarsch meiner Verfolger. Niemand sprach mich an, ich konnte nicht einmal herausbekommen, ob ich gesehn wurde oder nicht.

Die Anwandlungen von Bedrohung und Huldigung bei den Leuten geschahen im geheimen, ich spürte sie mehr, als ich sie sah, aber wenn mir das Blut dann vor Schrecken stockte, befiel die Starre sekundenlang die ganze Gesellschaft, und wenn es in mir aufjubelte, brach ein wahrer Hexensabbat über den Bahnhof aus, Geschrei, Gelächter, Musik. In den trotz bunter Beleuchtung gruseligen Unterführungen tanzten, jagten, umarmten sich die Paare, ich wurde in den Trubel gerissen, die klaffende Erde atmete mich ein.

Ich fiel. Es war der Fuß eines mächtigen Weibes, über den ich stürzte. Das Weib hatte eine rosige Gesichtsfarbe und hellblonde Haare, ich kannte sie nicht, der Fuß war winzig, und als ich zu Boden schlug, krachten mir die Knochen im Leib. Ich wischte mir mit der Hand über das Gesicht, da fühlte ich warmes Blut.

Einem einfahrenden Zug, der doch mir gehörte, entstieg Kollreuth – ein Köfferchen in der Hand, in der andern den Taktstock, sprang er ab, und die Menge lief auf ihn zu und bereitete ihm eine ohrenbetäubende Ovation. Ich sah ihn reden, es klang wie ein fernes Miauen.

Neben mir stand eine junge Frau, stahlblaues Kleid, graublaue Augen, und sang leise vor sich hin. Was sie sang, verstand ich nicht, doch mußte ich an die Kindheit denken, ich sah, wie auf beiden Seiten des langen, gelbsandigen Gartenwegs hinter meinem Elternhause in Zabern die Schwertlilien blühten, und hörte die Kirchenuhr schlagen.

Da schluchzte ich auf, lautlos, tief innen in der Brust, und etwas in mir weinte melodisch, während ich zu der Frauengestalt emporblickte, etwas, was vielleicht das sagenhafte Herz war.

Gleich darauf saß ich allein auf dem Waldboden und schrieb und schrieb. Ich sah viele Vögel. Keiner sang.

Im Fieber schrieb ich zehnmal soviel, wie ich je geschrieben habe und schreiben werde. Ich überlas es. Ich ging damit zum Flügel. Aus einem Satz schoß plötzlich ein einziger Takt und harpunierte mich. Stundenlang wurde ich den Spieß nicht los, ein Seil war an seinem Schaft befestigt und schleppte mich kreuz und quer über ein Meer. Einmal riß das Seil, mir schien: durch mein Verdienst, weil ich nämlich mit aller Kraft in die Tiefe getaucht war, tiefer und tiefer, bis es einen plötzlichen Halt und dann einen Ruck gegeben hatte, der mich in zwei Teile riß.

Beglückt schaute ich zu, wie die beiden Teile von mir mit großer Geschwindigkeit auseinander trieben. Indes ich einschlummerte, entschwanden sie meinen Blicken.

Ein andermal war ich, wie ich im Bahnhof vor meinen massenhaft eintreffenden Feinden ausriß, aus Erschöpfung eingeschlafen. Mitten im Laufen wurde ich langsam mürbe, wurde mit eins auch der Boden unter mir weich wie Wolle, und ich versank. Ich erwachte und war befreit. Da hielt ich mich für gesundet und machte Anstalt, aus dem Bett zu steigen.

Jeannette schrie, bis Arabou, seine Frau und alle andern Kinder angelaufen kamen.

In den klaren Augenblicken besuchten mich die eckigen und die runden Formen meiner Symphonie. Einige wunderbar schlanke waren darunter, aufrecht schritten sie, aufrecht durch das schmelzende Ohr. Wohl erkannte ich in ihnen die Furien und überzarten Geschöpfe meiner Fieberträume, aber gerade deshalb konnte ich sie mit wohlwollender Ironie betrachten, nun, da sie sich gesittet an meinem Krankenlager versammelten, um mir ihre Teilnahme zu bezeigen. Fast alle kamen sie von den Orgien der vierten Morgenstunde in der gruselig bunten Unterführung des Bahnhofs. Sie hatten gerade Zeit gehabt, sich zu waschen und umzukleiden.

Jedoch, Kleider machen Leute. Aus den Teufeln der Verfolgung und jenen Engelinnen, die unfaßbar süße Musik ihrer Traumstimme auf mich hatten niederströmen lassen, waren liebenswürdig kühle, beherrschte Zeitgenossen geworden. Von ihrer Vergangenheit schienen sie nicht allzuviel zu wissen und noch weniger von der Urfeindschaft und Fremde, die sie alle voneinander schied. Vielmehr trugen sie verwandte Züge, gaben sich vertraut und vertrauend, vielleicht ein wenig scheu, aber scheinbar ohne jede Hinterlist, etwa, als träfen sie sich, von weither gereist, zu einem Familientag an meinem Bett. Das Kriegsbeil der Synkope schien begraben.

Falsche Bande, dachte ich. Sicher schickt sie der käsebleiche Depsich, um mich wieder hineinzulegen.

Und ich begann, sie mit Blicken auszuforschen. War das nicht die massive Prinzessin, die das Kleid schürzte, um über die in Ohnmacht gefallene Ursel hinwegzusteigen? Gewiß war sie es, und sie hielt meinem Blick nicht stand – langsam büßten erst die Augen, dann Stirn und Wangen die fromme Frische ein, und auch die Schultern trugen nicht mehr so spielend leicht die Last des Lebens. Ebenso erging es mir mit meinem Freunde Felix Arabou, der ebenfalls meinem ängstlich forschenden Blick auswich und achselzuckend das Zimmer verließ, ja, selbst eine Frau, die Johanna genannt wurde, obwohl sie ihr nicht glich, hielt müde die Hände im Schoß und fand nicht mehr die Kraft zu einem Lächeln.

Ich erschrak furchtbar, denn ich fühlte den Schatten des Todes über meinem Lager und sah mich von Gespenstern umringt, die fremd, unbeteiligt auf meinen letzten Atemzug warteten. Warum waren sie gekommen? Was taten sie hier, da sie weder haßten noch liebten? Wer, zum Teufel, hatte sie eingelassen? Seit wann erlaubte man fremden Leuten von der Straße, über den Gartenzaun zu klettern und durch alle Zimmer des Hauses unbehelligt bis in dieses letzte zu gelangen, wo ich lag? Wie kam der Depsich dazu, die rote Robe mit Hermelinkragen eines französischen Staatsanwalts zu tragen, da er doch Pommer und aus Frankreich ausgewiesen war?

Hämisch grunzte er mir in die Ohren und beugte sich über mich, um mich sterben Zu sehn.

Was war das? Auf Zehenspitzen trat die kleine Jeannette an mein Bett. Sie hauchte auf meine Stirn. Sie flüsterte mir ins Ohr, erst ins eine, dann, über mein Gesicht hin, ins andre. Und ein Sturm von Glocken brach los. Jubelnd sang der Wald mir den Choral ins Zimmer. Endlich war er geboren. Ich sah den Wald nicht, konnte ihn mir nicht vorstellen, dachte nur: das ist der Wald, der so singt.

Eines Morgens erblickte ich durch den Spalt des Vorhangs ein Stück glasgrüner, durchsichtig glühender Welt, beseligt starrte ich hin, bis sich in mir der Begriff formte: ein schöner Tag. Es war seit langem das erstemal, daß mein Blick über den unmittelbaren Bereich des Bettes hinausdrang.

Was ich durch den Spalt des Vorhangs erblickte, schien mir über alle Maßen erhaben: ein aus dem Innersten leuchtendes Land, ergreifend schön, es schmerzte, wie alle Helligkeit, wenn man aus der Narkose erwacht. Und dann hörte ich Vögel singen.

Der Vorhang wurde beiseitegeschoben, das Fenster geöffnet. In wuchtigem Anprall traf mich der Tag, ich fühlte etwas wie einen lautlosen Donnerschlag, ich schrie. Der Garten schwamm in Gelb und Weiß und Blau und Lila über der dunkeln Erde, deren Brocken glänzten, und dasselbe Gewimmel erfüllte die Luft: der schwebende Frühlingsgarten der Vogellaute blühte unter der Sonne. Der Wald dahinter stand in feuchtem Grün.

Die Kraft, die ich durch die Krankheit verloren, kam sie nicht in einer großen Welle auf mich zurück? Sie erhob mich so hoch, daß ich meinte, zum erstenmal dieses Unerhörte: den Frühling, zu hören. Ein Buchfink setzte sich aufs Fensterbrett. Ich sah, er hatte schon sein Hochzeitskleid an, die Brust war tiefrot, der Schnabel blau. Jetzt wußte ich auch, wo das Jahr stand: der April ging zu Ende ...

Der April?

Es war Spätsommer!

Und den Vogel auf dem Fensterbrett hatte Jeannette aus Ton geknetet und bemalt und zur Beschwörung der schlechten Zeit für mich auf das Fensterbrett gestellt.

Vorbei.

Bald saß ich wieder in der leeren Kirche an der Orgel, und eine Schar frischgetaufter Neger erging sich in einem fast gregorianischen Chor – ich war beim letzten Teil meiner Symphonie angelangt.

Zuweilen flog mir der Waldchoral ahnungsweise durch den Kopf, es war wie ein Aufschlag von Jeannettes kleinen, fröhlichen Augen.

Dann jubelten wieder meine getauften Nigger über die Pracht der Welt, die strotzte von Früchten und Garben, und die große Wallfahrt der Ernte stieg höher und höher.

Unter der Weiße des Lichts und dem errötenden Land zerfloß das melodische Dunkel meiner Nigger wie ein Spuk.

So hatte ich Billi-Billi vergessen über ihrer Statue, über Arabous Frau, mit deren Mütterlichkeit er die allzu blanke Tänzerin gesättigt hatte, bis die Statue gleichsam troff vom Safte der Erde.

Das Alkoholschiff selbst, mit dem fliegenden Holländer an Bord, zerschellte in einem Sturm an der Terrasse von St.-Germain.

Dies war eine wüste, einsame Nacht. Die Nacht der Verzweiflung. War ich betrunken, oder hatte ich allen Glauben an mich verloren? Schon sah ich mich am Fuß der Terrassenmauer zerschellt, eine Sekunde lang verschmolz ich mit der Nacht, mein Herzschlag stockte. Dann schwang ich mich über das Geländer zurück und erblickte Paris.

In eherner Klarheit funkelte es im Tal, mit vielen leuchtenden Vorwerken, und ein Himmel, den der Sturm rein gefegt, wiederholte endlos das Bild der schönen Vernünftigkeit, wie es vor mir mit stillen, hellen Lichtern auf die Erde gemalt war.

Das Bild der schönen Vernünftigkeit … Johanna!

Ich trinke nicht mehr, Johanna, ich arbeite, ich arbeite, ich gehe mit Jeannette spazieren, Johanna – auf den Feldern stehen die Garben getürmt, die Trauben schwellen. Hügel und Täler schwellen rings um Paris. Ich erzähle Jeannette von dir, Johanna, ich spiele ihr das Lied vor:

Bis aus dem Topasrauche deiner Augen
Auf einmal blaues Feuer schlug
Und ich mich ganz verklärt
Sah vor dir stehn –

das lange verheimlichte Lied.

Und bald sagte auch Jeannette, sie kenne Johanna fast so gut wie die eigene Mutter.

Ich saß dabei, wenn Arabou das Köpfchen seiner ältesten Tochter modellierte.

Es geschah abends, wenn er die Arbeit an der großen Venus niederlegte, an der er seit zehn Jahren arbeitete. Ich vermute, er tat es aus Freundschaft für mich.

Jeannette glich ganz ihrem Vater. Je weiter aber das Köpfchen unter Arabous Händen fortschritt, desto mehr erinnerte es an die Mutter.

Nach dem Mittagessen, wenn die Eltern schliefen, gab ich Jeannette Klavierunterricht. Je leiser wir uns anstellten, um so schneller lernte das Kind.

So hätte es weitergehn können bis zur Beendigung meiner Arbeit.

Da kam eines Abends Arabou aus der Stadt und behauptete, Ursel Bruhn sitze am Rande eines verstummten, erblindeten Wassers und lauere. Er sagte sogar: am Rande des Froschteichs, da hocke sie und lauere.

Worauf sollte sie lauern? Paris war leer. Sogar meine Jazzband hatte ein Seebad aufgesucht und bumste um die Wette mit dem erquickenden Meer.

Ganz recht. Ursel lauerte, daß ein herbstlicher Wirbelwind die Pariser in den Teich ihrer Geselligkeit zurückführte und das Wasser in Bewegung brächte. Arabou war auf dem Weg zum Garten des Luxembourg an der Wohnung vorbeigedonnert und hatte die geschlossenen Vorhänge gesehen.

Dort also lauerte sie geduldig auf die satten Bürger, die sich Radikale nannten, weil sie unbarmherzig auf dem Pfennig fuchsten und der Kirche nicht die Entfaltung der seelenerhebenden Pracht gönnten, mitsamt ihren abgesungenen Damen, die reich gewordenen Fleischer und Möbelschreiner, die schlechtbezahlten Abteilungsvorsteher in den Ministerien, die keinen andern Wunsch hatten, als zu der goldrieselnden Privatwirtschaft hinüberzuwechseln, die Hausbesitzer, die sich weigerten, Reparaturarbeiten vorzunehmen, selbst wenn eine berühmte Sängerin zu ihren Mietern gehörte, Notare, Ingenieure, Unternehmer, Professoren, Anwälte, die Kerle, die nichts taten, als in den Banken hinter gepolsterten Türen dicke Zigarren zu rauchen oder in der Börse von Zeit zu Zeit den Zylinder zu lüften, die Staatsräte und Gerichtspräsidenten, die Architekten, Maler, Musiker, über die sich Ursel den Kopf zerbrach, wovon sie lebten, da ihr Name fast nie in den Zeitungen stand, die Schriftsteller, die oft darin standen, deren Bücher aber so billig waren, daß sie unmöglich reich werden konnten – auf sie alle lauerte Ursel, auf den Kreis der Musikfreunde, die Vorkämpfer des Menschenrechts, über denen die Froschkönigin, Frau Garat-Cornet, das billig vergoldete Zepter schwang.

In Ursels Familie war einmal jemand preußischer Offizier gewesen, und wenn sie auf die Kundschaft böse war, so hielt sie sich beinah für adelig, und aus ihrer Abneigung gegen das französische Bürgertum sprach der Ahne. Alle Franzosen hießen dann Weichlinge. Der Ahne war: ehern. Nie begriff sie das geringste vom tiefsten Reiz des Franzosen, jener spielerischen und zugleich tapferen Nachlässigkeit, seinem Vertrauen auf gut' Wetter, seinem Gefühl für Menschenwürde.

Leider hatte sie keine Gelegenheit mehr gefunden, ihr Liebes- und Siegeslied an alte, weihrauchumdampfte Altesse zu erneuern. Sie fand sich bereit, auf das Zepter Frau Garat-Cornets zu schwören. Und sie berechnete, daß der ›Strudel der Saison‹ auch mich anzöge und alles wieder würde wie vordem. Verstand sie nicht die Kunst zu lieben, wie sie das Altertum unserer Großväter mit seinen romantischen Greueln nicht einmal geahnt hatte?

Inzwischen schrieb sie jede Woche an mich, und zwar schrieb sie samstags, weil der Brief am Sonntag in meinen Händen sein sollte. Ich glaubte darin eine Gewohnheit aus ihrer Mädchen- und Studienzeit zu erkennen, da ein Brief der eifrig um die Kunst bemühten Tochter zum sonntäglichen Frühstücksgedeck der Mutter gehörte.

Auch ich begann mich an die Sonntagspost zu gewöhnen.

Ich legte den Brief ungeöffnet zu den andern und knüpfte den Bindfaden zu. Für mich bestand kein Zweifel, daß Ursel über kurz oder lang mit stürmender Hand bei mir eintreten werde, dann wollte ich ihr die gesamte Briefschaft übergeben.

Das vorgesehene Ereignis trat an einem Sonntag ein.

Statt des Briefes erschien Ursel in Person, gleich nach dem Briefträger, als die Glocken die kleinen, vollerblühten Gärten des Städtchens in ihrem frischen Naß erzittern ließen. Ein Frohsinn sondergleichen trieb unter dem weichgewölbten Himmel, Kinder riefen und stießen einen Fußball vor sich her auf dem Kirchgang, die Hähne sangen in das wütende Geläut, und Arabou hielt einen Blasebalg und warf einen

Schwefelregen auf die Kletterrosen am Haus, die zum zweitenmal vom Mehltau befallen waren.

Als er Ursel erblickte, nickte er und hörte auf zu pumpen.

»John ist nicht da«, sagte er schlicht.

Zugleich trat ich im ersten Stock, gerade über ihm, an das offene Fenster, um nach dem blauen Geläut rundum und über den Bäumen zu sehen.

»John!« rief sie wie um Hilfe: »John!«

Ich fiel aus dem wippenden Himmel. Ich fiel.

An jedem Tag hätte ich sie erwartet, nur nicht heute. Sonntags nicht, am allerwenigsten an einem Sonntag wie diesem. Wenn es noch angegangen wäre, sie zu den Briefen zu legen, den Bindfaden zuzuknüpfen und das Ganze wortlos in der Schublade zu verstauen – bis später, wenigstens bis zum Abend!

Es ging nicht an. Zudem ergriff mich ihre heftige Schönheit. Sie trug ein kanariengelbes Kleid und eine Kappe von gleicher Farbe. Ihre nackten Arme sprühten von Licht. Stärker war sie als der feurige Garten, wie sie da neben die Goldbälle und Sonnenblumen trat. Um sie stand in einem hohen Wirbel die Sonne. Die Zähne lockten im dunkeln Gesicht, Mund und Nase standen gespannt, mit zwei hellen Strichen, die emporgewandten Augen bohrten sich kühl durch das Funkeln und Wogen.

Die Hand, die sie hob, schien in der Mitte von einem weißglühenden Strahl durchbohrt.

Ein sauberes Geschöpf der Sonne, doch verwundet, hob sie sich auf den Fußspitzen mir entgegen, aufgeschossen in ihrer paradiesischen Buntheit, unfähig der kleinen Geschäftigkeiten, von denen ich doch wußte, daß sie ihr Wesen ausmachten. Unwillkürlich hielt ich mir die Ohren zu, eine grelle Fanfare erinnerte mich an unsre gemeinsamen Nächte – sie tönte! Und nichts konnte Ursel hindern, unvermittelt aus jenen Nächten in das Herz des einzigen Mittags zu treten und zu gleißen von bisher verschwiegenen Wonnen.

Wahrscheinlich sah sie das Freudenzeichen des Wiedererkennens in meinen Zügen. In der Höhe die Glocken erloschen eine nach der andern, die Geliebte stürmte mein Zimmer.

Arabou vernahm ein kurzes Gemenge von Schritten im Zimmer, dann war es still.

Kopfschüttelnd verwahrte er die Schwefelspritze zwischen einem kobaltblauen Phlox und der Treppe und schlenderte zu seinem Atelier im Gartenwinkel.

Was er befürchtete, wäre vielleicht eingetreten, hätte nicht Ursel, aus der ersten Umarmung auftauchend, verlangt:

»Und jetzt fort von dem Verräter. Komm!«

Die jähe Kriegserklärung an den Freund rief mich zum Bewußtsein und zu den Waffen, der Streit begann. Einmal versuchte ich, den bittern Gang zu beenden:

»Ursel«, sagte ich mit Anstrengung, »Ursel, wenn ich so scharf arbeite wie jetzt, neige ich zu Gewalttätigkeiten – zumindest andeutungsweise. Es täte mir leid, ich würde es mir nie verzeihn, wenn ich auch nur andeutungsweise dein Zartgefühl verletzte.«

Sie glaubte aus meinen Worten Ironie herauszuhören, und Ironie vertrug Ursel ebensowenig wie die Gegenwart eines Mannes im Schlafzimmer. Ironie, das war wie ein Überfall von Wespen, die ein Feind auf sie abgerichtet; und sie verfiel in kalte Raserei.

Als sie mir zum drittenmal ihre Verachtung versicherte, weil ich sie dem Edelmann Kollreuth gestohlen, und zwar nur, um sie bald darauf der armseligen Einsamkeit zu überantworten, erinnerte ich sie:

»Von Kollreuth rede ich nicht, man soll den Namen Wotans nicht eitel nennen, doch abgesehen vom Kapellmeister und meinem alten Saxophon habe ich dir alles gelassen: Flügel, Teppiche, Bilder, vor allem – die Kasse.«

Ich sang ›die Kasse‹, wandelte das Wort in allen Tönen, mit jederlei Ausdruck ab, geriet außer mir, sprang an das alte Klavier und sang einen Kanon: ›die Kasse‹.

Reglos wartete sie das Ende ab. Bildhübscher Tag-Ursch! Ich versuchte ihre Hände zu ergreifen, um freundschaftlich Abschied zu nehmen, sie entzog sie mir, und ich mußte meine Ansprache ohne äußere Stütze, einen Schritt entfernt, an sie richten.

»Sieh mal, Ursch, wir würden nur immer wieder von vorn anfangen, um nur immer rascher am gleichen Ende zu halten. Wozu?«

Während ich sprach, schielte ich nach dem Tisch, in dessen Lade Ursels Sonntagsbriefe in unerlöstem Schlummer lagen. Denn es nahte der Augenblick, sie ans Tageslicht zu ziehn …

Da befahl sie:

»Gib mir meine Briefe zurück.«

Ihre Gestalt begann zu erweichen, auch die Augen dämmerten nach einem strengen Tag ... Die Lippen kämpften mit einem armseligen Lächeln.

»Danke.«

Sie drehte das Päckchen in der Hand, löste den Bindfaden und hielt die auseinandergefalteten Briefe wie ein Kartenspiel:

»Natürlich alle ungeöffnet. Ich hätte mein Vermögen gewettet.«

»Hübsch, Ursel, wie du da dein ganzes Spiel in der Hand hältst! Sicher strotzt es von Trümpfen.«

»Hier, John, behalte die Briefe. Vielleicht liest du sie eines Tages ... Ich rate dir, kehre schleunigst zu deiner Frau zurück, John, in Sack und Asche, vorausgesetzt, daß sie für dich noch zu haben ist – sonst gerätst du unter die Räder, mein Junge. Lebewohl.«

Dabei schob sie die Briefe auf die Ecke des Tisches.

Als sie die Tür geschlossen hatte, mußte ich mich zusammennehmen, um nicht hinter ihr her zu rennen.

Das brave, kluge Schulmädchen in ihr war immer wieder erschütternd. Auf einmal überströmten ihre Augen von Angst und grauer Gier und wurden einsam wie das Meer eines Kindes, auf das ein Platzregen fällt, indes die älteren Spielgefährten davonlaufen.

16.

»Aber auch Berlin ist herrlich«, versicherte Kommer – »moderner, das heißt: präziser ... stählern, exakt ... besser geschmiert und mit mehr Luft im Maschinenhaus. Ich jedenfalls fühle mich sicherer hier.«

Kakadus Pariser Reise wurde im kleinen Kreis besprochen. Man saß im Sommerzimmer des Hauses Rauchstraße 4. Durch die offene Tür schaute Josephus auf die kauernde Steinfrau des Brunnens, die der Abendschein mit einer zarten rosa Haut überzog. Klipklap klapklipklap ging das Plätschern des Wassers.

Lächelnd strich Josephus den assyrischen Stutzbart.

Auf Kakadus Gesicht, vom mächtigen Kinn bis zur unteren Einfassung der Hornbrille, lag der farbige Atem des Lichtes und entrückte den Nüchternheitstollen ein wenig ins Märchen. Er befand sich auf dem Weg zum ersten Empfang des Reichspräsidenten, im Frack und, wie er kurz andeutete, auch innerlich geschmückt mit politischen Neuigkeiten aus Paris.

Er hatte den Minister Briand gesehn! Dies bedeutete heute dasselbe, wie während des Krieges dem General Ludendorff gegenübergestanden zu haben.

»Und John van Maray?« fragte Ruth.

»Kurz gesagt –«

Kakadu hatte John van Maray nicht gefunden.

Dafür hatte die Sängerin Ursel Bruhn ihm versichert, John halte sich in einem Pariser Vorort verborgen und arbeite, und mehr könne selbst sie nicht herausfinden.

Ein von ihm erwähntes Gerücht, wonach jener Ort Bouval heiße und John dort bei dem Bildhauer Felix Arabou wohne, erledigte die Sängerin mit einem Gelächter.

»Sie lachte wie euer Glockenspiel in Buskow, wenn ich ihm einen Fußtritt versetzen würde«, behauptete Kommer.

Trotzdem hatte sich der Kundschafter auf den Weg nach Bouval gemacht und war, nach einiger Mühe, von der Frau des abwesenden Künstlers empfangen worden, ›einer dicklichen Köchin in Pantinen‹, nach Kakadus Worten.

»Wohnt nicht Herr John van Maray bei Ihnen?« hatte er gefragt, worauf die Frau bis in die Stirn errötet war und die Achseln gezuckt hatte – entrüstet über die Zumutung, daß sie in Abwesenheit des Gatten einen fremden Mann beherberge, vermutete Kommer. »So sind sie da drüben!«

Und: »Johanna muß überredet werden, die Scheidungsklage Zurückzunehmen«, schloß er seine Erzählung.

Ruth Samtaug seufzte.

»Man darf ja nicht mal Johns Namen erwähnen.«

»Dann, Josephus, gibt es nur eins. Der Anwalt hat die Sache hinauszuzögern.«

»Geht nicht. John hat seine Einwilligung geschickt.«

Kakadu schnellte den schweren Körper in die Höhe.

»Wann?«

»Vor ein paar Tagen.«

»Woher?«

»Aus Bouval.«

Kakadu fiel in den Sessel zurück.

Lächelnd strich Josephus den assyrischen Stutzbart.

Ruth nickte, und ihre Züge malten die Verzweiflung, die sie verschwieg.

»Wie steht's mit dem Generaldirektor?« schrie Kommer.

»Verschoben. Johanna hat sich Bedenkzeit ausgebeten. Obgleich dies heute nicht mehr üblich ist, wo man bereits den zweiten Mann fest im Auge hat, wenn man sich mit dem ersten verlobt. Deutermann wartet in einem englischen Bad. Natürlich schreibt Johanna weder Ja noch Nein, sie schreibt überhaupt nicht – ich denke mir: aus Gerechtigkeit gegen John, dem sie auch nicht geschrieben hat.«

Sofort war Kommer beruhigt. Über die Achsel:

»Und Boß?«

»Aus den Ferien, die ich ihm gestiftet hatte, mit einer älteren Holländerin auf Reisen gegangen – plötzlich, und unter Verzicht auf weitere Zuwendungen ...«

»Pfui Teufel«, jubelte Kommer. »Aber ...« Er blickte nachdenklich von Josephus auf Ruth, von Ruth auf Josephus:

»Mit was für einem Mann ist sie dann?«

Ruth verbesserte: »Sie meinen wohl – ist sie in Buskow?«

»Mit Asver«, sagte Josephus.

»Wir lassen sie absichtlich allein«, bemerkte Ruth.

»Mit Asver. Soso ... Ausgezeichnet! Übrigens, finden Sie nicht auch: man sollte meinen, es gäbe keine Männer mehr, wenn eine Frau wie Johanna zu so was greift?«

»Revolutionärer Zeitvertreib«, meinte Josephus, lächelnd strich er den Stutzbart.

Ruth mischte schnell ein Schlückchen Ernst, ein Schlückchen Spott:

»Sie interessiert sich doch für Politik!«

»Johanna? Seit wann?«

»Seitdem Asver ihr seinen Hühnerhof gezeigt hat.«

Kakadu prustete ein Lachen, als habe er eine Hornisse verschluckt, Ruth aber konnte soviel Schadenfreude und sich selbst im Spiegel ihres Triumphes nicht ertragen.

»War ich boshaft gegen meine liebste Freundin, oder sind Sie's?« gluckste sie, dann hüpfte sie mit kurzen Schritten davon und ließ sich in ihrem Zimmer mit der Mamsell in Buskow verbinden, um nach dem Rechten zu hören.

Lächelnd strich Josephus den assyrischen Stutzbart.

Kurt Kommer fuhr zum Empfang beim Reichspräsidenten …

Die Roßkastanien auf der Terrasse von Buskow warfen stachlige Bälle ab, sie knallten auf den Boden, und aus der gesprungenen Schale rollte braunglänzend die Frucht.

Asver setzte die Lesebrille auf und betrachtete das Wunder.

Johanna wollte ihn lehren, aus den Früchten Pfeifenköpfe, Schiffchen, kleine Negerfiguren zu schneiden, sie suchte eine unpolitische Beschäftigung für ihn, ›Ferienarbeit‹, ein lustiges Spiel nach der Reichstagsschlacht, in der Asver von seinen früheren Parteigenossen geschlagen worden war, während der Demokrat Kommer die Tür zur Macht erreicht hatte.

Leider eignete sich Asver wenig zum Schüler, auch war er nicht leicht abzulenken, und hätte er selbst alle vier Glieder in der Schlacht verloren, er mußte ›sagen, was ist‹. Und dies war nicht wenig, so wie in den letzten Jahrzehnten die Fülle des Irdischen wuchs und die Menschheit erhöhte.

»Asver, ich habe Samtaug gebeten, Sie nach Buskow einzuladen, ich danke Ihnen, daß Sie gekommen sind. Sie waren so gütig, nicht nach dem Grund zu fragen – so hält es nur gute Kameradschaft, und dafür danke ich besonders. Jetzt aber will ich Ihnen beichten: ich brauchte Sie, Asver. Ich suche einen Führer. Ruth hat versprochen, mich hier draußen allein zu lassen, und ich kann doch nicht allein sein. In meinem Innern spielt sich eine Miniaturrevolution ab.«

»Die Miniaturrevolution der armen Gouvernante?«

»Ungefähr so.«

»Und Sie langweilen sich in Gottes herrlicher Natur?«

»Langeweile? Kaum. Ich bin mit meinen Gedanken beschäftigt und weiß nicht, was anfangen mit meinen Augen und Ohren. Und Augen und Ohren wollen doch auch beschäftigt sein.«

»Werde Ihnen nach besten Kräften dienen, Frau Johanna.«

Asver gab sich zutraulich und harmlos, und sie verbrachten eine freundschaftliche Flitterwoche. Alles an ihm dünkte sie neu. Man kann sich jahrelang kennen und sich in all den Jahren nicht so kennenlernen wie an einem einzigen Tag ungestörten Beisammenseins. Und sie dachte: neben ihm, was sind die andern alle für Schemen!

Da eine Regenzeit einsetzte, blieben sie im Haus, er las ihr aus politischen Schriften vor, die sie in Samtaugs Bücherschrank fanden, und gab hundertmal soviel Erklärungen dazu. Sie bewunderte seinen Geist.

Sie fühlte seine Stärke. Wäre John dagewesen, sie hätte sich in Asver blindlings verliebt.

Oft erschien ihr die Zukunft als der Himmel auf Erden, zu dem der Mensch, ein rasender Gott, den Weg aus dem Urwald der Unwissenheit hieb, und das Wort Revolution glänzte von Morgensonne. Dann wieder verwandelte sich das Reich der Empörung in einen Alptraum. Unter wohlklingenden Reden wurden Wortgötzen Haufen von Menschenopfern gebracht, und über den Idolen, die lauter Begriffe waren, stand als höchstes ein Messer, von dem floß warmes Blut, und es hieß die Sonne der Befreiung.

»Ich kann die Grausamkeit nicht ertragen«, rief Johanna und sah Asver scharf an.

»Sie werden sie lernen oder untergehn, Frau Johanna. Grausamkeit ist die Triebfeder des Lebens.«

Und vergnügt erinnerte er an den französischen Staatsmann Clemenceau, der die Revolution einen ›Block‹ genannt hatte, den man im ganzen annehmen oder verwerfen müsse, an dem sich aber nicht krittein lasse.

Sie klatschte vor Freude in die Hände, als eines Morgens der blaue Himmel wiedergekehrt war, und zog Asver mit sich ins Freie. Durch die Lektüre und das endlose politische Gespräch ermüdet, aufgewühlt auch und etwas mißtrauisch geworden, weil er anfing, gegen Deutermann zu reden, wollte sie ihn mit Tieren und Blumen, mit Spielen und Wanderungen für die Unterbrechung des Letzten Gerichts entschädigen. Er nannte es Abfall, Interessenlosigkeit, ja, es fiel das Wort Schwachsinn, er setzte ihr zu.

Fast plötzlich änderte er den Ton, die Haltung, als sei der Aufmarsch seiner Truppen beendet und der Augenblick zum Angriff gekommen, oder er verabscheute auch nur ihre gute Laune, die ihm über den Quälkopf wuchs. Jeder Widerspruch fand ihn unnachgiebig.

»Wie meinten Sie, Frau Johanna? Sie ›glauben nicht an den alleinseligmachenden Fortschritt‹? Der ›Fortschritt hinkt‹? In diesem Fall hinkt er wie ein Känguruh – um schneller zu springen.«

Jawohl, Asver hatte noch das erste Auto erlebt, Johanna das erste Flugzeug. O Känguruh! Vierzig Jahre waren verflossen, seitdem es einem Mann mit Namen Arons gelungen war, drahtlos über den Wannsee zu telegraphieren. Von da bis zum Radio: ein Sprung des Känguruhs. Asver schilderte, wie die Neger, deren Väter, ein Stück Ware, für bunte Stoffe und Glasperlen abgingen, heute auf dem Motorrad zur Bezirkskonferenz ihrer Partei fuhren. Das Känguruh trug nämlich einen rötlichen Pelz. Auch die Indianer hatten den Kriegspfad gewechselt, sie studierten in Bolivia auf der Universität und lernten die wirksameren Zauberformeln von Karl Marx und Lenin. Die Arbeiter in den neuen Vierteln verfügten über Warmwasser, elektrisches Licht, elektrische Küche, das Radio. Mehr als hundert Millionen Bogen Zeitungen marschierten allmorgendlich in die Welt, und wohin kein Postbote drang, da tönte noch immer die sprechende Welle. Schon zeichnete, malte sie auch, während sie sprach – das Radio war die illustrierte Weltpresse von morgen. Hoch lebe das Känguruh!

Die Rationalisierung der Wirtschaft: vielleicht erst eine Hungerkur für die Arbeiterschaft, zugleich ein strategischer Gewinn sondergleichen! Die Stellwerke der Wirtschaft wurden übersichtlich, leichter zu handhaben. Eins hing am andern wie die Teile des Körpers, mit Muskeln und Nerven, und immer gebieterischer erhob sich darüber der *eine* leitende Kopf. Wieviel solcher Produktionsgestalter würden es schließlich sein auf der Erde? Zwanzig? Zweihundert? Känguruh! Känguruh! Eines Tages werden es die Asvers mit dem Lasso einfangen.

In den Tempeln Chinas bildeten sich kommunistische Zellen. Der Kuli verstand es, den gottähnlichen Weißen über die Garben eines Maschinengewehrs springen zu lassen. »Auf, Brüder, zur Sonne, zur Freiheit!« ... Känguruh. Ergosterin hieß der Stoff in der menschlichen Haut, den die Sonnenstrahlen belebten. Man kannte ihn, wußte, wie ihn erregen, und brauchte nur in die nächste Apotheke zu gehn, um von der gewaltigen Sonne zu essen, zu trinken. Höhenluft und Sonnenbäder standen zu Tausenden auf dem Regal.

Nach Pest und Pocken war auch die Englische Krankheit besiegt – in zehn, zwanzig Jahren gab es keine Tuberkulose mehr.

Das Licht war flüssig geworden, die Kohle, aus der Luft zauberte man den Dünger für das Korn, aus den Rückständen der Kohle die wertvollsten Farben. Es zogen Traktoren über die Äcker des Muschiks, Maschinen, die mähten und droschen das Getreide und füllten die Körner in Säcke – längst war jenes Scherzbild Wirklichkeit geworden, worauf man ein lebendes Schwein in die Maschine wandern und auf der andern Seite in Konservenbüchsen herauskommen sah. Von der Ionenlehre sprach Asver, der Relativitätslehre, der Quantentheorie und dem Aufbau des Atoms, von vielen andern Neuheiten noch.

»Wahrlich, als ein Riesenkänguruh, Frau Johanna, erlebt unser Geschlecht den Fortschritt! In seinem Beutel trägt es die Zukunft der proletarischen Klasse, ein kleines Tier, fertig ausgebildet, kräftig. Und der Fortschritt kämpft für *uns*, wie der Gott in der Wolke, wir sind die Zahl, und seitdem das Wissen nicht mehr das Vorrecht einiger weniger ist und in zahllosen Kanälen bis in die Tiefen der Gesellschaft fließt, gibt es für uns kein dauerhaftes Hindernis mehr. Und während das Känguruh wächst, wird sein Fell röter und röter.«

Wenn Asver lächelte, verzog er den schmalen Mund zu einer Kindergrimasse – argwöhnisch äugte er um sich, als habe er im Angesicht des Feindes seine verwundbare Stelle gezeigt. So jetzt, als er Johannas Begeisterung erkannte.

Ja, sie bewunderte ihn. Mit ihren Augen sah sie, warum Johns Freund Asver, Sohn eines Staatsanwalts, in den Tagen der Revolution so große Macht ausgeübt, mit welchen Mitteln er halb verhungerte Arbeiterscharen beherrscht hatte. Zum erstenmal fand sie ihn schön, so stark war er. Sie schüttelte die Mähne. Sie lächelte ihn an.

Der Ausdruck von Asvers Zügen verwandelte sich, fast hilfesuchend blickte er auf sie. – Hatte er sie gewonnen?

Obwohl er diesen einzigen Erfolg, die Macht seiner Rede, gewohnt war, mißtraute er sich, mißtraute er ihr, so farbig und fremd ragte sie da vor ihm. Er kämpfte mit einem Entschluß, dann senkte er aufatmend den Nacken, den Blick am Boden. Nun schien er versucht, loszuspringen, etwas Gewalttätiges zu sagen, zu tun …

»Asver – lieben Sie Ihre Kinder?« fragte Johanna.

Er änderte nicht seine Haltung. Er ließ sich nicht stören.

»Selbst die Tiere lieben ihre Jungen. Außerdem werden meine Kinder in meinem Geist erzogen.«

»Schon? Die Kindlein wie Milch und Blut, mit einem Honigschleim darüber? So früh? Und der Hühnerhof?«

»Der Hühnerhof?«

Er hob die Augen. Ein Argwohn stieg mit ihnen hoch.

»Warum Sie einen Hühnerhof haben«, wiederholte sie fest.

»Der Eier wegen … Glaubten Sie, ich hielte mir eine Art Fasanenpark?«

»Ich dachte, weil – nun ja, um ein Stück Dorf, ein bißchen Natur in der Stadt zu haben.«

Jetzt wurde Asver böse. Er fühlte sich betrogen. Bevor er noch den Sprung getan hatte, der ihm in den Gliedern starrte, war Johanna ihm ausgewichen. Wahrscheinlich verhöhnte sie ihn.

»Natur! Ein Spaß für reiche Leute, für Nichtstuer, für Snobs. Wir *arbeiten* mit der Natur! Die Natur ist so viel wert, als sie dem Menschen zur Macht verhilft, und keinen Dreck mehr.« »Schade.«

»Was soll schade sein, gnädige Frau?«

Unversehens stand er wieder auf der Tribüne und predigte zu Johanna hinab.

Er konnte auf die Dauer nicht anders als seine Lehre verkünden und Widerstrebende quälen. In ihren Aufmerksamkeiten, ob sie ihm nun Blumen auf das Zimmer stellen ließ oder eine gut geratene Frucht brachte oder ihn auf Spaziergänge mitnahm, witterte er Entwaffnungsversuche, die er mit neuen Strafgerichten beantwortete. Johanna machte sich klar, er wünsche sich für sie die ängstlich aufmerkende Klugheit wie von Hunden, seiner Kinder, den zerknirschten Gehorsam seiner Frau. Ein Kampf begann um nichts andres als, unter zahllosen Vorwänden, ihre Munterkeit, ihr Lachen oder, was dasselbe war, ihre Freiheit und Menschenwürde.

Schon haßte er Buskow, wo es ihm gut ging, das Buskow des Bankiers und ›Sozialverräters‹ Samtaug und Buskow ohne Bankier und Sozialverräter – die paar kleinen Hügel, in die der Gutshof gebettet lag, und die Ebene darum.

»Warum haben Sie mich hierhergelockt, Frau Johanna? Um Simson im Wohlleben zu scheren?«

»So setzen Sie sich doch einmal ruhig ins Gras, guter Freund!«

»Ja, immer wollen Sie mich zu etwas zwingen, was ich nicht mag.«

Wenn Johanna ihn ›zwang‹, sich neben sie ins Gras zu setzen, befiel ihn ein Schwindel, und er kam jedesmal hart auf dem Boden an. Er blieb unsicher, mit Zischlauten um sich schlagend nach Mücken, die gar nicht da waren, wie verloren auf dem Grund der Bläue, die hier, zwischen den Gräsern, so viel näher und bedrohlicher wirkte, als wenn man droben auf seinen Beinen stand und auf die Erde hinabsah. Er sagte: »Sie machen mich zum Tier, Frau Johanna.«

Als sich aber mit der Bläue des Himmels und den mutmaßlichen Mücken in der Luft auch noch kriechende Ameisen verschworen, wurde er böse, und Johanna mußte ihn eiligst an den Händen emporziehn.

Gleich nahm er den fallengelassenen Donnerfaden wieder auf:

»Wenn Sie das Gesetz der kapitalistischen Gesellschaftsordnung an einem lebendigen Beispiel studieren wollen, so nehmen Sie den Deutermann, dessen Photographie Ihnen neulich der Briefträger gebracht hat ...«

»Halt, guter Freund! Lassen wir jetzt den Generaldirektor aus dem Spiel. Es stimmt nicht, daß Sie mit ihm den Kapitalismus ins Herz treffen wollen, wie Sie schon ein paarmal behaupteten, sondern mir zielen Sie ins Herz, guter Asver, mir!«

Er versetzte kalt:

»Um so schlimmer, wenn es so ist.«

Nur einmal fand er lange nicht zu sich zurück. Das war, als er im kleinen Gehölz am Ende des Parks beinah auf eine rote Wegschnecke getreten wäre. Langsam bog er den Rücken, um sie zu beobachten, unendlich vorsichtig richtete er sich wieder auf, als befürchtete er, das Tier könnte beim geringsten Laut explodieren. Der Strich, den sie über den Weg zog, schnitt ihm für immer ein Stück Erde ab. Johanna brachte ihn nicht mehr dazu, das Gehölz zu betreten.

Er blieb den Rest des Tages verstimmt.

Den Bienen aber ging er fleißig nach, seitdem Johanna ihm an einer Pflanze des Löwenmauls gezeigt hatte, wie sie mit winzigen Kopfstößen in die Blüten ihren Schatz von Süßigkeit hoben.

»Was für ein gescheites Köpfle«, rief er ein übers andre Mal. »Was für e Köpfle!«

Auf den Fußspitzen näherte er sich dem Beet und forschte durch die Lesebrille wie durch eine Vitrine eines Naturalienkabinetts.

Dem Umstand, daß die Bienen auch andre Blumen als das Löwenmaul angingen, schenkte er keine Beachtung, beim Löwenmaul suchte er sie und nirgendwo anders, wie er auch von den Gartengerüchen einzig und allein den Duft des späten Phloxes anerkannte, den er mit selbstbewußter Miene ›sehen ging‹, sobald er ihn witterte. Vor der Rabatte angelangt, setzte er die Stahlbrille auf und beugte sich über die Dolden, um den Duft gewissermaßen durch die Gläser einzuatmen.

»Rasenspiele sind so lustig, Asver! Wollen Sie es nicht wenigstens mit Krocket versuchen?«

Sie zeigte es ihm. Er wog einen Schläger in der kräftigen Hand und schüttelte den Kopf.

»Boccia kann selbst unser Schäferhund spielen«, sagte sie.

Er betrachtete die Kugel von allen Seiten, schleuderte sie dreißig Meter weit ins Gebüsch.

»Ich schwimme, das ist alles, Frau Johanna. Ich schwimme.«

Sie lief ins Haus und kam mit einer Schwimmhose wieder, sie selbst trug schon den Badeanzug. Im Galopp zog sie ihn hinter sich her zum Teich.

Da erklärte er ihr, er sei so sehr ein Städter, daß er nur in der Badeanstalt schwimme.

Aus dem Wasser rief sie ihn an: »Wie alt sind Sie denn, Asver?«

»Noch nicht vierzig«, schrie er zurück.

»Denken Sie, Asver: der alte Deutermann macht noch den elegantesten Kopfsprung.«

Er versetzte ruhig:

»In die Hölle soll er ihn machen.«

Ein Taschentuch um den Kopf geknüpft als Schutz gegen die Mücken, schlug er außerdem mit beiden Händen um sich und wohnte, eine zuckende Insektenscheuche, dem Bade Johannas bei. Er blieb auch so stehn, nachdem Johanna sich neben ihn in den Sand gestreckt hatte.

Asver war stolz, den Duft des Phloxes zu erkennen und duldete keinen anderen Duft neben ihm. Dafür verlieh er den vielen geruchlosen Blumen des Monats großmütig den Duft der Flammenblume. Wenn es irgendwoher roch, so roch es für ihn nach Phlox. Als er sich einmal, durch die Brille schnuppernd, über Johannas Toilettentisch beugte, sprach er die Vermutung aus, alle Parfüms müßten aus Phloxblüten hergestellt sein: »für die Abwechslung in der Nuance sorgt die moderne Chemie«.

Endlich gelang es einer Mücke, Asver zu stechen. Der Stich schwoll pfenniggroß an, und Johanna, von seinem Entsetzen angesteckt, lief und holte, was er mit sachkundiger Miene verlangte: eine Flasche mit Salmiakgeist.

Von nun an trug er die gestochene Hand in ein Taschentuch gewickelt, mit dem Daumen hielt er es fest. Von Zeit zu Zeit kontrollierte er die Wunde, durch die Lesebrille hindurch, und seine Abneigung erstreckte sich bis auf die Bienen, denen er aus dem Weg zu gehn glaubte, indem er jedem Löwenmaul auswich.

Johanna wagte nicht mehr zu lachen, so schlecht nahm er auf, was er heuchlerischerweise den ›Hohn auf sein Gebrechen der Weitsichtigkeit‹ nannte. Einwände aller Art gegen seine politischen Vorträge hieß er dagegen willkommen, setzten sie ihn doch in die Lage, eine Fülle des Wissens und rednerische Schlagfertigkeit zu erweisen.

Asvers Kopf, der Kopf eines Clowns oder einer alten Amme, reichte Johanna kaum über die Achsel. Wenn er aber, um zu sprechen, sich von ihrer Seite löste und mit zwei, drei kurzen Eilschritten gleichsam die Rednertribüne bestieg, so sank sie tief, und die geringe Entfernung zwischen ihnen schien ihr unüberbrückbar. Er stand mit hängenden Armen und sprach ohne alle andere Bewegung als ein Schütteln von Kopf und Schulter, etwa wie ein Primaner Gedichte aufsagt. Man war anfangs versucht, ihn einen ausdruckslosen Redner zu nennen, bis man auf einmal entdeckte, wie gerade diese Verhaltenheit die stärkste Wirkung hervorrief. Die Worte fielen kalt und scharf. Sein Zorn glich einem Eisblock, hinter dem ein Feuer brennt, er lachte nie.

Zweimal war sie der erwarteten Liebeserklärung ausgewichen. Sie wußte längst, daß ein solcher Ausbruch nur ein Mittel für ihn wäre, ihr näher zu kommen, um sie besser zu quälen, ganz gleich, ob sie ihn erhörte oder nicht.

Er war, was John vor Jahren einen ›geistigen Lustmörder‹ genannt hatte. Langsam, unter seinen fortgesetzten Quälereien, tauchte das Wort in ihrer Erinnerung auf, und als er die Politik und sich selbst fast vergaß und immer eindringlicher von John, seiner Liebe, seiner Musik, seinem Leben, von John und wieder von John sprach, stand das Wort auf einmal da, abstoßend und anziehend zugleich.

Neugierig wartete sie, welche angreifende Wendung er den Untersuchungen schließlich geben werde, ob gegen sie oder gegen John. Der quälende Griff seiner Hand wurde stärker, und in selbem Maße nahm ihre Hilflosigkeit zu.

Wenigstens glaubte er es.

Asver hatte sich nämlich eine Theorie zurechtgelegt, derzufolge die Wachheit, die Stärke Johannas, ihre ganze Haltung nichts als versteifte Schwäche sein sollte. Sie gab nach, je fester man Zugriff. Alles in allem verhielt es sich wie mit seiner Frau, die auch reichlich frech vor seiner Nase herumgesegelt war, bis er sie plötzlich gerammt hatte.

Mit seinen sachlichen oder wissenschaftlichen Betrachtungen über Johns angebliche Art zu lieben, woraus er auf ihre eigenen Neigungen schließen wollte, trieb er ihr das Blut in die Schläfen. Verbat sie sich aber derlei ärztliche Vertraulichkeiten, so bekam es die Geheimratstochter zu hören, wie weit die Zeit über die Verlogenheit, die romantische Zauberei in Dingen der körperlichen Liebe hinausgeschritten sei.

»Asver, ich habe nichts gegen die körperliche Liebe, im Gegenteil – nur, mir wird übel, wenn Sie mir das Wort, wie soll ich sagen? in so fragwürdiger Sauberkeit, gleichsam in Form eines anatomischen Präparats ins Gesicht halten.«

»Verdrängung«, meinte er wegwerfend.

»Warum haben Sie mich nach Buskow einladen lassen, Frau Johanna? Um einen Freund Johns an der Seite zu haben? Sie wollen sich doch scheiden lassen? Sagen Sie mir, womit ich Ihnen dienen kann – bitte!«

Höhnisch forschte er in ihren Augen. Das blaue Feuer hielt stand.

Da lief sein Blick über ihre Gestalt, der schmale Mund preßte sich zusammen, und er sah weg, als habe er sie in ihrer Nacktheit erkannt und widerlich befunden.

Wenn ich mich länger mit ihm einlasse, sagte sich Johanna, wird er noch mein Depsich – der Staatsanwalt meiner Träume …

Endlich kam es.

»Haben Sie mich kommen lassen, damit ich Ihnen den schönen Rücken stärke gegen Ihre korrupte Umgebung? In diesem Fall sind Sie ein Opfer Ihres Irrtums – Sie gehören mit Haut und Haaren dazu, Ihre Verdorbenheit ist lieblich, ich gebe es zu, doch ebenso vollständig wie die Ihrer reichen Freunde. Dachten Sie, ich würde Sie schöner machen, als Sie schon sind, Frau Johanna, meinen Freund John aber so häßlich, daß Sie sich ohne Gewissensbisse verkaufen könnten, ich nehme an: gegen bar? Sie kannten die Mißbilligung, die Sie wegen Ihrer saubern Wahl trifft, und brauchten ein Schwert, einen Arm. Die Gouvernante soll keinen reichen Mann, was sage ich? den reichsten von der Bande heiraten, sie will aber, und deshalb wird die Revolution bemüht. Sie sind die reichen Leute leid? Natürlich, sie stehn im Begriff, sie zu übertrumpfen! Der Phlox da ist geruchlos im Vergleich zu Ihrem Gewissen. Deutermann, der vierzig Jahre lang die teuersten Weibsbilder aushielt, krönt seine Liebeskarriere, indem er die verlassene Johanna van Maray vom Schiff weg ersteigert, er liebte von je die Musik.«

Johanna brauste auf: »Ich bin nicht verlassen!«

Da, zum erstenmal, hörte sie Asver lachen.

Er lachte, daß es ihr weh tat bis in die Knie.

Sie schaute ihn an. Sein Gesicht schrie in einer Grimasse, als läge er auf der Folter.

»Armer Freund«, sprach sie leise, »Sie wissen nicht viel von den Menschen. Sie nehmen das Schlechteste an ihnen und legen es zwischen die Seiten eines Buches. Da wird es leicht trocken und hart. Aber Sie riechen nicht, Sie schmecken nicht, Sie sehen nicht, Sie hören nicht einmal.«

»Ich? Der Mann einer schlesischen Bauerntochter?! Ich höre die tausend Stimmen um uns in der Luft, ohne auf die Knöpfe des Radioempfängers zu drücken. Ich sehe, daß Sie eine unverbesserliche Bourgeoise sind, die riecht, wie ihresgleichen alle riechen und schmecken: nach Kokotte.«

Das Wort Kokotte sprach er unter heftigem Schütteln von Kopf und Schultern.

»Das letzte stimmt nicht. Sie sind unaufrichtig. Für Sie rieche ich nach Phlox.«

»Die andern auch«, triumphierte er.

Johanna blieb ernst.

»Sagen Sie mir, Asver – wollen wir nicht ein bißchen weitergehn? Danke. Die Luft schmilzt wohlig nach dem Gewitter. Ich auch … Sagen Sie mir, Asver: warum haben Sie sich mit Ihren Genossen verzankt?«

»Weil sie korrupt oder dumm sind. Oder beides zugleich. Begehrliche Knaben und Mädchen, die beim ersten Geschmack von Wohlleben in Fäulnis geraten. Der geringste Anschein von Macht verdreht ihnen das Köpfchen. Tragen Seidenstrümpfe und elegante Krawatten. Heißen Kanalgeruch und Treppengeländer und scharwenzeln hinter rosa geschminkten Gräfinnen her.«

Das Leid um Johanna, wenn es je ernst gewesen, schien vergessen.

Der nächste, der gehaßteste Feind tauchte auf: der Bruder.

Immer wieder machte Asver kurz halt, um im Anlauf die unsichtbare Tribüne zu stürmen, doch Johanna ging weiter, die erste Terrasse hinauf, die zweite. Dort waren Leute, sie hörte den Verwalter mit einem Gärtner sprechen. Im Hausflur klingelte das Telephon.

»Da sitzt in der Reichstagsfraktion ein Quatschkopf, der will die Kirche schonen. Natürlich ist der Papa Präsident eines katholischen Gesellenvereins im Rheinland. Wie an den Domen die Kirche und die Synagoge nebeneinanderstehn, die eine mit langem Zepter und Krone, die andre mit geknicktem Stab, die Augen verbunden, so also, meint das Früchtchen, verhielte sich heute der Kommunismus zur Kirche, und wie im Mittelalter die Kirche angeblich nie die Hoffnung auf die

Bekehrung der Synagoge aufgegeben habe, so müßten wir liebevolle Nachsicht mit der Kirche üben. Im Ernst, Frau Johanna. Im vollen Ernst. Wenn er zwei Glas hinter der Binde hat, rückt er damit heraus. ›Seine‹ Idee! Wahrscheinlich verdankt er ihr seine Wahl. Kann man wissen – in der Pfaffengasse des Rheins? Sie sprechen in der Fraktion vom päpstlichen Nuntius, als wäre er ein heimlicher Abgesandter Moskaus. Der Scheidemann soll ein Lump sein (ist er auch), aber Pacelli, das ist ein Genie. Pacelli kommt gleich hinter Lenin. Er versteckt es nur geschickt, daß er zu uns gehört, er –«

Oben an der Haustür schlug zweimal eine Glocke an, das Zeichen, daß Johanna gesucht wurde.

»Telephon«, sagte sie und eilte davon.

Als er hinter ihr vorbei zum Musikzimmer tappte, hörte er, daß es ein Ferngespräch mit England war, und erriet, mit wem sie sich unterhielt. Sie sah ihn kommen und stockte, dann sprach sie englisch, obwohl sie wußte, daß er die Sprache verstand.

Im Musikzimmer fand sie ihn wieder.

Er hielt den Silberrahmen mit Deutermanns Photographie in der verbundenen Hand und lächelte sie erwartungsvoll an.

»Was ich noch sagen wollte, gnädige Frau: alle Welt ist heute versnobt, die Kommunisten eingeschlossen. Das war's, was ich sagen wollte. Sie erinnern sich, wir wurden in unserm Gespräch unterbrochen.«

Darauf schmetterte er, immer noch mühselig lächelnd, den Rahmen auf den Boden, genau auf ein Stück Parkett zwischen zwei Teppichen. Das Glas sprang in Splitter.

Asver stützte den Arm auf den Flügel und wartete.

Er wartete, ob sie eine Erklärung von ihm verlangte. Dann würde er sie verweigern.

Er wartete, ob sie den Mut fände, ihm den Rücken zu kehren, um nach einem Dienstboten zu klingeln oder einfach hinauszugehn. Dann würde er sie am Arm packen und sie zwingen zu reden.

Johanna bückte sich aber, nahm den Rahmen, sie ging ins Knie und begann die Glassplitter zu sammeln. Schade, dachte sie, schade. In den Ohren tönte ihr die Jazzband von damals, die Jazzband der Rauchstraße: brüllend und pfeifend trug sie einen Mann zu Grabe, der einst mächtig gewesen …

Unter ihm wölbten sich ihre breiten Schultern. Er sah, wie der Nacken sich bog bis in den Rücken. Der Nacken war braun und stark gewirbelt. Auch der Rücken war braun und verlief in einem hohlen Schatten unter dem Kleid.

Er empfand körperliche Angst und erstarrte.

»Sie brauchen mir nicht zu helfen«, sagte sie, »danke – schon fertig«, und richtete sich auf. Sie schüttelte die Haarmähne. Sie nickte ihm ernst ins Gesicht. Den Rahmen in der einen Hand, in der andern die Glassplitter, verließ sie das Zimmer.

Während des Mittagmahls aßen sie schweigend unter andern ›Landgästen‹ der Familie Samtaug auf der Terrasse. Nach Tisch entfernte sich Johanna mit der kleinen Angelica. Asver weidete sich an ihrer Verlegenheit, die sie, wie er meinte, nicht imstande war zu verbergen. Sie grüßte.

»Wenn Angelica und ich durch den Wald gehn, machen wir eine große Reise.«

»Kindersnob«, stellte er mit Genugtuung fest.

Den ganzen Nachmittag versuchte er herauszubringen, was gegen ihn geplant sei.

Wiederholt stieg er in sein Zimmer, um nachzusehn, ob sein Koffer noch dastehe, das Sonntagskleid noch im Schrank hänge. Vor jedem Dienstboten, der ihm entgegenkam, verlangsamte er den Schritt, um die Botschaft entgegenzunehmen, der Wagen sei bereit, ihn zum Bahnhof zu führen. Als er ans Telephon gerufen wurde, nahm er an, daß der inzwischen benachrichtigte Bankier ihn bitten werde, Buskow zu verlassen. Im Wirtschaftshof glaubte er zu beobachten, wie der Verwalter, um ihn nicht zu grüßen, schnell in einer Stalltür verschwand, und freute sich über das, was er für den wachsenden Widerstand der Umgebung hielt.

Nichts geschah gegen ihn, gar nichts. Da befiel ihn eine unbegreifliche Traurigkeit.

Endlich, beim Abendessen, erfuhr er: der Chauffeur, Herr Brust, hatte Blumen für die Rauchstraße abgeholt, und Johanna war mit in die Stadt gefahren.

Erst glaubte er es nicht, er hatte kein Auto gesehn. Aber Angelica, die ihn mißtrauisch aus den Augenwinkeln musterte, bestätigte die Nachricht.

»Jetzt sind wir wieder allein«, sagte sie unter einem Anflug von Schadenfreude.

Er setzte ihr den Blick auf die Stirn.

Wollte die angebliche ›Kleine‹ es der andern gleichtun und ihn verhöhnen?

Sie schien so arglos, daß er über sie nachdachte.

Angelicas Gestalt und Züge bebten vor Ausdruckskraft, und, unruhig wie sie im Gemüt lebte, blieben sie immer starken Veränderungen unterworfen. Einmal sprang das Mädchen zehn- oder zwölfjährig daher, das andre Mal überschattete sie ihre Fünfzehn, man bat um Entschuldigung, weil man sie eine halbe Stunde vorher geduzt hatte, und befleißigte sich, zu ihr wie zu einer jungen Dame zu sprechen. Kurz darauf vergaß man es wieder und behandelte sie über die Achsel.

Obwohl sie deutlich in ihrem kindlichen Zustand war, nahm Asver sie jetzt als erwachsen.

Er versetzte:

»Luxuswesen wie Sie sind mit Recht zur Einsamkeit verdammt.«

Angelica senkte den Kopf und schwieg.

Den Koffer auf der Schulter marschierte Asver die drei Kilometer bis zum Bahnhof und nahm den nächsten Zug nach Berlin. Das Taschentuch blieb um den Mückenstich gerollt, obwohl der Daumen, der es festhielt, schon steifte.

Inzwischen war Johanna in der Rauchstraße angelangt und dort mit freudigen Zurufen empfangen worden.

Heil der Einsiedlerin von Buskow – Heil! Hip-hip für die nachgeborene Tochter der Revolution. – Hurra, rief Johanna. – Hurra, sang melodisch Ruth Samtaug. Es ging her wie zu Hause am See.

Kurt Kommer, der in seiner tiefschwarzen Abendgröße hinter dem hellen Ehepaar auftauchte, benützte den Schurken, sein Bäuchlein, als Schlagzeug, versetzte ihm einen Klaps und stöhnte.

»Es lebe die männermordende Löwin!«

»Grüß’ dich Gott, mein Schurke, mein Lümplein«, sagte Johanna, unter einer Verbeugung vor der schwellenden Frackweste, »ihr seid ja noch immer im Frack. Ach ja, ich aber, ich finde nie einen neuen Mann.«

»Aha!« machte Kommer. »Schon drei oder vier Gelehrte durch die Prüfung im Talmud geflogen. Sag’s schnell, liebes Kind, wieviel sind’s:

drei oder vier? Ich muß gleich zum Essen der internationalen Handelskammer.«

Für die fünf Minuten Liebe, die er im Taxusgang der Terrasse von Buskow empfunden hatte, verzieh er ihr alles.

Josephus reichte ihr den Arm, sie betraten den Hof:

»Kakadu stellt die Vertrauensfrage nach Deutermann.«

Sie sagte:

»Josephus, er fährt heute nacht von Harwich ab, und ich will ihn nicht heiraten.«

»Natürlich nicht. Wenn du magst, reisen wir morgen früh und fahren an ihm vorbei. Es trifft sich gut. Ich habe Geschäfte in London und Paris. Du schreibst ihm – unterwegs. Den Brief wirst du nicht aufschieben, denke ich, oder doch? Nein, nein. Und gleich werde ich dir was zeigen.«

Hinter ihnen rief Kommer in einer Art Erleuchtung:

»Vier!«

17.

Der Regen ging wie eine Mühle, die Traufe schlug im rauhen, kurzpulsigen Takt eines Motors.

Raduwalu. Raduwalu.

Manchmal schwoll das Rauschen des Regens an, und man vernahm das hellere Rascheln von Laub, sogar den Flug der Wassertropfen von den Bäumen.

Einen Augenblick lag die Nacht in einer andern Tonart.

Dann begann es von vorn.

Raduwalu. Raduwalu.

Tagelang, nächtelang.

Ursel hatte sich in einem Hotel am Marktplatz von Bouval einquartiert. Frau Arabou erfuhr es durch das Dienstmädchen.

Ursel zeigte sich nie und schrieb auch nicht mehr. Arabou wollte von mir erfahren, was das für eine Strategie sei.

Erst wußte ich ihm nicht zu antworten, bis mich eines Abends, als ich geistig übermüdet war, ein heißes Verlangen nach Ursel überkam. Im Schlaf stürzte ich von einem Liebestraum in den andern, und alle handelten von ihr.

Bald danach fand ich mich nachts vor ihrem Hotel, entschlossen, zu ihr zu dringen. Ein einziges Fenster war erleuchtet, ich pfiff eine Melodie, die sie liebte.

Das Fenster öffnete sich.

Stumm blickte ich hinauf.

Sie lehnte sich hinunter.

Ich war tropfnaß.

In zwei Minuten schlug ich eine Schlacht gegen alle meine Sinne, hauptsächlich aber gegen Ursels Stimme, wie sie in der Umarmung klang – und gewann.

»Gute Nacht, mein Ursch«, sagte ich.

Sie antwortete ungewöhnlich sanft:

»Gute Nacht, John.«

Sie wartete eine Weile.

Raduwalu. Raduwalu.

Sie sah mich gehn und schloß das Fenster.

Ich konnte nicht in Bouval bleiben.

Da erhielt Arabou den Besuch eines elsässischen Barons, der bei ihm einen Brunnen für den Hof seines Schlosses bestellte. Ich kannte das Schloß und den Hof, dem Namen nach auch den Baron. Es war ein kluger, höflicher Mann, der in seinem Äußern an den Komponisten Schubert erinnerte, hauptsächlich wohl wegen seiner Bartkoteletten. Als er einer Bemerkung von mir entnahm, daß ich einen Wohnungswechsel plante, über die Wahl des neuen Aufenthalts aber im unklaren schwebte, bot er mir sein Landhaus im südlichen Schwarzwald an und ruhte nicht eher mit Schilderungen der landschaftlichen Schönheit, der Ruhe und Verschwiegenheit, die den Besitz umgaben, bis ich einwilligte, einige Wochen dort zu verbringen.

Das Haus lag, eine knappe Autostunde von Basel entfernt, am Rande des Hochwaldes, oberhalb des Kurortes Römerbad.

Bei seiner Abreise versprach der Baron, die Wohnung gleich für mich vorbereiten zu lassen.

Eine Woche später benachrichtigte mich ein Telegramm, das Haus am Waldrand erwarte mich, und ich nahm Abschied von Bouval.

»Wenn ich im Herbst zu meiner Berliner Ausstellung fahre, besuche ich Sie«, versprach Arabou. »Sie müssen mir nämlich einschärfen, wie man sich in Berlin benimmt.«

Wir umarmten uns, wir küßten uns auf beide Wangen. Er lief noch einmal ins Haus, kam mit dem Bronzeköpfchen meines Lieblings Jeannette zurück und steckte es mir in die Rocktasche. Als Jeannette dies sah, begann sie zu weinen, krampfhaft und schamvoll wie eine Frau. Die Kinder begleiteten mich bis zum Wagen, der mich nach Paris bringen sollte. Die lauteste Klage führte der Säugling auf Madame Arabous Arm.

Und jetzt ist die große Arbeit fertig.

Im südlichen Schwarzwald, oberhalb Römerbads, habe ich sie zu Ende geführt.

Ich bin müde, und nachts im Traum schreibe ich weiter, immer weiter, der ununterbrochene Fluß der Rhythmen schwemmt mich wie ein Wrack an den Tag.

Kein einziger Vogel findet ein neues Lied. Immer macht die Goldammer: Tschatschatschatschih, über die Wiesen von Wald zu Wald. Immer schlägt die Mönchsgrasmücke an: Taktaktaktak-fiieh-je, dann vergeht ihr die Lust am Singen.

Ich werde schwermütig.

Seit Tagen rauscht der Wald im gleichen Ton, der gravitätisch die Backen vollbläst, um sie darauf unendlich langsam abzulassen – es langweilt ihn, scheint's, nicht. Bäbä tu, bäbä tu. Tut! bäbä. Tut! bäbä … Mich macht es rasend. Was tun? Wohin?

Ich spüre einen Heißhunger auf Menschen, auf dummes Geschwätz und illustrierte Zeitungen. Ich will im Speisesaal eines Hotels sitzen, leicht betäubt von altem Burgunder und einer Jazzmusik, die nicht spricht wie ich.

Ein Auto. In die Stadt.

Wir fahren.

Die Sonne neigt sich, wir dehnen die Schleife des großen Kranzes, den wir vor ihr niederlegen, und steigen zu einem kleinen Paß zwischen Wald und Reben.

Da liegt der Tag zur Bleiche auf den Wiesen. Sowie die Sonne über den Berg kommt, hängt sie sich hier ein und kreist, an der Goldschnur, über Mittag zum Abend.

Jenseits schweben wir an einem Wald- und Wiesenhang nieder, im Schatten zwar, doch zur Rechten vom Leuchten eines Rebhügels begleitet, der mit tausend blitzenden Pfählen den Himmel spießt.

Der Kirchturm, der uns entgegenkommt, stolzer Hahn an der Spitze seiner Hennen, kommandiert ein Weindorf, und mit einem Luftsprung saust die Straße mitten unter die Reben. Hinter ihr her fliegen wir, schwingen, wiegen uns durch die Reben. Durch die Reben, weithin auf tausend schimmernden Pfählen, harft Sonne.

Auf einmal fängt die Rheinebene uns auf, drückt uns, verflacht uns, in einer Minute, breitet uns aus, so weit unser Blick reicht. Wir rollen in ihr, mit ihr dahin. Die blauen Berge wogen. Der badische Belchen trägt ein Schneekäppchen. So ein Käppchen trägt sonst nur noch der Papst.

Weit weg in den Feldern taucht ein schwarzes Bretterhaus auf, irgendein Schuppen mit vielen Fenstern. Gleich danach ist er scheinbar verschwunden, an seiner Stelle brodelt die Sonne, als käme sie kochend aus der Erde. Dann sehn wir wieder das schwarze Bretterhaus und, Kopf geradeaus, eine Burgruine genau auf der Spitze eines kegelrunden Rebbergs.

Rund und steif in ihrem Krinolinenkleid von Reben wartet die Ruine am Ende der Straße. Der Abendschein rötet die alte Kokette, und in Erwartung einer Aufforderung zum Tanz lächelt sie ins Land ihrer Jugend. Vorbei.

Wir lassen uns auslaufen, wenden schroff und fahren gegen die Berge. In einer Bodenfalte duckt sich ein Dorf, zahmer Vogel in einem aufgeklappten Paar Hände, flaumig, behütet. Am Fenster des viereckigen Schlosses erscheint eine weiße Frauengestalt, die Spitzen ihres rostbraunen Haares schimmern spritzig in der Sonne. Sie hebt beide Arme und winkt. Das Rote, das sie in der Hand hält und woraus jetzt eine dunkle Lohe schlägt, ist ein Buch.

Die Frau glich Johanna. Johannas Haar wirft kupferrote Spritzer, wenn sie die Mähne an der Sonne schüttelt.

Als ich Johanna damals zur Bahn brachte, hielt sie ein rotgebundenes Buch in der Hand …

Vorbei.

Im nächsten Dorf scheinen alle Hühner auf der Straße versammelt, um frische Abendluft zu schöpfen, da prasseln wir ungeheuerlich hinein. Die Gassen fliegen auf, alle Gassen in einer einzigen Panik, und mit ihnen die Hecken, Zäune, Treppen und Höfe. Von diesem Dorf bekommen wir nichts Festes zu sehn.

Ein Wald schneit vom Himmel, aus Blau wird Grün, die Straße spielt einen Hang hinauf, einen andern hinab, wir schnurren und lachen durch ein Waldtälchen, das heißt Hexental. Einmal, als ein winziger Bach unverhofft an den Wagen heranhupft, machen wir halt, um zugleich mit seiner Frische einen großen Strauß Vogelbeeren entgegenzunehmen. In der Stille mißt ein Vogel mit zwei immer gleichen Rufen die Breite des Tales, vom Baum, auf dem er sitzt, bis zum Steinbruch, wo sein Ruf anstößt. Er mißt immer zu weit! Abseits davon sind andre Vögel, die lassen sich an einem Faden Melodie ernsthaft in den Schlaf hinab. Weiter.

Vor uns hebt sich ein viereckiges Stück Luft, grau und schmierig wie eine schlecht abgewischte Schultafel. Die Stadt, eine der hübschesten von allen, so beginnt sie. Vermutlich um uns Bauern das Gruseln zu lehren! Seit meiner Studienzeit habe ich sie nicht mehr gesehn.

Nein, wie eine Großstadt die Leute empfängt, die nicht im Schlafwagen eintreffen! Die ersten Häuser entwürdigen Himmel und Erde und uns, die wir dorther kommen.

Allmählich erkenne ich sie wieder. Ein Vorgarten, ganz voller Dahlien und Staudenastern, wir sind im Villenviertel. Propre Häuser im wilhelminischen Kleinstil, stramm in zwei Reihen aufgerichtet. Sicher wohnen hier die pensionierten Offiziere.

Pflasterstraßen, gemauerte Bächlein schießen am Gehweg entlang, heimlich schon voll Nacht: die Altstadt. Langsam fahren wir zwischen edlen Bürgerhäusern aus der vorletzten guten Zeit, den Häusern von Prälaten und Domherren und kinderreichen Familien, die zwei Jahrhunderte im Schatten des Münsters gediehen.

Erst scheinen sie unbewohnt, kalt und abgekehrt, wie sie dastehn. Dann merkt man an einem gewissen verhaltenen Ausdruck: sie sind bewohnt, nur nicht mehr von den richtigen Leuten, und halten es möglichst geheim, zu welch vornehmen Familien sie gehören – auf den niedergeschlagenen Augenlidern sitzt ein Glanzlicht Stolz, ein Fettfleck Scham. Dunkle Geschichte, wie jene Familien alle aus ihren Straßen verschwanden!!

Eine gedrungen in sich zurückfallende Fontäne, sprudelt das Münster im Abendlicht. Der rote Schein liegt auf dem Platz wie übergelaufenes Wasser. Kein Mensch weit und breit. Es braucht keine Gaffer vor seinen Toren, um die Leuchte seines Landes zu sein, die geistliche Poststation am Rhein zwischen Basel und Straßburg. Rings von den Bergen, weither in der Ebene sieht man es jetzt leuchten, und als wäre es sich seiner weittragenden Bedeutung bewußt, ragt es gesammelt, den leeren Raum an seine Quadern gerafft, um mächtiger zu tönen.

Auch das Innere ist leer. Die alten Glasfenster verzehren sich in ihrer Glut, als wären sie ein lebendiges Farbenwerk und hülfen mit, die strahlende Energie der Steinmasse in der Höhe zu speisen. Alles andre, Altargemälde, Bilder, Gold, Kupfer und Silber, Kanzel und Kreuz, schwimmt sinnlos im Dunkel, weil die Menschen fehlen, für die sie da sind. Nur noch der rote Tropfen des Ewigen Lichtes vor dem Chor hat eine Beziehung zum feurigen Werk der Stunde. Reglos verwahrt es das Geheimnis vom leuchtenden Blut.

Ich schlendere durch die Straßen. Dorther grüßt mit Schwung ein grüner Hügel, dorther ein Wald, ein Berg, von überall guckt der Schwarzwald in die Stadt. Es wimmelt von Leuten. Sieghaft bummeln Studenten, die wollen Frankreich oder sonst was schlagen. Der Ausdruck der unfertigen, satten Gesichter ist der von Babys, ihr Gang wechselt dauernd zwischen Tanzdiele und Kapitol, und zwei oder drei sind ihren schönen Müttern, die ich auf diese Weise kennenlerne, sichtlich aus dem Gesicht geschnitten ...

Merkwürdig, die Mädels schauen sie nicht anders an als jene, die dicke Hälse drehn, als wollten sie krähn, nein, sie übersehn sie schier gar, halten es unverkennbar mit den saftigen Babys. Vielleicht, weil sie jetzt darauf aus sind zu lachen?

Auf einmal sind die Gassen leer, es dunkelt. Die Hügel, der Wald, der Berg zwischen den Häusern setzen Lichtbrillen auf, um auch im Dunkel in die Stadt hineinzusehn. Durch den gewesenen Tag zieht alle paar Minuten die Elektrische einen Strich, der keine Spur hinterläßt. Deshalb muß sie immer wieder von vorn anfangen. In den gemauerten Bächlein, die jetzt allein die Gassen beleben, suche ich nach den ersten Sternen, kann keinen einzigen finden.

Hinter dem Martinstor traf ich den Depsich! Den Depsich, den käsebleichen Depsich aus dem Pommerschen oder von sonstwo dort oben. Hinter dem Martinstor traf ich den Depsich.

Er war es, der mich ansprach, ich hätte ihn nicht erkannt. Dick und braungebrannt kam er daher und glich in nichts dem Staatsanwalt meiner Träume.

Was suchte er hier?

Beim Rückzug aus dem Elsaß, erfuhr ich, hat die Familie Depsich gleich in Freiburg wieder Fuß gefaßt, so blieb sie dem köstlichen Süden verhaftet.

Mein Depsich spricht badisch und macht den Eindruck, alles in allem, eines tüchtigen, zuverlässigen, gutmütigen Mannes. Er gehört zum höheren Postdienst.

Verheiratet?

Vier Kinder.

Sicher werden die in den allerhöchsten Postdienst klettern, oder noch höher, weit über die Reichspost hinaus! Ich wünsche es ihm. Die Republik, sage ich, steckt jedem Deutschen ein Bürgerzepter zwischen die Windeln. Depsich zuckt die Achsel. Nanu? Depsich ist Monarchist. Wahrscheinlich denkt er sich: Wenn Wilhelm noch regierte, wäre ich schon Postminister. Im Nebenberuf schreibt er über die Fortschritte im Radiowesen.

Und wie ich das höre, erhellt sich die Insel des Dunkels im Land meiner Jugend!

So war es also der Neid des erwachenden Schriftstellers, der ihn damals trieb, mich wegen des Gedichts im *Guten Kameraden* zu denunzieren, nachdem er mich vorher irrtümlich als Dichter hatte feiern lassen! Nun hat er es also erreicht. Er schreibt über die Fortschritte im Radiowesen. Wie bin ich stolz, ihn immer wieder zu begrüßen, ohne mich fürchten zu müssen, ich halte die leibliche Hand meines Schreckgespenstes umklammert.

»Haust du deine Jungens?« frage ich, noch etwas mißtrauisch.

»Ich bin froh, wenn sie mich nicht verhauen«, antwortet er. Ein großartiger Kerl.

Bald aber schaut er sinnend an mir vorbei zum Martinstor, nachdenklich schaue ich über seine Schulter in die Richtung der Basler Straße, auf der ich heimkehren werde. Bäbä, tu. Bäbä, tut. Tut! bä –. Ich entdecke die ersten Sterne! Nicht im Freiburger Pflaster, doch am Himmel. »Was tun?« frage ich ihn. »Wohin?«

Er beichtet stockend, als Eingeborener wisse er nicht recht, wo man abends hingehe, abends sitze er halt am Radio, doch solle es eine Fülle von Unterhaltungen geben. Wenn ich nebenan im Hotel den Portier fragte, der schickte mich gern an eine Abendkasse in der gewünschten Preislage.

Eine Weile noch stehn wir stumm beisammen, als hielten wir uns gemeinsam in Gedanken über die Eitelkeit alles Irdischen versenkt. Dann verabschieden wir uns – in der Hoffnung, in der abgründig verlogenen Hoffnung, uns wiederzusehn.

Von der Musik verstehe er leider nichts, hat er mir gestanden, und ich verstehe leider nichts vom höheren Postdienst. Ich sage mir, ich bekräftige es mir: jetzt hat das Schicksal uns endgültig geschieden – er versteht leider nichts von der Musik, leider verstehe ich nichts vom höheren Postdienst, nun haben wir voreinander Ruhe: bis in das Grab! Lebe wohl, Depsich, guter Depsich, lebe wohl …

Aus dem Essen im Hotel wird eine strahlende Leichenfeier, der Festschmaus des Kannibalen. Ich habe den alten Depsich erschlagen! Ich futtere Stück um Stück die Erinnerung an den furchtbaren Schulkameraden.

Der Burgunder zaubert einen Streifen blutigen Abendrots auf das Tischtuch.

Dazu macht das Jodeln der Nigger in der Jazzband die rechte Musik.

Nachher in der Halle stille ich ungestört meine Sehnsucht nach Menschen, indem ich in illustrierten Blättern durch die Welt spaziere, wo sie am reichsten, vergnügtesten und furchtbar elegant ist.

Ha! Ein unvergeßlicher Abend. Ich werde ihn zum Feiertag erheben. Jedes Jahr seine Wiederkehr festlich begehn. Die Heimfahrt geschah unter den flatternden Fahnen des Windes. Alle Autos auf der Rheinstraße bliesen Salut.

Seitdem träume ich von weiblichen Pyjamas, Rennwagen, Fliegern, grinsenden Golfspielern, den reichsten Männern, den schönsten Frauen der Welt, und alle lächeln, lächeln mich unermüdlich an.

Mein Erwachen morgens zeichnet sich durch einen koketten Übermut aus, der mir bisher fremd war. Gewissermaßen schwimmt mir seidig ein Schuß Champagner im Blut. Eine von Smaragden und Rubinen funkelnde Traumhand muß ihn mir kredenzt haben – nehme ich an.

Die Bäume des Waldrands aber üben unter dem an- und abschwellenden Wind unendlich lässige Posen, als führten sie mir, dem jungen Herrn, dem eleganten Herrn, von dem niemand sonst weiß, mir, mir allein die neuesten Kostüme des Modehauses Zephir und Diana vor.

Jeden Morgen trete ich gespannt in den Garten und schaue, was man heute trägt. Damit gehe ich dann bis zum Abend spazieren.

Ich erhole mich prachtvoll. Die Vögel sind so gut gelaunt wie noch nie. Was meine eigene Sprache war, ist völlig vergessen, und auch in der Sprache der andern kenne ich mich nicht mehr aus. Beim ersten Rotkehlchen, das ich wieder hörte, schwor ich, es sei die Nachtigall. In jedem Kurgast erkenne ich eine Berühmtheit, eine Eleganz, ein Riesenvermögen aus der Illustrierten.

Als ich aber heute, während ein Bussard über mir kreiste und ich sinnend in die Ebene schaute, plötzlich feststellte, die Schleife des Rheins erinnere an den Neumond von Falschheit in Depsichs Blick, an das trübe Blinken in seinen Augenwinkeln, da wandelte mich unversehens wieder Schwermut an.

Schnell drehte ich aus Efeu, den ich vom nächsten Baum riß, einen Strick und hängte sie darin auf.

Und wie sie am Aste baumelte, war es ein Eichhörnchen mit dem verkleinerten Gesicht des heutigen Depsich. Er schaukelte sich in seinem Reifen und stieß unangenehme, doch harmlose Pfiffe aus, wie man sie infolge des zögernden Fortschritts leider noch immer im Radio vernimmt.

Nach soviel glückhaften Ereignissen wäre ich gern länger im Schwarzwald geblieben.

Ich fand sogar Gesellschaft in meinem Vornamensvetter John Muser, dem musikalischen Besitzer des Hotels Vogesenblick in Römerbad.

Abends, auf dem Heimweg von Römerbad, ›pfiff‹ ich manchmal Johanna, wie wir uns zu ›pfeifen‹ pflegten, mit der ersten Liedzeile: »O schöne Fahrt, so leicht wie Wind« –

Sie pfeift es vorzüglich. Besser als ich, der Komponist.

Ich suchte mir einen schönen großen Baum aus, in dem sie sich vielleicht versteckt hielt, und pfiff. Und dann wartete ich, ob sich etwas im Baum rühre. Ein einziges Mal antwortete ein Käuzchen. Ich hob einen Stein und warf. Ein Stück Dunkelheit flatterte davon. Dann kam der Brief, der mich vertrieb.

Ja, ein stumpfer, nichtsnutziger Brief genügte, meine Gemütsruhe in einer Windhose auffliegen zu lassen.

Also ist mein Gleichgewicht noch nicht beständig genug.

Ich bin noch nicht ›rangiert‹, wie die alten Maray sagten, wenn sie von der wohltätigen Wirkung des Koloniallebens sprachen.

Der junge Maray ist noch nicht solid genug, die Kolonien zu verlassen, noch nicht reif für Europens Tüchtigkeit, die Kolonien aber, das ist für ihn: einsam sein, und dies wieder: ohne Johanna sein, eine Krankheit. Ich habe sie mir nicht selbst geholt. Von Anbeginn waren es die Frauen, die das Glück der Maray machten. Eine Familienschwäche – nichts vererbt sich so leicht. Meine Mutter, eine harte Lothringerin, pflegte meinen Vater aufzumuntern:

»Ihr Maray seid wie die Farbigen, ihr braucht Weiber, die für euch arbeiten.«

Soviel ich mich erinnere, hat sie selbst nur am Klavier und in der Kirche gearbeitet. Sie war eine strenge Frau und verachtete das Leben mit der Glut eines spanischen Mönches. Hinter dem feurigen Vorhang ihres Pathos verstand sie listig die Karten zu mischen für ihr tägliches Spiel. Sie hatte leidenschaftliche Freundschaften, mit Priestern und meist älteren Damen, Freundschaften von kurzer Dauer, und schließlich blieb sie allein, ein Mimosenbaum, der beim geringsten Windstoß ein Heer von Wespen entsendet.

Warum denke ich in der letzten Zeit soviel an sie?

»Du bist ein Maray bis ins Mark«, sagte sie oft. »Du hast nichts von deiner Mutter – mit Ausnahme der Haarfarbe, und auch die ist zu hell.«

Habe ich wirklich nichts von ihr? Manchmal erschrecke ich vor meiner kriegerischen Empfindlichkeit, ich mache mir auch nicht viel aus den Menschen. Wer weiß? Vielleicht bleibe auch ich eines Tages allein? Wenn ich denke, daß ich einmal ohne Asver nicht sein konnte – und jetzt schlägt mich ein Brief von ihm, die leere Drohung mit seinem Besuch in die Flucht!

Kaum war die Depsich-Panik verschwunden, ich überlegte schon, ob ich nicht doch an Johanna schreiben sollte, da erreichte mich dieser Brief und warf mir eine Wolke von Berliner Jazz ins Gesicht. Asver warnte mich, »noch länger untätig zuzusehn, wie Johanna an allerhand Spalieren von Kapitalistenhäusern herumturne, was zweifellos mit Hals- und Beinbruch, wenn nicht für Johanna, so für John, enden müsse«, und zum Schluß wurde der Sohn eines Staatsanwalts und Revolutionär sentimental. Er schrieb, er könne weinen beim Gedanken, daß aus Johanna van Maray, die noch nie einer Fliege ein Leids getan, die Frau des Massenmörders Deutermann werden sollte, wovon allenthalben in Berlin die Rede gehe. Nachschrift: »Telegraphiere, wann und wo du mich erwartest. Sofort nach ausgesprochener Scheidung soll die Verlobung mit Deutermann bekanntgegeben werden.«

Gewiß doch. In ein und demselben Inserat!

So intrigiert ein Mann, der immer Moskaus Manöver zu plump findet ...

Doch die Wendung vom Herumturnen in den Spalieren von Kapitalistenhäusern, die gefiel mir, die merkte ich mir.

Wie seltsam: Johanna und ich wissen alles voneinander und nichts. Habe ich sie je verlassen wollen? Denkt sie ernstlich an Scheidung?

Ich muß sagen, wir treiben es weit in unserm Trotz – oder was es sonst sein mag, weshalb wir es treiben lassen.

Um Rechthaberei geht es bei uns nicht, wenn wir auch gelegentlich für uns auftrumpfen: »Ich war es nicht, der die Beziehungen abbrach«, und was solch schneidiges Kleinbürgergerede sonst.

Wir hätten uns ja beieinander erkundigen können, wie das eine oder andre gemeint sei. Schon bei unsrer Trennung an der Station waren wir aber des finstern, wahrhaft: finstern Willens, dies nicht zu tun, was auch geschähe, und daß etwas geschähe, erwarteten wir beide, wahrscheinlich freuten wir uns, Kerle wie wir, es endlich einmal darauf ankommen zu lassen.

Worauf wußten wir nicht genau.

Darauf sollte es eben ankommen.

Hätte etwa eins von uns geäußert: »Wollen sehn, wie wir uns ohne den andern durchs Leben schlagen«, auf der Stelle hätten beide diesen einen schallend ausgelacht. Gescheite Leute wissen, daß niemand unentbehrlich ist, nicht einmal der Kaiser, nicht einmal der liebe Gott. Beide werden heute in lückenloser Ablösung durch die Sportsleute ersetzt. Gestern waren's die Filmstars. Nein, so töricht sind wir nicht. Unsre Frage ans Schicksal ging dunkel, aber heftig. Wahrscheinlich wird die Antwort gerade so ausfallen.

Ich lege keinen Wert auf Klarheit, ich nicht. Nur nicht in diesen verdammten Monaten herumstochern – wünsche ich mir. Mag sie die Scheidung aussprechen lassen! Mag sie sich mit dem Massenmörder von Kaliaktionären verloben! Mag sie ihn heiraten!

In der Hochzeitsnacht brennt sie durch.

Oder ich hole sie mit bewaffneter Hand aus dem vernickelten Instrumentenmagazin im Berliner Tiergartenviertel.

Die Schwierigkeit ist nur: ich geniere mich ein wenig vor ihr. Ein wenig sehe ich mich selbst als klugen Pudel vor der Löwin. Erst muß ich noch ein wenig wachsen. Wenigstens muß ich erst ein wenig brüllen lernen, nicht gerade wie ein ausgewachsenes Tier, aber doch saftig das Maul reißen wie ein Löwenjunges. Koffer gepackt und los!

Bäbä, tu. Bäbä, tut. Mi! au.

18.

Das Auto mit Kurt Kommer rollte weg, da zeigte Josephus auf das abseitige Rasenstück, dessen einziger Schmuck Trittsteine waren.

»Du weißt«, sagte er zu Johanna, »ich suche seit langem nach einer Figur, die imstande wäre, den Grasflecken da zu verwandeln, gewissermaßen aus einem Waisenkind einen verwunschenen Prinzen zu machen, wenn ein Republikaner sich so ausdrücken darf. Johanna, ich habe die Zaubergestalt gefunden!«

Damit hob Josephus den Arm und griff in die Brusttasche.

Wenn er das tat, plötzlich, mit einem Ruck, der den Ellbogen übermäßig in die Höhe warf, sah es immer aus, als ob er nicht in die eigene Brusttasche griffe, sondern in die eines größeren Mannes, der dicht neben ihm stände. Kindliches Ungeschick lag in der Bewegung, was daher rührte, daß Josephus immer dicker, sein Arm aber nicht länger wurde, vielleicht kostete es ihn auch Überwindung, etwas so Gewichtiges wie eine Brieftasche ans Licht zu ziehn.

Josephus entnahm der Brieftasche eine Photographie, klopfte mit dem gestreckten Zeigefinger zweimal hart gegen die Nasenflügel und reichte Johanna das Bild.

»Heute vom Kunsthändler erhalten. Das letzte Werk von Felix Arabou. Guck, bitte, von der Photographie dort auf den Rasen, genau in die Mitte, und wieder auf die Photographie.«

Auf dem Bild streckte sich eine große Frau. Das Haupt verweilte noch, etwas undeutlich, in der Nacht, während der Körper bis zu den schweren Brüsten schon im Licht schwamm. Die eine Hand stützte das erwachende Haupt, die andre, lang über den Leib gestreckt, hielt ein Büschel Ähren.

»Es soll Billi-Billi sein«, bemerkte Josephus.

Erstaunt schüttelte Johanna den Kopf. Sie hatte Billi-Billi im Wintergarten tanzen sehn und ihre Schönheit sowohl wie ihre Kunst bewundert.

Sie begriff aber nicht, was die Gestalt auf dem Bild mit der Negerin gemein haben sollte. Diese enthüllte ihre Körperlichkeit unter dem Leuchten ihrer Zähne und Lenden wie in einem Gewitter bis in die Tiefe, die nur wegen der blitzhaften Beleuchtung geheimnisvoll wirkte. Jene blieb bei aller Blankheit und Spannkraft des Leibes tief in Erdendunst gehüllt. So leicht und flüchtig die Tänzerin war, so schwer wog die Gestalt.

»Ob Billi-Billi Modell gestanden hat oder eine andre«, erklärte Josephus, »es ist ein Arabou. Die ständige, schwere Traumgestalt Felix Arabous. Nicht wahr, Johanna? – dort auf dem Rasen ist ihr Platz. Sag', bitte, schnell ja.«

Und er setzte ihr auseinander, wie die Frau dort einsam im Schatten läge und endlich die Abendsonne über den großen Körper aufginge, bis zuletzt auch das Haupt erwachte. Den ganzen Tag würde sie auf die südlichen Staudenrabatten und die Wand mit den Kletterrosen schauen und das Kommen der Sonne erwarten.

Josephus hatte sich mit Hilfe des Kunsthändlers genau ausgedacht, welche äußere und innere Umstände die Frau bei ihm antreffen werde, das Schauspiel ihres Daseins lag klar vor seinen Augen, und der Pariser Kunsthändler Arabous war durch seinen Berliner Kollegen bereits von den Adoptionsgelüsten Samtaugs benachrichtigt.

Kein Wort von Deutermann. Kein Wort von John. Nicht einmal der Ort Bouval fand Erwähnung.

»Es trifft sich gut«, wiederholte Josephus nur. »Ich habe Geschäfte in London und Paris. Und Ruth braucht neues Porzellan und Kleider.«

Am nächsten Morgen brachen sie auf.

Unterwegs zog Josephus immer wieder das Bild der großen Frau hervor, es ging von Hand zu Hand, und die heimlichen Gedanken Johannas, die alle nichts als Wünsche waren, hart auffliegende Wünsche, ängstlich ermattende Wünsche, zogen um die Gestalt wie um ein neu aufgetauchtes Weihebild im Mittelpunkt ihres Lebens.

Schon erkannte sie in ihm den Ausdruck ihres Schicksals: zu warten, und ihrer mächtigsten Sehnsucht: fruchtbar zu sein.

Sie überraschte sich dabei, wie sie, Hände über dem Leib gefaltet, stumpf lächelnd, ein wenig schläfrig, auf die Felder hinaussah und sich vornahm, John um drei Takte für ein Wiegenlied zu bitten. Dann wieder stand Angelica vor der Gestalt und betrachtete sie aus ihren einsamen Augen – plötzlich wandte sie die Augen zu Johanna und lächelte, nickte. Und manchmal brach ein Haß in Johanna aus, der verdunkelte die Frau und die Felder draußen und alles Leben, und Josephus und Ruth fuhren, eifrig schwatzend und mit vielsagenden Bewegungen, allein in einem Zug, in den Johanna aus der Höhe hineinsah, ohne erforschen zu können, was sie über sie ratschlagten und beschlossen. Dennoch vertraute sie ihnen. Es waren ihre einzigen Freunde.

Schnell bog Johanna die schönen, starken Schultern, sie neigte sich tief und küßte Ruth und küßte Josephus die Hand.

Während sie sich aufrichtete und das blaue Feuer ihrer Augen über das erstaunte Ehepaar ausschüttete, rief sie lachend:

»Dein großes Weib, Josephus, bringt mich durcheinander. Und es ist doch nur ein Kunstwerk!«

Die beiden andern aus dem einen Mund ihrer Ehe:

»Nur?!«

»Sie lügen alle«, trotzte Johanna.

Schweigen.

»Nein, sie lügen nicht«, sagte sie kleinlaut.

Wieder nach einer Weile:

»Es gibt Kinder, die sind die größte Lüge ihrer Eltern – und ihre schönste!«

Endlich:

»Aber es scheint uns wohl nur so. Die Natur hat einen längeren Atem als wir. Vielleicht ist es gleichgültig, wer die Kinder bekommt. Vielleicht gehören die Kinder allen Frauen zugleich wie auch alle Frauen zu Müttern bestimmt sind.«

Josephus ließ das Blinkfeuer seiner Augen spielen.

»Johanna, du hast es gesagt. Unsre große Frau ist die Mutter für alle. Nicht der letzte Grund, warum ich mich um sie bewerbe.«

»Die Mutter für alle«, wiederholte Ruth melodisch, da stand die Statue auf einmal bei ihr daheim und ganz klein im Glasschrank ihres Boudoirs.

Johanna reckte sich. Die kurze Mähne der Löwin flammte in der Sonne, die durch das dahinfliegende Fenster sprudelte:

»Nein«, rief sie, »nein! Eine herrliche Geliebte! Die schönste, die ich mir denken kann. Die stärkste! So stark, daß sie nicht mehr zu kämpfen braucht.«

»Wir sollten Angelica einmal zu John schicken«, meinte sie plötzlich. »Ließe sich das nicht einrichten?«

»Eine Kleinigkeit bei diesen Eltern«, erwiderte Ruth. »Aber – warum das?«

»Ja, liebe Ruth: warum? Da bin ich schon überfragt ... Ich gönne sie ihm! Ich gönne sie ihm, Ruth – fast ohne Neid.«

Erstaunt sah Ruth sie an und schlug vor ihrem herausfordernden, traurigen Blick die Augen nieder.

Sie dachte: »Johanna möchte noch ein Kind zu ihrem John. Aber dafür sind sie doch viel zu arm!«

So kam es, daß heute noch in Johannas Gedanken das Weihebild der großen Frau zu Amsterdam steht, wo die Messingschlösser der Haustüren um die Wette blitzen mit allem Eisen und Glas der Schiffe, die auf den Kanälen vorbeifahren und an der Küste von Nordwyk. Ein Geschäftsfreund Samtaugs fuhr sie hinaus, die meisten Hotels hatten schon geschlossen, es wehte ein kalter Wind – der Herbst war auf dem Kontinent gelandet.

Holländische Kinder radelten an der Ebbe entlang und rieben sich am Meer, jetzt, da sich das Ungeheuer knurrend unter der Peitsche zurückzog, und am Ende des Strandes standen drei, vier Ruhekörbe vergessen im Wind.

Und neben dem dämmeröden Bahnhof von Harwich steht das Denkmal und an zehn verschiedenen Punkten von London. Im Hof eines Colleges zu Oxford – Johanna las den Namen ihres einzigen Bruders auf der Tafel der Kriegsgefallenen – und zwischen den Kegeln der gestutzten Eibenbäume im Park von Hampton-Court. Hoch oben über dem Meer und dem kleinen Hafen von Broadstairs, wo ein Rettungsboot der *Lusitania* aufbewahrt wird (seine Insassen waren tot, als es an Land trieb), und in der Poultry-Farm des Mr. Cook zu Orpington. (Hier kaufte Josephus Hühner und schickte sie mit dem Flugzeug nach Buskow.)

In dem verwunschenen Provinzstädtchen Sevenoaks, in dessen Kirchhof die rechtgläubigen Christen unter jüdischen Grabsteinen ruhen mit einer steinernen Schlummerrolle dort, wo ihre Füße in der Erde liegen, und in Windsor.

Ja, auch im königlichen Windsor, doch sieht Johanna die in Bronze atmende Frau nicht zwischen den Kästen der Schloßgebäude, nicht einmal im üppigen Alpinum des ehemaligen Schloßgrabens und auch nicht auf der Terrasse vor der Residenz, wo die Rotjacke englisch auf und ab stiefelt, obwohl der Blick in den tief abfallenden Park und über die Wipfel weg auf das weite, silberne Land der Frau nicht schlecht zu Gesicht stände. Vielmehr liegt sie im Garten eines kleinen Wirtshauses am Ufer der Themse und schaut in abendlicher Trägheit auf das Wasser, Die Sonne sinkt, Johanna kann das Gestirn von ihrem Platz aus nicht sehn, aber die Strudel im Fluß entzünden sich, einer nach dem andern, wie ein geschickt angelegtes Feuerwerk, um dann jählings, alle miteinander, zu erlöschen. An dieser Stelle sprach Johanna: »Ich habe Sehnsucht nach unserm See.«

Sie betonte das ›unser‹ nicht, ganz selbstverständlich kam es ihr über die Lippen.

Ist es nun immer die gleiche Frau, die sie in ihrer Erinnerung an so viel Punkten erschaut? Nicht ganz, nein, ganz ist es nicht ein und dieselbe. Wenn Johanna sich gewissermaßen bückt, um in den bronzenen Zügen zu forschen, so entgeht es ihr nicht, wie das Gesicht einen andern Ausdruck zeigt, je nachdem, wo es auftaucht in ihren Gedanken. Und das gerade ist das Wunder der Kunst. Die ewig Gleiche begleitet dich und atmet mit dir, wie immer deine Zeit sich ändere, sie stößt dich nicht ab, weil du wechselst und verfällst, und an ihrer Treue mißt du dich und deinen Wert.

Auch dies hat die Bronzene damals auf der englischen Reise Johanna van Maray gelehrt.

In London verhandelte Josephus mit seinen Bankiers und ließ sich Anzüge machen, während Ruth Porzellan, Beleuchtungskörper, bedrucktes Leinen, Schuhe und Gartenmöbel einkaufte.

Sie wohnten im Hotel Savoy. Johanna war froh, wenn sie das weitläufige, in Haremsbeleuchtung getauchte Haus verließen. Die Orangefarbe und ein Himmelblau in Schleiflack, die dem Innern der Riesenhöhle einen süßlichen Geschmack verliehen, wirkten wie ein Niederschlag der Jazzmusik, eine Art vornehmer Krätze. Alle Räume waren davon überzogen. Die zwei Musikkapellen bumsten, säuselten, jodelten, wogten um die Wette bis tief in die Nacht. Die Berliner Neureichen erschienen ihr als Fürsten im Vergleich zu den Londoner Genossen. Die einzigen vornehmen Gestalten waren Negerhäuptlinge und Maharadschas mit ihrem Gefolge, die zwischendurch auftauchten. Es dauerte lange, bis sie auf der Straße jemand lächeln sah. Die Menschen schienen halb betäubt, fast irr vor drangvoller Arbeit.

In Paris kaufte Ruth Kleider, Leibwäsche und Hüte, während Josephus irgendeine deutsch-französische Handelsgesellschaft gründen half, nachmittags brachte das Auto sie aufs Land. In Paris brauchten sie nur eine Viertelstunde, um im Freien zu sein. Sie führten dasselbe Leben wie in London, und auch ihre Gemütsverfassung war nicht sehr geändert.

Nur etwas vergnügter gaben sie sich. Johanna hatte die Freunde bestimmt, in Paris ein älteres Hotel zu wählen. Der Blick aus der Halle des Hôtel du Louvre über die Avenue de l'Opéra erfrischte sie jeden Morgen. Diese große Stadt war eine spiegelnde Landschaft. Bei aller Eile hatten sogar die Chauffeure Muße zu weiten Gebärden, zum Schimpfen und Lachen. Die Stadt wimmelte von Spaziergängern.

Ohne alle Hintergedanken landeten sie eines Nachmittags auf der Terrasse von St.-Germain-en-Laye.

Der Park von St.-Germain besitzt die größte Aussichtsterrasse im Herzland Frankreichs, der Isle de France, wie der Garten um Paris heißt: der blütendichten ›Insel‹ des Frankenlandes. Sie ist zwei und einen halben Kilometer lang und dreißig Meter breit. Man blickt von ihr in das Tal der Seine und auf das weite Paris.

Über das Geländer dieser Terrasse hatte sich eines Nachts ein gewisser fliegender Holländer von seinem gestrandeten Alkoholschiff gerettet …

Doch davon wußte niemand etwas – und warum hätten die Reisenden gerade an John van Maray denken sollen, wo alles um sie von Henri IV. und andern Königen erzählte?

Nicht weit von St.-Germain liegt das Städtchen Biouval. Es ist ein Gewirr von Sträßchen und Gäßchen hinter einer einzigen soliden Kulisse, der Hauptstraße. Ein Haufen hoher, rohverputzter Gartenmauern, wie man sie überall in diesem Lande findet, dessen Bewohner ihren Garten gern für sich allein haben. Die schmale Gasse zwischen den Mauern heißt Avenue, sie geht ein krummes Stück Weg und mündet, bevor man vier Gartentore gezählt hat, entweder in zwei Straßen mit Blumennamen, die sich nach einigen Biegungen wieder zu einer Avenue vereinigen, oder aber in einen Feldweg und in Wiesen. Plötzlich springt so ein Feldweg auf und schießt in schnurgeradem Schreck davon. Nun mögen sich aber noch soviel Straßen zur Bildung einer Avenue zusammentun, die Avenue wird dadurch nicht breiter, sie gewinnt keineswegs an natürlichem Ansehn, vielmehr muß ihr erst künstlich dazu verholfen werden, und dies geschieht, indem die Avenue den Namen eines großen Mannes erhält.

Unversehens geriet das Auto in das Städtchen Bouval.

Da sie nun einmal hier waren, begaben sich die Reisenden auf die Suche nach dem Bildhauer Arabou. Sie hatten ihre liebe Not, das Haus des Künstlers ausfindig zu machen. Endlich standen sie erschrocken zwischen einer Gartentür und einem Wäschetempel Louis' XV., aus dessen Tiefe ihnen Bescheid über das ungeahnt nahe Ziel ihrer Suche geworden war.

Rechts lief das reine Wasser aus der Mauer in einen Steintrog und die schmutzige Brühe über die Tempelschwelle in eine Gosse, die infolge der fetten Ernährung von pflanzlichem Wachstum strotzte. Ein Dutzend Weiber klopfte, plantschte, schrubbte. Links machte eine niedere Gartentür ein ebenso erschrockenes Gesicht wie die Reisenden selbst. Sie bewunderten die Kraft der Wäscherinnen und klingelten an der Gartenpforte. Madame Arabou empfing sie.

Der Garten war mit Wäschestücken geflaggt, ein lustiges Bild, es mußte auch Kinder im Hause geben, das erkannte man am Rasen.

Aus dem ersten Wortwechsel ging hervor, daß der Besuch durch Arabous Kunsthändler angekündigt worden war. Johanna fand nicht die Kraft, Erstaunen zu zeigen. Sie errötete nur.

Frau Arabou entschuldigte ihren Gatten wegen Unpäßlichkeit und führte die Reisenden in das Atelier, eine ziemlich wackelige Bude, die sich in einen Winkel des Gartens duckte. Und hier, unter einem undichten Bretterdach, war sie leibhaftig: die große Frau mit dem Ährenbündel. Johanna hob vorsichtig die Hand. Sie streckte die Fingerspitze. Endlich konnte sie die Schwester berühren.

Die Gestalt zeigte sich noch größer und auch strenger, als sie gedacht hatte. Es war, als ob in der traumhaften Verhüllung ein wacher, ja, ein kämpferischer Verstand lebte … Johanna mußte lächeln.

»Frag' sie«, flüsterte Josephus, »frag' sie, ob – du weißt schon!«

Aber es war Ruth, die das Wort ergriff.

»Madame«, sprach sie. »Ich komme mit einer großen Bitte. Mein Mann besitzt in Berlin einen Garten mit einem prächtigen Rasenplatz. Einen vornehmeren Rahmen für die liegende Figur wie dieses Meisterwerk können Sie sich unmöglich vorstellen. Madame, daß ich es Ihnen gestehe, wir kamen mit der heimlichen Absicht, Sie dieser Figur zu berauben.«

Frau Arabou neigte bescheiden das dunkle Haupt und erwiderte, man wisse die Ehre eines solchen Antrags zu schätzen, doch sei es bereits so gut wie sicher, daß die Figur auf einen öffentlichen Platz in Paris käme.

»Ewig schade!« murmelte Josephus. Johanna übersetzte: »Monsieur sagt, das sei etwas andres, selbstverständlich gehöre sie auf einen öffentlichen Platz.«

Frau Arabou nickte wiederholt und schaute Monsieur dabei lächelnd an, so daß er gar nicht anders konnte, als die Enttäuschung zu verwinden und das Blinkfeuer seines guten Herzens in Gang zu setzen. Darauf lud Frau Arabou alle drei in das Haus ein, wo sie noch einige neue Kleinplastiken des Künstlers bewundern durften.

Als die schiefe Gartenpforte sich hinter ihnen schloß, stand Frau Arabou oben im Garten, klein, voll rundlichen Ebenmaßes, das weiche, dunkle Haupt gesenkt, und lächelte selbstvergessen vor sich hin, oder beobachtete sie einen Marienkäfer, der zu ihren Füßen über den Sand kroch? Noch einmal grüßten die Reisenden zurück. Sie schien sie vergessen zu haben.

Da stürzte ein Mädchen hinter einem Baumstamm hervor und rief: »*Madame Joanna de Maray!*«

Die Hand am offenen Mund, atemlos vor Spannung, was auf den Proberuf erfolgen werde, guckte Jeannette auf die Gartenpforte.

Sie hatte gehört, daß man den Besuch von Deutschen erwarte. Da sie eine einzige Frau in Deutschland kannte, und zwar nur aus Johns Erzählungen, war sie den drei Fremden von der Ankunft an ahnungsvoll und zögernd auf der Spur geblieben. Die eine der Damen war groß und hell, Jeannette fand sie herrlich und sagte heimlich sogleich Joanna zu ihr. Auch die andre, kleinere, dunkle war schön und glich sogar etwas Jeannettens Mutter. Als die Kleine aber heraus hatte, daß diese als Frau zum Mann gehörte, war sie schwursicher, in der andern Johanna vor sich zu haben.

Noch einmal rief die Kleine:

»*Madame Joanna de Maray!*«

Ohne die Haltung, ohne ihr Lächeln zu ändern, hatte Frau Arabou den Blick erhoben.

Und über der Gartenpforte erschien das blasse, großäugige Gesicht Johannas.

Jeannette drehte sich gegen das Haus, und:

»Papa«, schrie sie aus Leibeskräften, »*Papa! Papa! C'est elle! Viens vite, c'est Madame Joanna de Maray!*«

Johanna ging auf Frau Arabou zu. Sie blickte ihr voll ins Gesicht und fragte:

»Ist John da?«

Im gleichen Augenblick wurde ihre Hand von einem kleinen, stämmigen Mann aus Frau Arabous Hand gezogen, Johanna sah ein bärtiges Antlitz mit zwei blauen Wassertropfen und einen roten Mund, der Mund lachte, und die blauen Wassertropfen darüber glitzerten lachend mit.

Felix Arabou schüttelte ihr die Hand, und als er wahrnahm, wie stark diese Hand war, schüttelte er sie noch einmal, doch jetzt mit ganzer Kraft.

»John ist in Deutschland, im Schwarzwald. Macht nichts! Ein bißchen ist er noch bei uns. Kommen Sie, Madame, kommen Sie!«

Dann lief er zur Gartentür, um die Freunde zu holen.

Jeannette aber, von ihrem Triumph erfüllt, behauptete kühn:

»John und ich warten seit einer Ewigkeit auf Madame.«

Die Reisenden mußten zum Essen bleiben – es brauchte nur ein Gedeck aufgelegt zu werden.

Dampfend wallte die Suppenschüssel herein, danach folgte ein *Bœuf à la mode*. Der Bildhauer schnitt den Braten auf, Jeannette ging um den Tisch und kredenzte den leichten Rotwein. Zum Schluß gab es Käse und Früchte.

Johanna hörte Jeannette zu. Ohne eine einzige Frage zu stellen, ja, trotz ihrer Versuche, dem Gespräch eine andre Wendung zu geben, widerstrebend vor lauter Furcht und Scham, erfuhr sie dennoch, wie John in Bouval gelebt hatte, und aus diesem seinem Leben, wie ein Kind es sah, schöpfte sie langsam und tief die bittersüße Bestätigung ihrer Hoffnungen. Niemand hörte zu. Josephus allein bemerkte das Zittern in ihren Augen.

Mit ein paar Brocken Französisch und seiner ruhigen Freundlichkeit brachte der Bankier die sanfte Schwermut Frau Arabous zum Strahlen, die beiden lachten dauernd und wußten nicht, weshalb. Josephus aber glaubte, es gelinge ihm ziemlich mühelos, Frau Arabou über seine Landwirtschaft in Buskow zu unterrichten.

Ruth unterhielt den Künstler. Sie streifte die höchsten Fragen der Kunst, und einige erhielten eine Vertiefung durch sie. In ihrer Entzückung sprach sie fast so gut französisch wie sonst nur englisch.

Josephus verließ das Haus mit einem Brief Arabous an den Pariser Kunsthändler, worin dieser beauftragt wurde, den Verkauf des bronzenen Bildwerkes abzuschließen. Die Stadt Paris, die lange genug gezögert hatte, eine Statue von Arabou zu erwerben, konnte gut noch etwas warten.

»Hier«, hatte der Bildhauer gesagt, als er dem Bankier den Brief überreichte, und sich die Hände gerieben: »Hier, lieber Herr, nehmen Sie! Es kommt mir fast vor, als hätte ich der guten Stadt Paris ein Schnippchen geschlagen. Ich danke Ihnen, daß Sie mir die Gelegenheit dazu verschafft haben. Wirklich, lieber Herr, wirklich – ich danke, nein, ich.«

Draußen warteten die Reisenden, bis die Schritte des Ehepaares Arabou durch den Garten zurückgewandert waren und die Haustür sich geschlossen hatte. Sanfte Schwere sank aus dem Dunkel, ein Gefühl wie Frömmigkeit überkam sie.

Mein, mein ist die große Frau, dachte Josephus. Und Ruth: Die Mutter für alle ist unser! Welch einen Schatz ließen sie zurück, im Gartenwinkel versteckt … und der Auferstehung harrend: für sie, für sie! Johanna aber – Johanna suchte Samtaugs Hand und drückte sie. Aus dem Wäschetempel neben ihnen drang das Rauschen des Wassers. Es war das einzige Geräusch in der Nacht. Dann sprang der Motor an.

Sie fuhren durch eine Pariser Vorstadt, endlich brach Josephus das Schweigen.

»Dieser Arabou«, meinte er, »haust wie auf Abbruch. Unglaublich! In Berlin würde er einen kleinen Palast bewohnen, und statt seiner Frau hätte uns ein betreßter Diener empfangen.«

Ruth seufzte:

»Glücklicher wäre er nicht.«

»Ach«, rief Josephus – »ach, hätten wir nur im ganzen Tiergartenviertel ein einziges Wäschehaus aus der Zeit Friedrichs des Großen! Johanna, stelle dir das vor!«

Nach einer Weile antwortete sie, aber nicht darauf, sondern auf etwas, wovon gar nicht gesprochen worden war:

»Bitte, laßt mich allein nach Römerbad. Erwartet mich in Basel.«

Johanna schlief schlecht diese Nacht.

Es war derselbe Schlaf wie zur ersten Zeit ihrer Ehe, wenn John erst bei Morgengrauen heimkehrte. Ein Schlaf voller Schreckbilder und beseligender Worte – Worte eines fließenden, leuchtenden Wesens, das sie John nannte, und die aufrauschten wie Licht und verstummende Musik.

Am Nachmittag des andern Tages trafen sie in der Schweizer Grenzstadt ein.

Auf den Rat des Hotelportiers mietete Johanna van Maray ein Auto, und der Portier, der Römerbad genau kannte, beschrieb ihr auch die Lage des Hauses oberhalb des Kurortes, dicht an der Straße, auf der sie fahren sollte. Unmöglich, es zu verfehlen. Das Haus war niedrig, langgestreckt und rosa wie Zuckerwerk auf der Kirmes. Vierzig Minuten Fahrt bis dahin.

Gleich nach der Grenze, als das freie Land vor ihr lag, schaute Johanna verwundert um sich.

Noch nie hatte sie einen solchen Himmel gesehn.

Aller Herbst schien von der Erde in die Lüfte versetzt.

Dort oben glühten die rotgelben Buchenwälder und hingen ermattet die Wiesen, die abgeernteten Getreidefelder herab. Dort oben strömten schwefelgelbe Flüsse einen Berg hinauf, der in karminroten und orangegelben Flammen stand und den ganzen Westen verstellte bis hoch in den Himmel.

Von der Ebene sah man nur noch einen schmalen Rand, der, wie ein Riß, einen Ausblick in ein fernes, silbrigblaues Land mit weißen Seen eröffnete. Es war, als ginge die unsichtbare Sonne nicht im Himmel unter, sondern löse sich auf der Oberfläche der Erde auf.

Die Landschaft schwamm in einem schweren, wenig durchsichtigen Farbendunst. Täler und Hügel erstickten. Schon lag das Land reglos versunken. Das menschliche Leben schien ausgelöscht, es war so still, daß Johanna erschrak, als der Wagen in ein Dorf einfuhr und sie plötzlich Menschen und Tiere um sich erblickte. Wie Überlebende einer Naturkatastrophe kamen sie ihr vor. Gleich darauf enthüllte eine Biegung der Straße ihr den südöstlichen Himmel als einen einzigen schwarzen Block, der ehern über die Höhe des Gebirges emporwuchs.

Während noch der Westen weithin in überirdischem Lichte stand, begann es um Johanna zu dunkeln. Der Wald, der sie bald danach aufnahm, leuchtete von stummen Blitzen, dann griff der Arm des Sturmes nach den Bäumen am Straßenrand und drehte sie in den Wipfeln. Der Laut des Donners drang, wie zögernd, an Johannas Ohr.

Auf einmal hatte sie Angst, zu spät zu kommen, John nie mehr zu sehn …

Die Straße bestand aus lauter Kurven, sie war eng, der Wagen sprang mehr, als daß er fuhr. Und doch hastete er immer wilder. Der Scheinwerfer zeigte kaum Boden in dieser anstürmenden, schwarz und grünlich schwankenden Flut. Es war zu spät, das Verdeck zu schließen. Denn nun drehte sich der ganze Wald um sie in einem Wirbel, der von oben nach unten würgte, und drohte die Straße unter den hin und her peitschenden Bäumen zu begraben. Schlag auf Schlag krachten die Blitze.

Und das Wasser stürzte und ersäufte den Wald. Das bißchen Straße, das der Scheinwerfer aufstöberte, war mit Zweigen und Astsplittern bedeckt. Das Wasser spritzte um sie. O Angst, namenlose Angst! In Garben schlug ihr der Regen ins Gesicht – oder waren es schon die Äste der Bäume? Das Auto rang mit Regen und Wind, die ein einziger Griff waren, es schien zu drehn, immer ein Stück zu drehn, auf dem Boden aufzuschlagen und wieder zu drehn.

Der Chauffeur schrie hinter sich in den Wagen.

Eine weiße Masse stürzte in das Licht des Scheinwerfers, ein Gartentor, und Johanna, die sich, völlig durchnäßt, im langsamer fahrenden Wagen aufstemmte, erblickte ein Haus. Es war lang und niedrig. Scharf umrissen stand es gegen den jäh erhellten Raum eines grenzenlosen Himmels.

Minuten später hielt der Wagen vor dem Hotel Vogesenblick in Römerbad.

Als Johanna auf einem Schild den Namen des Besitzers las: John Muser, empfand sie eine große Freude. Aus geblendetem Grauen brach ein Lächeln. Die erste Frage an den Portier verlangte nach diesem andern John, und Herr Muser, der mit einem Geigenkasten in der Hand um die Ecke des Korridors bog, versprach, auf der Stelle trockenes Zeug zu besorgen.

Frau Muser bemühte sich selbst zu Johanna aufs Zimmer.

»Ich wollte nur schnell nach meinem Mann sehen«, erklärte Johanna, und nach einigem Bedenken nannte sie ihren Namen. »Das heißt«, fügte sie hinzu, als sie das Stutzen der Dame bemerkte, sie wandte sich ab: »das heißt, nach dem Haus oben am Waldrand.«

Sie war errötet, nun wurde sie blaß, angestrengt starrte sie auf den Waschtisch, wo ein Odolglas blaute, und horchte in die fremde Frau hinein, die mehr von John wußte als sie.

»Seit der Abreise Herrn van Marays ist das Haus unbewohnt«, erklärte die Dame. »Wenn Sie wollen, können Sie es morgen besichtigen, wir haben die Schlüssel.«

Und sie fragte, wo John sich jetzt aufhalte.

»Im Ausland«, versetzte Johanna. Darauf beglückwünschte die Dame Johanna zur Beendigung der Symphonie.

»Mein Mann und Herr van Maray haben manchmal zusammen musiziert«, begann sie zu erzählen …

Johanna fragte auf der Post – John hatte keine Adresse hinterlassen. Ihre Gewißheit blieb unerschüttert. Sie suchte nicht zu erraten, wo er sein könnte.

Er war frei – wie sie selbst.

Ungehindert, unbeargwöhnt zogen sie beide ihre Kreise durch den Raum. Die Kreise wurden enger.

Schon *sahen* sie einander …

In der Dunkelheit stieg sie die Straße, auf der sie gekommen war, hinauf und suchte eine Stelle, wo sie in den Garten des einsamen Hauses gelangen konnte. Sie fand sie an einem Feldweg. Grasüberwachsene Räderspuren führten von der Straße an einer Seite des Gartens entlang. Der Zaun hörte auf, und der Garten verlief in die Wiesen.

Langsam umschritt sie das Haus. Auf der Terrasse verweilte sie.

Zwischen grauschwarzen Wolken, Nachzüglern des Gewitters, rollte ein Vollmond. Von den Sternen waren viele ins Tal gefallen und zuckten wie herabgebrannte Lichter, erloschen nicht.

Zum erstenmal seit langer Zeit unterhielt Johanna sich wieder mit John ohne Zorn, ohne Reue.

Sie glaubte sogar: ohne Liebe … So tief beruhigt klopfte ihr Herz. Sie brauchte sich nicht zu schämen. Ihre Rede war still und vernünftig.

Mein Freund, sagte sie zu ihm: mein geliebter Freund.

Als stände er dort im Schatten des Baumes und hörte ihr zu, so sprach sie zu ihm.

Allmählich wurde sie sogar vergnügt.

Wie willst du deinen Schatten fliehn! – sagte sie. Schau', so dumm ist kein Baum. Wenn der Wind den Baum schüttelt, macht der Schatten einen Seitensprung und kehrt wieder an seinen Platz zurück. Was willst du, so ist es! Ich kann es nicht ändern. Mir scheint, du mußt dich daraufgefaßt machen, John: eines Nachts, wenn in unserm Garten am See der Mond scheint, und du drehst dich um, bin ich auf einmal wieder da und rühre dich an, ohne mich zu bewegen. Ja, darauf mußt du dich gefaßt machen, John ...

Eine Quadrille von Sternen nach der andern rückte hinter den abziehenden Wolken hervor. Die Lichter des Tales hörten auf zu zucken und brannten wie unter einer Glasglocke. Im Garten die Blumen enthüllten leise ihr Gesicht: die wolkigen Sternastern, die hohen steifen belgischen Astern, die Chrysanthemen ... In der Luft gab es einen Ruck, der Mond rollte ins Freie.

Als Johanna nach Basel zurückfuhr, lag er schon auf dem Kamm der Vogesen.

19.

Der Schneesturm hat aufgehört. Es ist warm an der Sonne.

Oh, ihr weißen Himmelsgärten ringsum! Gletscher und Schneefelder, Täler, die langen Hängematten der Sonne! Fall des weithin gestreuten Samens, Blüte des Lichts, leise knisterndes Verbrennen des Lichts, hohes Lied, schwebend am Lippenrand von Mutter Erde!

Als ich das erstemal kam, schmähte ich und nannte stumm und blind, was hellsichtig ist und fast allzu eindringlich vor Lautlosigkeit. Mit Notenblättchen fuchtelte ich gegen die blaue und weiße Sphinx und verlangte ein Orakel, wo ich es doch selbst schon in den Wind schrie: Narr! Narr! Tamburinschläger, Wirtshausfiedler vor dem reinsten, dem höchsten Bild!

Als ich das erstemal kam, polterte ich als ein hochnäsiger Stümper und Holdrio daher, ohne meine Lächerlichkeit zu bemerken, und die doppelte Tür des Spiegels, der alle Natur ist, blieb geschlossen – ich hätte es ja auch nicht gelitten, mich, winzig und dumm, wie ich prahlte, in dieser Landschaft zu erkennen.

Jetzt erwarte ich ein Mädchen, das heißt Angelica ...

»Mein Herz ist besser geworden«, sage ich schlicht wie ein Dorfschulmeister.

Ich soll, hat Ruth Samtaug mir geschrieben, auf sie achtgeben, bis die Eltern, die in Ägypten ›Schwefel baden‹, selbst wieder das Regiment übernehmen, und ich habe ja gesagt, obwohl der Brief Ruth Samtaugs wieder furchtbar fein war, obwohl die Eltern Schwefel baden und ein Regiment ausüben.

Da läuft der Zug ein.

Wie sie herausfinden aus all den vermummten Menschen?

Und: manchen fliegt doch der rechte Name zu, dachte ich, wie sie aus dem vereisten Zug stieg. Ich erkannte sie gleich. »Guten Tag, Angelica«, sagte ich.

»St. Moritz!« rief sie. »Mein heißester Wunsch. Seit Jahren sammle ich Bilder von St. Moritz, Herr van Maray. Endlich! Ich meine fast, jetzt bleib' ich da.«

Es war mir eine Freude, ›Angelica‹ zu sagen, denn das war ihr Name von Anbeginn, man hatte sie nur bei diesem Namen zu rufen brauchen, als sie auf die Welt und unter die Menschen gekommen war.

Schon bei der Ausfahrt aus Dorf St. Moritz nach dem Bad hinunter wanderten meine Augen vergnügt von ihrem blondweißen Mädchengesicht zu dem Birkenwäldchen, wo die Sonne wie auf Daunen und zwischen durchsichtig weißen Vorhängen lag und an Goldfäden ein menschliches Lächeln spann.

Ich mußte an mich halten, um nicht der jungen Dame gegenüber in märchenhaftes Gerede zu Verfallen, wie etwa von einem Schneewittchen des Hochlandes, dem über jene spiegelnden Schneefelder (von denen man nicht wußte, gehörten sie zur Erde oder schon zum Himmel) mit blinkendem Troß ein Schneeprinz nahte, oder von der Eisfee des Morteratschgletschers, deren Leib die Abendsonne zum Tönen brachte, so daß die Skiläufer, wenn sie von der Diavolezza herabkamen, der schwingenden Luft folgen mußten und sich heillos verirrten, und was solcher Übertragungen unsrer grünen Märchen in die überlebensreinen Farben des winterlichen Engadins noch mehr sein konnten. Statt dessen machte ich nur etwas wirre Musik auf meiner angeborenen Maultrommel.

Und als wir das Malojatal hinaufglitten und ich immer so von Angelica auf die makellose Welt und wieder auf Angelica blickte und auch die Schlittenglocken in der Morgenluft klangen, als behielten sie von all den muntern Worten des Kindes nur die hellen Silben und wiederholten sie spielend, verstummte ich ganz. Ich fuhr nicht mehr mit einem Abstraktum, der ›Unschuld‹, am weißen Rande der Erde, sondern mit ihr selbst, der Himmelstochter, in leibhaftiger Gestalt. Unter der Pelzdecke hielt ich ihre kühle Hand und dünkte mich knabenhaft jung und uralt zugleich.

Auf einmal ertappte ich mich, wie ich ein holländisches Wiegenlied vor mich hin summte.

»Herr van Maray!« Sie drückte mir unter der Decke die Hand: »Herr van Maray, wenn Sie wüßten, wie mir zumut ist!«

»Wie denn?«

»Ja, ich fürchtete schon, ich käme nicht lebendig herauf.«

»Atemnot?«

»Im Gegenteil, Herr van Maray! Wie der Zug stieg und stieg, in Schnee und Eis hinein, und, wissen Sie, dicht neben der Bahn ging es immer steiler hinab, ganz klein wurden drunten die Häuser, da fing der blaue Himmel an zu rauschen – so wie es in den Ohren rauscht, wenn einem schwach wird.«

»Also doch die dünne Luft.«

»Ist die Luft hier dünner als drunten? Nein, ich konnte tief atmen, breit atmen und tat es auch, großartig kam ich mir vor, Herr van Maray, und immer leichter. Wenn wir entgleisen, dachte ich mir, fliegst du einfach davon.«

»Und die Tunnel?«

»Gewiß, Herr van Maray, die Tunnel, die wollen einem Angst machen, toll sausen sie und brennen kurze dicke Blitze ab, wie Riesenstreichhölzer, die nicht recht angehn, aber ich habe mich nicht gefürchtet. Und bums, ganz weiß kam ein großes Tal, da lag die Sonne nackt auf dem Bauch.«

»Und Sie waren ein andrer Mensch.«

»Genau so, Herr van Maray. Ein andrer Mensch. Ich will auch so auf dem Bauch liegen.«

Sie hob die Arme, schüttelte sie wie Flügel und lachte mich an:

»Frei! Frei! Jetzt geht's los. Ich mache, was ich will. Kein Mensch kennt mich hier, außer Ihnen – und nicht wahr, Sie lassen mich laufen? Aber ich sage es Ihnen gleich, Herr van Maray, Sie werden sich wundern!«

»Übrigens«, fuhr sie ernst fort, »– ich komme mit einem Koffer voll Geheimnisse. Hauptsächlich hat ihn Frau Samtaug gepackt, einen Teil darf ich Ihnen zeigen, den andern aber nicht. Soll ich anfangen?«

»Angelica, ich schlage vor, wir lassen den ganzen Koffer, wie er ist, und fort damit auf den Speicher!«

»Großartig. Abgemacht. Wir fangen einfach ein neues Leben an. So habe ich's mir gedacht.«

»Sie werden sehn, Angelica, unter dieser Sonne denken Sie an die Menschen in Berlin wie an Gespenster.«

»An alle vielleicht doch nicht, Herr van Maray. Aber ich meine auch: erst machen wir mal Ferien. Ich habe noch nie Ferien gehabt. Das heißt, eigentlich habe ich immer Ferien. Ich lerne leicht, und die meiste Zeit langweile ich mich und ärgere mich und bilde mir ganz entsetzliche Sachen ein. Also Schluß jetzt! Ferien! Weiße Ferien, goldene Ferien, Ferien mit John van Maray – auf der ganzen Welt soll es nichts mehr geben, als –«

Gemeinsam wiederholten wir:

»Weiße Ferien, goldene Ferien, Ferien mit Angelica, Ferien mit John van Maray.«

In der Nacht schneite es. Von meinem Bett sah ich die Schneeflocken im Licht der Straßenlaterne kreiseln, immer dichter, immer schneller. Auf einer neu entstehenden, weißen, rotierenden Erde kutschierte ich in den Schlaf. Ich sah aber noch, wie die Kugel plötzlich abrückte und als eine stille Wolke im Raum hing. Und als ob ich dies während der ganzen Zeit ihres unruhigen Kreiseins und Blinkens erwartet hätte, sprach ich befriedigt: »Angelica.«

Beim Frühstück erwartete ich sie vergeblich und erfuhr zu guter Letzt, das Fräulein sei in der Halle auf den Anschlag eines Skilehrers aufmerksam geworden, demzufolge heute vormittag ein Kurs für Anfänger begann, worauf das Fräulein sich von einer unbekannten Dame Schneeschuhe ausgeborgt und versprochen habe, mit den geliehenen sowohl wie mit eigenen Brettern zum Mittagessen zurück zu sein. Indes erschien sie erst in der Dunkelheit, behauptete aber dafür und bewies es unter Anrufung neu eingetroffener Gäste, daß sie im Seilgeschirr hinter deren Schlitten von St. Moritz bis Sils gefahren sei.

»Ja, können Sie denn schon fahren?« fragte ich.

»Wie Sie sehn«, antwortete sie und deutete auf ihre Füße, die ohne ersichtliche Beweiskraft über dem Perserteppich der Halle schaukelten. Merkwürdigerweise schienen alle, die auf die kleinen, pendelnden Füße schauten, völlig überzeugt.

»Wieso denn?«

»Sehr einfach!« Nach dem Kurs hatte sie den Lehrer auf die Seite genommen und mit ihm allein weiter geübt bis um fünf. »Dann?« Dann war sie unterwegs in den Postautobus eingestiegen und nach St. Moritz gefahren, um sich Skier zu kaufen – auf Kredit übrigens, sie besaß kein Geld mehr, Speisung, Tränkung und Belohnung des Skilehrers hatten alles verschlungen. »Denken Sie nur, der arme Kerl hat gearbeitet von neun bis fünf!«

Und dann?« Mein Gott, und dann hatte sie vor dem Sportgeschäft gestanden und die vorbeikommenden Schlitten angesprochen, ob sie nach Sils führen.

Wieder nickten die Zuhörer, als ob das die selbstverständlichste Sache von der Welt sei!

Es waren aber lauter Schlitten gewesen, die vom Bahnhof kamen und mit hungrigen Reisenden einem nahen Hotel zustrebten. Beim letzten in der Reihe, worin ein älteres Ehepaar saß, hatte sie nicht erst lange gefragt, sondern dem Kutscher einfach »Halt!« zugerufen und war halb weinend, halb lachend und ein langes Seil in der Hand schwingend hinzugetreten.

Kaum hatte sie begonnen, den Fremden aus heiterm Himmel die unvergleichliche Lage Sils-Marias und den Komfort ihres dortigen Hotels anzupreisen, als der Herr im Schlitten sie unterbrach: »Wissen Sie, mein Kind, ich komme seit dreißig Jahren hierher, ich kenne mich also aus. Aber einen so hübschen Anreißer soll Ihr Hotel in Sils nicht umsonst gehabt haben. Wir schlafen heute in Sils.« Worauf Angelica lachend und immerfort schwatzend ihr Seil am Schlitten befestigt und mit lauter Stimme »Fertig, los!« kommandiert hatte. Und es ging los. »Skijöring nennt man das«, schrie sie erschrocken, als sie bei einer plötzlichen Senkung der Straße mit voller Wucht in den Schlitten hinein und zwischen die Köpfe der Insassen fuhr.

Sonst sprach sie kein Wort.

Aber sie stürzte auch nicht, nein, sie war kein einziges Mal gestürzt – das Ehepaar versicherte es all den Unbekannten, die sich mit eins vertraulich um Angelica und mich versammelt hatten, und was das Ehepaar anlangt, das zum dreißigsten Mal ins Engadin kam, so verbrachte es nicht nur eine Nacht im ungewohnten Hotel, wie ursprünglich sein Plan war, sondern es blieb volle acht Wochen, blieb so lange, bis auch die arme Angelica still, ach! so still das Hotel verließ ...

Indes brachte das Scherzwort eines Schweizer Offiziers, der Angelica in Erinnerung an eine alte Oper ›die Regimentstochter‹ nannte, den Gästen schon bald zum Bewußtsein, wie die Kleine aus ihnen mit einem Zauberschlag eine einzige Familie gemacht hatte, deren Mittelpunkt, Wille und Phantasie Angelica hieß. Wer es noch nicht konnte, lernte eifrig Skilaufen, um dabei zu sein, wenn Angelica Lehrer und Schüler wortlos dazu brachte, sich selbst zu überbieten in den anstrengenden Stunden des vormittäglichen Unterrichts, an die man doch gleich darauf wie an die lustigste Tanzstunde zurückdachte, und nach Tisch in einem lachenden, prustenden, purzelnden Rudel auf eigene Faust in die Umgebung auszuschwärmen.

Abends beim Tanz war es wiederum Angelica, die alt und jung in den Reigen zog, als verbänden sich alle Lebensalter auf die natürlichste Weise mit ihr, ja, als brauchte Angelica sich nur einem von diesen Lebensaltern beizugesellen, damit es, jedem Vergleich enthoben, sogleich sein eigenstes, schönes, reines Wesen offenbarte.

Sie tanzte mit dem Schweizer Oberst, der die Jazzmusik verabscheute, und mit dessen umfangreicher Gemahlin, mit dem italienischen Abstinenzler und dem irischen Trunkenbold und nicht minder ernsthaft mit den ›Kleinen‹, das waren ihre Altersgenossen.

Keiner hätte gewagt, ihr auch nur den Bruchteil eines zweideutigen Lächelns zu zeigen, und als sie sich einmal neben Carlo Boß, den ziemlich kecken Trommler der Jazzband, niederließ und ihn bat, den Arm um sie zu legen, denn sie sei müde und habe Sehnsucht nach einem Brüderchen, bei dem sie sich einkuscheln könnte, da saß der Kerl die ganze Zeit unbeweglich und erinnerte an einen in Ehrfurcht erstarrten Affen, der ein zartes Menschenjunges im Arme hält.

Dabei verbrachte ich einige quälende Minuten. Dieser Boß war von einer alten Dame, die sich auf einmal geweigert hatte, weiterhin für den Jungen zu bezahlen, im Hotel zurückgelassen worden, mit der Empfehlung, ihn zum Abtragen seiner Schulden in die Jazzkapelle einzustellen: zu Besserem als zum Rühren des Schlagzeugs tauge er nicht, sie könne es beschwören! Er strömte einen leicht parfümierten Muff aus, seine piepsende Stimme schnitt mir ins Fleisch. Ich hatte alle Mühe, ihn mir vom Leib zu halten, denn er spielte sich als Freund Johannas auf und tat auch mit Angelica vertraut, die er ›in seinen bessern Zeiten‹, wie er sagte, bei unsern Freunden Samtaug getroffen hatte. Angelica ging ihm aus dem Weg, sie mochte ihn nicht. Darum war ich nicht wenig überrascht, daß sie sich in seinen Arm flüchtete.

Ich fragte sie später nach dem Grund, und sie erwiderte:

»Ich hatte Sehnsucht nach Johanna.«

Eine rätselhafte Antwort. Gerade so gut hätte sie mit ihrer Sehnsucht zu mir kommen können. Auch war es das erste Mal, daß sie den Namen

Johannas vor mir aussprach. Ich nahm an, meine Frau habe ihr aufgegeben, sie nicht zu erwähnen. Warum hatte aber Johanna dann nicht verhindert, daß die Kleine mir anempfohlen wurde? Einen Tag oder zwei erschien mir die Anwesenheit Angelicas in einem beunruhigenden Licht.

Sie sprach selten von ihren Eltern. Nur als ihr einmal das Wort entfahren war: »Die Männer sind Lokomotiven – massiv – und fahren immer geradeaus« und jemand spöttisch zurückgab: »Und die Frauen, Angelica? Wie steht es mit den Frauen?«, da antwortete sie: »Meine Mutter sieht aus wie ein Spiegel, der sich selber im Spiegel betrachtet. Können Sie sich vorstellen, wie hell und leer es zwischen zwei solchen Spiegeln ist? Ich habe eine herrliche Mutter!«

»Sie kennen sie ja!« rief sie mir zu. Ich war so überrascht, daß ich keine Antwort fand.

Angelica hielt die Augen gesenkt und schien Mühe zu haben, ihre Unbefangenheit wiederzufinden.

In Wahrheit hätte ich nicht mehr sagen können, wie ihre Mutter aussah. Unsere Bekanntschaft, die mehr als fünfzehn Jahre zurücklag, war kurz und sehr unruhig gewesen. An den Vater erinnerte ich mich überhaupt nicht.

Bald waren die Gäste des Hotels sich auch darüber klar, daß sie unverzüglich die Taschen leeren würden, um für Angelica ein riesiges Lösegeld zusammenzubringen, wenn sie etwa bei einer Reise in Marokko geraubt würde, und daß sie, in alle Winde zerstreut, sich schnell zu einer Verschwörung sammeln würden, um den Mann zu töten, der sie in der Ehe unglücklich machte. Und als sie beim Skijöring auf dem See den Fuß verstauchte, kämpfte das erschrockene Rudel im Handgemenge darum, wer sie nach Haus trüge – schließlich reichte sie einer dem andern, im Stafettenlauf brachte man sie in das Hotel.

»Eine Nichtigkeit«, erklärte der herbeigerufene Arzt mit schweizerischer Aussprache, »eine ganze Nichtigkeit.« Er war klein, seine kurzen Sätze brachen unwillig durch einen struppig überhängenden Schnurrbart, darunter schimmerte das rasierte Kinn hellblau, während das übrige, auffallend breite Gesicht eine gesunde braune Färbung zeigte. Er hatte dunkle Augen, die schwermütig über die Brillengläser guckten, wenn er mit einem sprach, und solang er im Zimmer war, trat er behutsam auf, hinter der Tür aber stapfte er martialisch davon.

Kurz, es war ein sympathischer Kauz und gewiß das Gegenteil von einem Scharlatan. Trotzdem erschrak ich, als er eintrat. Erinnerte er mich doch an eine Gestalt, der ich einmal in einer heillosen Lage begegnet war, nur konnte ich mich lange nicht entsinnen, wann und wo. »Eine chanze Nirchtirchkeit«, wiederholte er in der Halle und musterte, melancholisch hinter der Brille verschanzt, die sich aufhellenden Gesichter.

Die nächsten Tage war das Hotel sehr unruhig und Angelicas Zimmer zu jeder Stunde mit Besuchern gefüllt, denn niemand dachte daran, ohne sie hinaus in den Schnee zu ziehn. Das Rudel hockte in den Winkeln oder zog treppauf, treppab, es war gleichsam ein Kreisen durch die Gänge um die niedergebrochene Führerin. Pakete mit frischen Blumen fielen ins Haus, jeder tat, als ahnte er nicht, woher, und die dicke Frau des Obersten wich nicht von Angelicas Lager, obwohl es nichts zu tun gab, als zweimal am Tag das geschwollene Gelenk mit Franzbranntwein einzureiben und die ununterbrochene Flut von Blumen in Gläsern und Vasen zu verteilen.

Die Eltern waren nicht benachrichtigt worden. Sie sollten ja jetzt unterwegs sein, nachdem ihre Abreise mehrmals am Widerstand der wasserscheuen Mama gescheitert war, die nicht zu bewegen gewesen, sich in Port Said auf einem heimkehrenden Indienfahrer einbooten zu lassen – in Alexandrien aber legten nur die französischen Mittelmeerschiffe an, von denen einige nichtsnutzig, die andern, tüchtigeren, auf Wochen voraus besetzt waren. Jetzt sollten sie sich also eingeschifft haben, doch verstrich wiederum eine Woche, ohne daß man von ihnen hörte. Und am Ende dieser Woche machten wir mit Angelica die Diavolezza-Tour.

Wir stiegen von den Berninahäusern hinauf und fuhren ab über den Morteratschgletscher. Es ist eine großartige und leichte Tour, selbst die schwächsten Fahrer hatten lauter Freude daran. Auf dem Gletscher fiel mir plötzlich wieder die Eisfee ein, die ich Angelica bei ihrer Ankunft aus Respekt vor ihrem reifen Alter verheimlicht hatte, und jetzt erzählte ich von ihr.

Ich erzählte, wie sie hoch oben auf dem Eise stand, die Hände über dem Haupt verschlungen, so daß sie einer menschlichen Säule glich, so stand sie da, und die Abendsonne brachte sie zum Tönen. Leise ließ ich meine Maultrommel schnurren … In diesem Augenblick glaubte ich selbst an die Eisfee.

Das Rudel hielt mitten auf dem Gletscher. Der Gletscher schwamm im roten Abendlicht, und auch über uns floß der märchenhafte Schein und verklärte uns, Alte und Junge. Und keiner regte sich, und jeder horchte nur auf die Musik, die das sinkende Gestirn in dem hochentrückten Winkel der Erde entfesselte, und alle, von sich selbst und der blühenden Weiße der einsamsten Welt entzückt, *hörten* den strömenden, knisternden Gesang der Fee, hörten trunken den Boden unter sich tönen und ihr eigenes Gesicht mit der gespannten, schwingenden Haut und tönen die rundum ragenden Gipfel.

Sie hörten ihn alle, den hohen, leisen, bebenden Gesang, weil Angelica mit aufwärtsgewandtem Antlitz unter ihnen stand und weil sie sahen, wie ihr harter, schlanker Körper in der Stille bebte.

Während der Abfahrt blieb sie eine Weile neben mir.

»Du, John –« rief sie im Fahren, weiter nichts als »du, John? –« und schaute mir fragend in die Augen.

Ich nickte.

Von jetzt an sagten wir einander du.

Am Abend wurde zum erstenmal nicht getanzt. Das Rudel saß beisammen, man erzählte – ein Phänomen, wie es seit zwei Jahrzehnten in keinem Hotel der zivilisierten Erde mehr beobachtet worden war.

»Wir sind geweiht«, sagte Angelica bestimmt, »die Eisfee auf dem Morteratschgletscher hat uns geweiht.« Sie sah dem einen nach dem andern ins Gesicht, und selbst der Schweizer Oberst, der eigentlich an keine höheren Mächte glaubte und überhaupt ein Eisenfresser war, auch er nickte mit wohlwollendem Ernst. Zum weiteren frommen Vergnügen des Rudels erfand ich jetzt menschenfeindliche Firngnome, die, wenn ihre Wut aufs äußerste gestiegen, mit den Lawinen ins Tal rodelten, um in den Hotels Unfug zu stiften.

Carlo Boß mußte das Schlagzeug nehmen, ich setzte mich mit dem Saxophon ans Klavier, und wir machten es Angelica vor, wie die Firngnome sich aufführten.

Es sei leicht möglich, behauptete ich aufstehend, daß der irische Konsul nach einer solchen Nacht mit einem Eisknoten in der Nase aufwache, der italienische Abstinenzler aber mit einem in Rotwein gefrorenen Schnurrbart. – »Und ich?« rief Angelica, wobei sie wie in der Schule stürmisch den Zeigefinger streckte ... »Und du«, antwortete ich, »du findest dich am Morgen nicht mehr in deinem Bett und mußt schleunigst die Berninabahn nehmen, um dich in den entlaubten Lärchenwäldern bei Pontresina zu suchen, und wenn du Glück hast, kannst du dich dort finden, wie du mit weißen Schneekatzen spielst. Die Schneekatzen haben einen goldenen Kopf mit bernsteingelben Augen und einen langen Schwanz von der Farbe des Abendrots, wie wir es auf dem Morteratschgletscher beobachtet haben. Wenn sie im Wald springen, von Baum zu Baum, daß der Schnee von den Ästen stiebt, hopp! die Stämme hinunter, flix flax über den Boden, golden, gelb und rot, so ist dort im Wald, wie du begreifen wirst, zu jeder Tagesstunde Sonnenuntergang! Vielleicht findest du dich auch tiefschlafend im Birkenwäldchen bei St. Moritz – wer kann es wissen, wohin dich die wütenden Firngeister verschleppt haben?«

»Nun«, rief Carlo Boß mit seiner Piepsstimme, »dafür ist das Rudel da. Das Rudel wird suchen.«

»Das meine ich auch«, pflichtete jemand bei. »Ich komme seit dreißig Jahren hierher, ich kenne mich aus.«

Ja, diesen Abend verbrachten wir gleichsam im Freien an der Sonne, von spritzenden Garben Pulverschnees gestreift, wie sie unter den Brettern der Skiläufer hervorschossen, in kleinen, windstillen Wäldern und auf den Schneefeldern, die wir auf blitzschnellen Gedanken durchliefen. Weggeblasen die künstliche Schwüle, worin sonst die Jazzband die Gefühle durcheinandergeratener Klassen und die Instinkte schüttelte, bis nichts übrigblieb als eine gallertige Masse! Es war schneeweiß, schneehell um uns, und wenn jemand über die Eisfee nachgedacht hätte, so wäre er sicher darauf verfallen, daß sie unter uns weilte und Angelica hieß.

O schöne Fahrt, so leicht wie Wind,
Vor dem die Fernen sich entfalten …

Am andern Morgen geschah das Unglück.

Niemand hatte Angelica das Hotel verlassen sehn.

Ohne das Rudel aufzuscheuchen, das größtenteils noch beim Frühstück saß, stellte ich unauffällig fest, daß sie sich fertig angezogen hatte, daß ihre Schneeschuhe fehlten.

Darauf suchte ich alle Ausgänge nach einer frischen Spur ab, doch da der Boden gefroren war, konnte ich nichts finden. Ich telephonierte hierhin und dorthin. Ein Gasthaus im Fextal antwortete, ja, in aller Herrgottsfrühe habe ein Fräulein aus unserm Hotel dort ein Glas warmer Milch getrunken, ein Frühstück aber mit der Begründung ausgeschlagen, daß sie gleich nach dem See abfahren werde und sich jetzt schon darauf freue, mit riesigem Appetit daheim zu frühstücken.

Um schneller vorwärts zu kommen, nahm ich die Skier auf die Schulter und lief. Am Gasthaus angelangt, wo die Wirtin mir den Inhalt des Telephongesprächs bestätigte, ohne Wesentliches hinzufügen zu können, schnallte ich an und begann die Abfahrt zum See. Der Schnee war ausgefahren und verharscht. Die Bretter rasselten und schlugen, und als ich die wüste Fahrt angesichts des Waldes, auf den ich in voller Fahrt losschoß, mit einem vorzeitig angelegten Schwung bremsen wollte, rutschte ich querab auf knarrenden Brettern bis vor die ersten Bäume.

Hier, fünf Schritte weiter im Wald, genau in meiner Fahrtrichtung, lag Angelica und warf mir schmerzverzerrten Gesichtes Kußhände zu.

Die Skier, mit den Schuhen daran, lagen neben ihr.

»Ich habe mindestens ein Bein gebrochen«, stammelte sie. »Außerdem können meine Füße erfroren sein. Ich habe die Schuhe aus-, aber nicht mehr anbekommen. O je!«

Sie schlug mit den Armen, schüttelte heftig den Kopf. Und schlotternd, mit zuckendem Gesicht, mit angstvoll kreisenden Augen, versuchte sie, laut zu lachen. Ach! es war ein gepeitschter Kreisel, der so zu springen versuchte.

Auf dem See kam uns das Rudel entgegen. Der Oberst wollte sie mir fast gewaltsam aus den Armen nehmen. Ich litt es nicht. Den Kopf über sie gebeugt, machte ich große Schritte. Still und furchtsam folgten die andern und hielten den Atem an vor der zitternden Qual, die immer wieder schluckte, um zu lachen.

Als der Arzt spät abends herunterkam, sprangen die Gäste in der Halle auf und umringten ihn. Er legte den Finger an den Mund und sagte: »Ruhe! Völlige Ruhe! Ich bitte dringend. Ein Herr und eine Dame haben die Pflege übernommen. Das genügt. Bruch des rechten Oberschenkels und Lungenentzündung.«

Wieder wehte mich ein Grauen an beim Anblick des komischen und dabei so ernsthaften Männchens. Und jetzt wußte ich auch, woran er mich erinnerte! Er glich jenem Briefträger am Meer, mit dem ich vor dem erschossenen Liebespaar gestanden hatte … Mit einem Ruck machte er kehrt und stapfte davon.

Ich sandte Telegramme nach Heluan und gleichzeitig an die Büros der Schiffahrtsgesellschaft in Kairo und Marseille. Angelica fragte nicht nach den Eltern.

Die erste Nacht und der folgende Tag verliefen ruhig. In der zweiten Nacht begannen die Fieberphantasien. Mit endlosen Liebeswerbungen rief sie nach Johanna van Maray, der hellen, der heitern Johanna, mit weitausgestreckten Armen griff sie nach ihr. Doch schien sich das Bild der ›Mutter‹ immer zu verflüchtigen und nichts von ihr übrigzubleiben als ›Sonne im Zimmer‹. Mit diesem, unter trockenem Schluchzen gestammelten, leise verebbenden: ›Nichts als Sonne im Zimmer‹ und ›Kein Mensch mehr im Zimmer‹ endete jede Vision von der schönen Mutter, der sie den Namen Johannas gab.

In der dritten Nacht geschah es, daß ich aufsprang und mir die Ohren zuhielt, weil ich es nicht mehr ertrug, wie sie raste.

In ihrem klaren Mädchengesicht stieg ein zweites, dunkles Gesicht auf und verschluckte das erste. Die vor kurzem noch ein Kind gewesen, das wir mit scheuen Händen in sein Bett gelegt, sie erhob sich zuchtlos, aufgelöst und entschlossen, knirschte mit den Zähnen, ballte die Fäuste, drohte, bettelte, höhnte, kämpfte mit Nägeln und Zähnen – um den Geliebten. Einmal glaubte ich zu verstehn, der Unbekannte habe sie verraten, dann wiederum war sie es, die sich, Hände in das Haar geschlagen, endlos anklagte.

Ihr Mund verzog sich zu einem Schrei, an den etwas in ihr sich gespannt anklammerte: »Du-u! Du-u!« Die Hände hatten ihren Ausdruck selbstloser Anmut verloren. »Ihr habt nie Zeit in Berlin, ihr. Nie! Aber jetzt habe ich euch. So. Jetzt lernst du stillhalten, wenn ich dich was frag'!«

Die Hände krallten sich in die Bettdecke, als hätten sie ein Wild geschlagen und hielten es fest.

Und plötzlich dehnte maßlose Befriedigung ihr Gesicht, sie breitete die Arme: »Ah –!«

Dann wieder krampfte sich ihr ganzer Körper zusammen, sie wimmerte lange: »Laß mich doch nicht immer so allein! Ich habe Angst ... Kümmre dich ein wenig um Angelica – Liebster, du, nur ein klein wenig um Angelica ...«

Verzweifelt rief ich sie: »Angelica! Angelica!« Doch mich hörte sie nicht.

Ich war froh, daß sie einschlief, bevor die Frau des Obersten mich in der Wache ablöste.

»Telegraphiere an Kurt!« befahl Angelica, als sie bei grauendem Morgen erwachte. Die Frau des Obersten wußte nicht, wer Kurt war, und konnte es auch nicht in Erfahrung bringen. Denn statt ihr auf ihre Frage zu antworten, begann Angelica sich leise und schwärmerisch mit Kurt zu unterhalten. Endlich schlief sie ein.

»Wir sollen an Kurt telegraphieren«, empfing mich die Frau mit tränenüberströmtem Gesicht … Sie hielt die Augen abgewandt.

Bei seinem Morgenbesuch sprach ich mit dem Arzt, und er veranlaßte, daß die Frau des Obersten durch eine Krankenschwester aus Maloja ersetzt wurde. Die Frau erhob keinen Widerspruch. Nur stürzte eine neue Tränenflut aus ihren Augen. Der Oberst war wütend und bot sich statt ihrer an, und als er abgelehnt wurde, zuckte er die Achseln und murmelte, er verstehe nichts von der Komödie.

»Telegraphiere an Mama!« befahl Angelica. »Wenn sie nicht sofort kommt, brenne ich mit Kurt durch … Er wartet mit dem Auto hinter den Ställen in Buskow«, setzte sie listig hinzu. Sie kicherte und strich zärtlich über die Decke … Ich verstand: sie hatte sich mit Kurt ausgesöhnt. Sie war einig mit ihm.

Plötzlich richtete sie sich auf: »Wenn du nicht sofort telegraphierst«, sagte sie langsam und hob den Blick zur Decke. Sie fiel auf das Kissen zurück. »Mörder!« murmelte sie und verzog das Gesicht … Nach einer Weile lächelte sie. »Ihr Esel! …«

Als sie wieder aufwachte, lag sie lange Zeit ächzend auf dem Rücken und starrte mich an. Allmählich erkannte sie mich.

»Du sollst Johanna liebhaben!« befahl sie. Und nach einer langen Weile, während deren sie mich qualvoll und flehend angeblickt hatte:

»Onkel nennt sich das! Wozu einen Onkel, wenn er nicht da ist, wenn man stirbt?«

»Ja, wo wohnt er nur gleich?« fragte ich und sprang auf. Es war mir nämlich eingefallen, daß es da einen Berliner Onkel gab, der sie vor acht Wochen in den Zug gesetzt, von dem sie mir sogar Grüße überbracht hatte – Kurt Kommer, einen Jugendfreund meiner Frau.

Jubelnd rief sie und streckte den Zeigefinger: »Steglitz 5498.«

»Steglitz 5498«, wiederholte sie müde, schloß die Augen, drehte das Gesicht zur Wand. »Gute Nacht – mein lieber, mein lieber Kurt.«

Ich klingelte und ließ den Obersten heraufbitten, der sich gereckt auf meinen Stuhl setzte, wobei er drohende Blicke in die Ecken des Zimmers schleuderte, als erkenne er dort den Feind.

»Johanna, mein Kind stirbt«, murmelte ich vor mich hin ... »Wie geht das zu, daß so ein Kind stirbt?« Auf der Treppe begegnete ich dem Arzt. »Herr Doktor, mein Kind stirbt!« drohte ich ihm. Ich war halb von Sinnen, zitternde Fäuste hielt ich ihm vor das Gesicht.

Ich schrie ihn an: »Sie kaltschnäuziger Briefträger! Alleswisser! Was wissen Sie jetzt? He?«

Sowie ich in der Telephonzelle den Hörer ans Ohr legte, hallte es mir pfeifend entgegen: »Hallo! Sils-Maria?« Erst wehrte ich mich und rief, ich wünschte dringend mit Berlin zu sprechen.

»Hier Berlin! Ist dort Sils-Maria?« kam es zurück. Ich schrie aufs Geratewohl: »Steglitz 5498!«

»Jawoll! Hier Steglitz 5498!«

»Du lieber Gott!« sagte ich. »Sind Sie vielleicht Kurt Kommer?«

»Ha!« hörte ich. Es klang wie das Schnauben eines Tiers. Und »Jawoll!« schmetterte es hinterher. »Hier Kurt Kommer. Sie haben von Kairo rübergekabelt, die Kleine – hallo! Hören Sie? Ich fahre zwei Uhr sechzehn. Sehn Sie nach, wann ich ankomme.«

»Fliegen!« schrie ich. »Sie müssen fliegen!«

Es knarrte im Apparat, dann sausten die Drähte. Weit, weit entfernt sprach jemand leise englisch.

»Verdammt!« platzte es auf einmal aus dem Singsang der Leitung. »Hallo! Sind Sie noch da? ... Ich fliege!«

In ihr Zimmer zurückgekehrt, setzte ich mich dicht zu Angelica, nahm ihre Hand und sagte:

»Angelica, ich habe mit ihm telephoniert. Er nimmt ein Flugzeug. Heute abend ist er da.«

Lächelnd wiegte sie den Kopf: »Ach, glaub's nicht! Das sagen Sie so.«

Sie starb kurz nach Mitternacht.

Der Doktor kratzte an seinem hellblauen Kinn, beugte sich über das Bett, schloß dem Kind behutsam die Augen. Dann stapfte er kräftig über den Korridor, wie das Leben selber, das Leben, das weitergeht.

Und nun war sie wieder, wie sie aus dem Zug gestiegen war, ein schönes, stolzes Kind – eingefroren in der durchsichtigen Stille.

Mehrmals hörte ich, aufschreckend, mich das alte holländische Wiegenlied summen.

Und jedesmal glaubte ich dann Johanna leibhaftig an der andern Seite des Bettes sitzen zu sehn. Den Blick aus dem Topasrauch ihrer Augen ernst und traurig auf mich gerichtet ... »Johanna«, sagte ich, »ich habe mein Kind verloren ... Ja ... Es ist mir eingefallen ... Sie könnte mein Kind sein ... Wer weiß? ... Jetzt ist sie tot.«

Um zwei Uhr traf Onkel Kurt ein. Seine Hornbrille warf Funken, als er durch die hellerleuchtete Halle wuchtete. Das Rudel drückte sich in die Winkel, jeder war eine Ewigkeit vom andern entfernt. Der Treppe zunächst saß der Oberst rittlings auf einem Stuhl und schluchzte in die verschränkten Arme. Sonst war es still.

Eine kurze Zeit verging, da stand Onkel Kurt wieder in der Halle und verlangte zu essen. Der Portier deckte einen Tisch im kleinen Salon und trug Wein und kalten Braten auf.

Kommer begrüßte mich wie einen alten Freund, was mich unangenehm berührte. Wenn ich ihn viermal im Leben gesehn hatte, war es viel, und von allen Jugendfreunden Johannas war er mir immer als der unangenehmste erschienen. Ich setzte mich zu dem Geliebten.

Erst redete er ununterbrochen über die Gefahren, denen der Sport die heutige Jugend aussetze, und einmal nannte er Angelica ein anspruchsvolles Kind, das schließlich vom Schicksal auf den richtigen Spielplatz gelockt worden sei, um hier zu sterben.

Ich ballte die Fäuste unter dem Tisch.

Als ich wieder ruhiger war, fragte ich beiläufig, ob er das Kind besonders liebgehabt habe.

»Wer hat sie denn nicht liebgehabt!« rief er mit Appetit.

»Ja«, sagte ich, »aber ich glaube, Sie standen ihr am nächsten.«

Er wehrte ab:

»Iwo, die Mama. Die Mama hatte bloß keine Zeit. Ich nahm die Kleine mal mit in den Zoo oder nach Buskow und schwatzte auch sonst mit ihr. Sonst aber – nee, nee, egal am Bubischopf der Mama! Das heißt – zuletzt hatte sie es mit Johanna.«

»Und der Vater?«

»Der Vater?«

Erst starrte er mich aus aufgerissenen Augen an und verstand gar nicht, wo ich hinauswollte mit der Frage. Mir wurde auf einmal heiß und kalt.

»Ach so!« meinte er dann. »Lieber Herr! In Berlin haben die Männer zu arbeiten! Nicht zu knapp!«

Kein Zweifel, Onkel Kurt wußte nichts von ihrer armen Liebe. Es traf ihn ebensowenig eine Schuld wie Vater und Mutter. Allen war sie teuer gewesen.

Sie hieß Angelica …

Da näherte sich langsam, fast stolpernd ein tränenüberströmtes Wesen unserm Tisch – der Mann vom Schlagzeug, Carlo Boß.

Als Kommer seiner ansichtig wurde, stutzte er, die Hornbrille sprühte Funken. Mahlend stieß der Unterkiefer vor.

Plötzlich brüllte er:

»Was? Sie hier? Wollen Sie Ohrfeigen?«

Carlo Boß verbeugte sich demütig und lief schrill aufschluchzend aus dem Zimmer.

»Schicken Sie den Portier!« rief Kommer ihm nach.

Tatsächlich erschien gleich darauf der Portier.

»Champagner!« bestellte Kommer.

Er warf die Serviette fort und zog die Zigarrentasche hervor.

»Sie war nicht glücklich zu Hause«, stellte er fest …

Der Champagner kam.

Ich weigerte mich, mit ihm zu trinken.

»Macht nichts«, sagte er, und als wir wieder allein waren:

»So, Meister! Jetzt habe ich ein Wörtlein mit Ihnen zu reden. Erstens weiß ich nicht, ob Sie ahnen, daß Angelica –«

Erglühend *sah* ich, was er sagen wollte: Angelica, auf den Fußspitzen, die Arme zu mir erhoben, das Wort ›Vater‹ auf tödlich erblassenden Lippen – ich machte eine Bewegung, um das Bild vor dem andern zu verwischen, ich unterbrach ihn:

»Was geht Sie das an? Ich wünsche nicht, von Ihnen aufgeklärt zu werden!«

Er fuhr fort:

»Zweitens. Meine Freundin Johanna und *Ihre* Frau –«

Wieder schüttelte ich gebieterisch den Kopf, und er schwieg. Wenn ich auch merkte, daß er gegen sich anging mit seinem wilden Getue, so ertrug ich es doch nicht. Sein polterndes Wörtlein mit mir reden – wo sie droben lag im durchsichtigen Eis der Stille!

»Dann also morgen«, sagte er ruhig und führte das Kelchglas zum Mund.

Ich ging zu Angelica.

Bis zum Morgen blieb ich über sie gebeugt, von der ich jetzt mit der tiefsten Bestimmtheit wußte, daß sie mein Kind war.

Jetzt erwarb ich sie mir. Jetzt erst – ganz.

Ich suchte meine Kindheit in ihr und meinen Tod.

Ich sah Trümmer von Musik um uns verstreut und hörte einen Tritt, der die letzten leisen Abendlaute eines Vogels wie mit einer Maschine abschnitt, einen dummen, stapfenden Tritt.

Kein Vogel sang mehr. Die vereisten Wälder standen still.

Noch einmal wohnte ich ihrem Sterben bei.

Jedes Wort hörte ich, jeden Zug ihres Gesichtes sah ich wieder.

Vom ersten Tag zum letzten.

Den langen, langen Tag, die noch längere Nacht, mit dem erhabenen Gleiten der Schlafwandler zogen sie, Stunde um Stunde, vorbei.

Die Fenster wurden hell.

Noch einmal wohnte ich dem Sterben meines Kindes bei. Sonnenlicht überströmte das Zimmer.

Sie hieß Angelica.

Acht Wochen wie eine Minute, so lange hatte ich sie gekannt. In weißer und goldener Höhe. Am Rand des Himmels ... Welch unübersehbares Glück!

Sie hieß Angelica.

Kam, um bei mir zu sterben, nachdem sie mir acht Wochen, die acht langen, strahlenden Wochen ihres Lebens geschenkt hatte. Wie dankt man für so etwas – wie?

Ich öffnete die Fenster.

In der Morgenluft die Schlittenglocken klangen, als hätten sie von all den Worten des Kindes nur die hellen Silben behalten und wiederholten sie spielend.

20.

Im Februar blies fast ununterbrochen der Föhn. Die Leute am See erwarteten den Frühling für Anfang März.

Im Garten des Marayschen Hauses rumorte nicht nur der gelbe Wintersturmhut, auch die Veilchen blühten schon. Mitte Januar waren erst die weißen an der Hauswand erschienen, acht Tage später die lila Schwestern in den Beeten.

Eine Duftwolke lagerte an der Südostecke des Hauses. Der Wind mochte die Büsche noch so strähnen und die Duftwolke hintreiben, wohin er wollte, quellenhaft erneuerte sie sich aus den Blütenpolstern.

Am ersten Februar brachen die Krokusse aus. Wie Bannerträger standen sie im Gewimmel der Schneeglöckchen.

Also begann das schmale, hochverschneite Grab im Friedhof von St. Moritz hier unten am See zu schmelzen …

Der Wald auf den Hügeln am See sang die halbe Nacht vom Frühling, dann rauschte Regen herab und begrub seine Stimme. Das Gurgeln der Dachtraufen überschlug sich, es war ein Plätschern und Strömen ringsum, daß man hätte meinen können, das Haus schwimme auf einem großen Strom. John van Maray träumte von Urwald, Flußmündung und Meerbusen. Manchmal lag Angelica in seinem Arm, dann wieder war es Johanna. Gegen Morgen herrschte Stille.

John ging vor Tag die runden Hügel hinauf in den Wald.

Als die Sonne kam, betrat sie einen reglosen Hain, wo die Zweige lauter Schnüre aus hellen, runden Regentropfen trugen.

Es dauerte lange, bis jeder Tropfen im Wald von seinem Sonnenaufgang überwältigt war. Das Gestirn stand schon hoch, da wanderte das millionenfache Feuerwerk mit John, der heimkehrte, noch immer durch den Wald.

An solchen Tagen war er nur mit Mühe ins Haus zu bringen. Von einer Tiefe des Vorfrühlingswaldes in die andre rief ihn ein fliegendes Licht, ein Ton. Überall war Angelica und erwachte zum Licht. In den Garten zurückgekehrt, schien es ihm unmöglich, die nächste Stunde zu versäumen. Zug um Zug erneute sich großartig das Bild des Kindes und wuchs mit den Tagen.

Er arbeitete, wie er atmete, wanderte, lag – ohne sich einer Anstrengung bewußt zu sein. Der Mond besiegelte eine helle Botschaft, die Angelica hieß.

In den Liedern ohne andre Worte als nur dies eine: Angelica, die ihm von überall zuflogen, kaum, daß er sie rief und entließ, wuchs die Erinnerung an das Kind in ein unvergängliches Bild, dessen wehmütige und entzückte Züge er dem Frühling der Erde entlieh.

Aus Schwarz und Grauen wehte, wie er sie aussprach, ein Hauch von Lust, und was endgültig geschienen hatte wie ein Todesschrei, begann in der Sprache der Elemente von neuem zu reden.

Er vergaß nicht, daß sie gestorben war. Wie hätte er es je vergessen können! Doch erlebte er mit allen Sinnen ihre Wandlung und Wiederkehr, wie er in der Kindheit die Wandlung
und Wiederkehr des Gottes im geweihten Brot der Erde erlebt hatte, und er betete sie an in dieser Gestalt und opferte ihr mit bescheidenen Melodien.

Da alle seine Sinne ihm ihre Gegenwart offenbarten, wie hätte er zweifeln sollen, daß sie lebte?

Welch Vertrauen auf den Frühling ringsum!

Während die letzten Körner der vorjährigen Ernte in die Säcke rollten, wurde die Erde für die neue bereitet, in den Reben knackten die Scheren. Weit gelüftet lagen die Gärtnereien in der Nähe des Städtchens. Die Leute am See tauschten Rosenstöcke, pflanzten sie, schnitten sie, bedeckten die Krone mit Erde, damit kein Nachtfrost sie töte. Ein Mann auf einem Fahrrad fuhr von Dorf zu Dorf und bot Pfropfreiser für die alten Obstbäume feil. Er selbst setzte sie ein, drückte den Leuten die Hand (»Auf Wiederschauen im nächsten Jahr!«) und radelte weiter. Hügel entlang zogen die Pflüge und warfen die Erde auf.

Aus den Fenstern der Züge winkten weiße Arme, Frauenarme, Kinderarme, und die Bauern und Fischer und die Leute in den Gärten unterbrachen die Arbeit – auf einmal fühlten sie sich als verantwortliche Geschöpfe des Sees und seiner Hügel und winkten Auferstehungsgrüße zurück. All dies angesichts der tiefverschneiten Berge im Süden.

In dieser Zeit dachte John van Maray hin und wieder über sein Leben nach – eine schwere Arbeit, die für ihn neu und darum besonders anstrengend war.

Mit den Torheiten, die zu begehn das Schicksal uns aufgibt, schloß er endlich, verhält es sich hoffentlich nur wie mit jenen verzwickten Musikstücken, hinter die man erst beim öfteren Durchspielen kommt. Ich glaubte meine Jazztour längst hinter mir. Quer durch Schweden, von einem Meer zum andern hatte sie mich geführt, bis nach Spanien hinein und zurück in ein Schweizer Sanatorium, das ich bei Föhnwetter von meinem Platz hier mit dem Fernglas erblicken könnte, wenn es sich nicht hinter Parkbäumen versteckt hielte.

Aber nein, ich mußte sie wiederholen, die Lügenbumser- und Sauf-
tour. Warum? Vielleicht weil ich sie vergessen hatte und es versuchen
wollte, ob ich nicht am Ende doch die Siebenmeilenstiefel führte, mit
denen sich ohne viel Mühe auf einen Olymp marschieren ließe, wo bei
gewaltigem Gelage, ganz höllisch vergnügt, meine Vorväter thronten.

Als ob nicht alle Maray nach ihrer Rückkehr aus den Kolonien eine
gewisse, mühsam erworbene Weisheit an den Tag gelegt hätten!

Vielleicht auch lebt ein toller Musikant in mir und muß sich um
jeden Preis den Hals brechen. In diesem Fall wäre die Möglichkeit
neuerlicher Ab-, Zu- und Rückfälle nicht von der Hand zu weisen, und
dies, John, wäre schlimm. Sehr schlimm – in Anbetracht des Umstandes,
daß du bei der ersten Tour noch ziemlich schmerzlos in einem Sanatorium, schon bei der zweiten aber beim tiefsten Grab in deinem Leben
gelandet bist ... Möglich, daß du das nächste Mal, wenn du dich wieder
an das betäubende Abenteuer verrietest, gar nicht erwachtest oder,
noch ärger, daß Johanna –

Weiter als bis zu diesem Gedankenstrich kam John van Maray nie.

Die wiedergewonnene Zuversicht verließ ihn.

Seine Vorstellungskraft reichte nicht aus, sich ein Bild von sich zu
machen, wie er jenseits des Gedankenstrichs leibte und lebte.

Jenseits des Gedankenstrichs war die Welt Unsinn, Irrsinn, grausig
leer und verstummt. Es gab keine Jahreszeiten. Kein Vogel fand mehr
ein Lied. Kein Wald lebte auf, wenn der Frühling kam.

Eines Morgens beim Erwachen, eines denkwürdigen Morgens
glaubte John, er sei im Indien seiner frühen Kindheit, in Sumatra oder
Java, und sein Leben beginne von frischem.

Im Schlafzimmer stand schweigend ein Tag, so nackt und schim-
mernd, so zum Greifen gegenwärtig, daß John halb im Schlaf noch
erschauerte. Vor den großen, weitgeöffneten Fenstern hingen dünne
Vorhänge, wie Moskitonetze, der geschorene Rasen blitzte. Baumgrup-
pen hielten sich steif unter dem dünnen Glassturz der Bläue.

Er eilte die Treppe hinab und schritt durch drei Zimmer, sie lagen
dicht auf der Erde, wie durch drei Ansichten des Morgens. Er trat
durch die Flügeltür auf den Perron vor einen kieselbelegten Platz. Die
Sonne spielte Kügelchen darauf. Eine halbe Sekunde flitzte in seinem
Auge ein grauer Streifen durch das Grün des Rasens, als jage ein
Mungo vorbei.

Der See zeigte die zarte Farbe jungen Gemüses. So frisch war die Welt, so unsäglich frisch! Verwundert blickten die Berge herüber. John, obwohl noch ein Knabe, war ein junger Gott.

Durch Schilf und Gebüsch suchte sein Blick nach dem Segel einer malaiischen Barke und braunen Gestalten, die unter heiseren Rufen die Arme in die Luft streckten, um sich ihrem Herrn bemerkbar zu machen. Er selbst war weiß und gelassen ...

»Wollen sehn, wie fest die tropische Spiegelung hält«, sprach er sich zu und sprang in das Wasser. Mit Eiseskälte packte es ihn an. Als er kräftig schwamm, wurde er warm.

Und siehe, das Bad vereinigte ihn mit der Landschaft. Eingetaucht in einen bewegten Halbkreis, schwamm er den Alpen entgegen.

Der See und das jenseitige Ufer bildeten eine einzige, anschwellende Fläche. Darauf bewegte er sich mit Wasser, Feldern und Hügeln dem Hochgebirge zu, das dicht über ihm hing. Als er zurückblickte, sah er, daß er das verlassene Ufer mit sich zog ... Aufstöhnend sang er über das Wasser: Ha-Ha, Haa ... Alle Kräfte des Lebens sammelte er in sich und sang.

Nachmittags erschienen die ersten Segel auf dem See.

Sie waren da, im Blauen, wie ein Liebesgedanke, der ihn verließ, um gleich wiederzukehren. Die Liebe wollte ihn nicht ermüden. Also ging sie und erfrischte sich in der menschenleeren Ferne, bevor sie heimkehrte zu ihm.

Die Segel waren bloß ein Fleck im Doppelblau von See und Himmel, umrandet von Licht. Sie waren fern, sie waren still, sie waren fast nicht mehr da. Aber Johns Blick, der von ihnen zu ihm zurückkehrte, brachte ein anschwellendes Echo mit, und ihre Ferne, ihre Stille, ihre blauselige Abgeschiedenheit wandelte sich zur Nähe alles Guten, zur Nähe der Erde, zu einem hellen Menschenruf in den Himmel.

Der Tag, mit einem Stoß aus dem indischen Tempelhorn begonnen, ging unter einem unaufhörlichen Rieseln von Bläue, Grün und klarstem Weiß und warf sich, nach dem Feuertanz des Abends, unter die geruhigen Sterne.

Die Alpen wurden leichengrün, und der See gerann zu Zink.

Monate verstrichen.

Der Schnee begann von den Bergen zu rinnen, nur die höchsten Gipfel blieben weiß. Die Hänge wurden gefleckt wie ein Fell. Wald und Wiese dort oben wechselten ab, um dem Sommer tausend Lichthöfe zu öffnen. Unter dem ewigen Schnee schuf ein gewaltiger Gärtner weithin den Höhenpark vor dem festlichen See. Wo der Rhein in den See mündete, stand eine Lichtfülle, gestaut bergehoch, die Alpen wälzten ihr Schneelicht herab, einen himmelan zitternden Strom aus dem Urgebirge über dem andern, den er unter sich begrub. Auf den Uferhöhen, in zahllosen Waldlichtungen, bliesen immer grüner die menschenfreundlichen Schalmeien. Es kamen und gingen aus Wolken die Alpen, mit unendlich langsamen Bewegungen: Sagen von Riesen und Göttern, oder standen unbeweglich, im blauen Mittag versteinert.

Das Korn hob sich aus der Erde. Der Duft der blühenden Rebe segelte im Wind. Die Nächte wurden warm.

In einer dieser Nächte trat John aus dem Haus, er trug sein altes Saxophon.

Von Zeit zu Zeit blieb er stehn und führte das Instrument zum Mund.

Bäbä, tu, machte er: Miau. Bäbä, tut! Miau. Tut! bäbä. Mi-au.

Dann warf er den Kopf zurück und krähte. Täuschend krähte er, aber ganz täuschend, wie ein echter Hahn.

Offenbar rechnete er damit, daß sein Krähen über kurz oder lang die Sonne aus den Federn locken werde. Denn jedesmal, wenn er gekräht hatte, hielt er Umschau am östlichen Himmel.

So schritt er am Ufer entlang bis zu einem Felsstück, das dort in den See ragte.

»Nieder mit dem tanzenden Niggersteiß!« rief er und hob das Instrument, um es am Felsen zu zerschmettern.

»Nieder mit der schwarzen Kasse!«

»Es lebe der achtundvierzigste Breitengrad mit allem Obst und Gemüse und Wein und den Frauen – wenn solche auch darauf gedeihn! Nieder mit der I. G. Jazzindustrie!«

Wie er, das Saxophon in hocherhobener Hand, den vernichtenden Streich führen wollte, bemerkte John zu seinem Erstaunen, wie das lautlose Wasser einen Stern an den Stein spülte, in magischer Bewegung, immer denselben winzigen Stern.

»Ach so«, sagte er – »ja, ja.«

Und statt weiterhin Lärm zu schlagen, ging er leise ins Haus und kam gleich darauf mit einem Strick und einem eisernen Gewichtstück zurück.

Er griff das Saxophon und versenkte es wie eine krepierte Katze in den See.

John war im Begriff, ins Bett zu gehn, als unter dem offenen Fenster des Schlafzimmers ein Pfiff ertönte, der das langgezogene, schnalzende tschi-cha des Bussards nachahmte. Sogleich folgte als zweiter der Lockruf der Mönchgrasmücke: taktak-taktak-fiieh-je!

»Ha!« keuchte John und tat einen Sprung zum Fenster.

Ein unbändiges Gebrüll saß ihm in der Kehle, ein Liebesgebrüll! Wild hob er die Arme.

Plötzlich drehte er und wollte die Treppe hinabstürzen, um Johanna zu öffnen.

Er wollte rufen, brachte aber keinen Laut hervor. Und:

»Halt«, sprach er zu sich. »Ich verstehe: das Raubtier von einem Bussard bin ich, die harmlose Grasmücke ist *sie*. Also, John, schwebe mit der Würde des Bussards zum Fenster und frage, was die Grasmücke will.«

Unter dem Fenster pfiff es melodisch:

O schöne Fahrt, so leicht wie Wind,
Vor dem die Fernen sich entfalten –

Ein Ständchen!

Nach jahrelanger Trennung kam sie heim, die Heißkalte, Starrhalsige, die Herumtreiberin: plötzlich, so, ohne gefragt zu haben, bei Mondschein – und brachte ihm ein Ständchen.

Das Liebesgebrüll in der Kehle wurde zu einem Knebel, an dem John eine volle Minute lang würgte. Er blickte an seinem Schlafanzug hinab, hob die zitternden Hände und betrachtete sie. Hände und Füße waren gleich rot. Im Nacken aber saß es ihm kalt.

Anläufe zu gewaltigen Dramen überstürzten sich in seinem Geist. Und er schielte auch zum aufgeschlagenen Bett und überlegte, ob er sich nicht lautlos hineinlegen und das Licht löschen sollte.

»Guten Abend, John«, sagte sie, als er endlich ans Fenster trat.

Sein Schatten berührte fast ihre Füße, und er hütete sich vor jeder Bewegung, die ihn noch näher gebracht hätte.

Groß war sie, schmal und gradschultrig, sie hatte nichts von einer Grasmücke, außerdem stand eine winzige Toilettentasche neben ihr auf dem Perron.

Er kannte das Ding, es enthielt fast nichts als ein seidenes Nachthemd und ebensolche Pantoffeln.

Ein wenig war die Frau ihm da fremd – und zugleich unheimlich vertraut. Unter dem langen Reisemantel schwoll leise die Hüfte, schwoll leise die Brust. Am Halsansatz glänzte eine weiße Stelle wie ein Messer.

Der Mond schien ihr seitlich ins Gesicht, sie rührte sich, da schimmerte es in den Augen, als ob auch sie bewegt wären wie der See, in dem es genau so glitzerte, er sah ihren Mund, der sich langsam öffnete, ohne daß sie sprach, und auch sie warf einen langen Schatten.

Der Schatten zeigte in die Richtung, wo das Felsenstück in den See ragte, an dem er das Saxophon hatte zerschmettern wollen. Wo aber ein flüssiger Stern, immer der gleiche, lautlos den Felsen bespülte.

Und John erinnerte sich an den Wandel der Zeit.

»Was –?«

Er mußte sich räuspern.

»Was –«

Er mußte sich nochmals räuspern, und nun räusperte er sich schamlos und so kräftig, wie es anscheinend nötig war. Darüber geriet er ins Husten.

Die Frau unten schlug eine Lache an. Und dann half sie ihm.

»Du meinst: was ich hier zu suchen habe?«

Gleichzeitig bückte sie sich und griff die Toilettentasche.

»Mein Bett suche ich!«

Die kleine Ledertasche, in der fast nichts war, flog an John vorbei in das Zimmer.

Bestürzt wandte er sich um, hob sie auf.

Sie wog fast nichts.

John hörte hinter sich ein Krachen der Spalierlatten, und als er wieder zum Fenster sah, tauchte ihr Haupt über die Brüstung. In diesem Augenblick fiel ihm zu allem auch noch das von Asver gemeldete Herumturnen Johannas am Spalier von Kapitalistenhäusern ein, und die künstliche Flammensäule seines Zornes färbte sich schwarz.

Der Stoß eines unsichtbaren Sturmwindes, ein einziger, entführte allen Zorn hinaus in die Nacht.

Er hob die Hände, preßte sie an die Brust. Der ganze John van Maray, vom Kopf zu den Füßen, sprach abgründig:

»Da ist sie!«

Vorgebeugt starrte er zu ihr hin.

Eine störrische Weinranke stieß gegen den Hut der Einbrecherin.

Der Hut flog ins Zimmer.

Und Johanna schüttelte die Mähne.

»Ist keine andre Frau im Haus?« fragte sie.

»Nein. – Kommst du allein?«

»Ja. – Aber …

Das Lattenzeug bricht mir unter den Füßen entzwei«, rief sie kläglich.

Er knirschte:

»Recht so –« und hob sie herein.